无鲜勿落饭

王寒 著

浙江工商大學出版社
ZHEJIANG GONGSHANG UNIVERSITY PRESS

糊啊，比青梅竹马的女伴更长久地萦绕心头，因为它不会随着岁月的流转物是人非，它永远是记忆里的清凉鲜活……临去秋波的那一转，满眼都是美食。江南真的是好地方，它的鲜活、鲜美、鲜甜的味道在眼里，在味蕾上，“无鲜勿落饭”的江南啊！

无论怎样的人生，都跟吃脱不了干系，人生是由细节贯穿而成的，而美食就是其中的色香味，开心时，我们需要美食来犒劳自己，沮丧时，我们也需要它来安慰自己，漫长的人生，每天都在上演一幕幕的情景剧，因为太过冗长，我们记不清每一幕的剧情，但我们记得舌尖上翻滚过的美食。年少时看《红楼梦》，看到的都是儿女情长，而现在看，觉得大观园里每天上演的，无非是些争闲斗气的小事，好生无聊，不值一提。当那些烈火烹油、繁花似锦的富贵生活，变成长江东流水，一去不回头，倒是红楼宴里的锦绣膏粱、十围八围，那些个燕窝粥、茄鲞、山药糕、藕粉桂糖糕、栗粉糕，不经意间会跳出脑海。我早就忘记了尖酸的黛玉要过哪些小心眼，但我记得宝玉挨打后想吃的小荷叶儿小莲蓬的汤，记得袭人调制的玫瑰卤子，还有宝钗出钱、湘云请贾家上下吃的“极大的肥螃蟹”，当然，红楼里还有用莼菜切碎了做的咸菜，叫椒油莼齑酱。这莼菜，我只在西湖边吃过，“千里莼羹，未下盐豉”，多么美味的江南食物啊，当年红顶商人胡雪岩给封疆大吏左宗棠送去西湖莼菜，用绵纸和纺绸层层包裹，日夜兼程加急传递，简直是“一骑红尘妃子笑”的翻版。

《红楼梦》里的美食，再是家常，也沾染了富贵气，这就跟这红楼女儿一样，喜欢端着做着，不肯放下身段，主子装模作样，连丫头也会挑肥拣瘦。说到吃，我更喜欢《金瓶梅》的接地气，满桌珍馐，以一句“汤浮桃浪，酒泛羊羔”大大咧咧带过，却不厌其烦写宋蕙莲如何以一根长柴禾把一只猪头煨得稀烂，写西门大官人哄着使性子的春梅，让人拆了鸡肉和上酸笋韭菜，做成馄饨汤，还动不动让小厮们拎一两坛“金华酒儿”，与几房老婆同吃，男男女女说笑谑浪，一吃就是一坛，吃得“眉黛秋横，秋波斜视”，然后调情做爱，没完没了。这些个暴发户，不仅吃猪头肉、猪耳朵，他们夏天也吃木樨荷花酒，秋天也吃菊花酒。虽然是山东汉子和山东娘们，但这些金华酒、荷花酒、菊花酒，分明是江南的滋味啊。英雄莫问出处，美食只求好吃，菜香酒好，一切都好，若菜不好，酒不香，好像俏媚眼做给瞎子看，白费那个劲，真的没必要。

谁的人生记忆中没有几道美食呢？张爱玲说，再没有心肝的女人，说起她去年夏天那件织锦缎夹袍的时候，也是一往情深的。同样，再铁石心肠的人，说起江南的美景美食，心里总泛着丝丝的温情。昔年柳永一声吟唱“三秋桂子，十里荷花”，金主完颜亮得闻，遂铁骑南下，这个铁血的骠骑汉子分明是冲着江南的好滋味来的。当秋风起时，张翰因此思念故乡的鲈鱼和莼菜，毅然辞官归田。荣华富贵，在他眼里，终不敌莼鲈之味，功名利禄，不如吃到嘴里的美食，让人更有存在感。而在游子的乡恋中，再平常的故里食物都是美食。记忆真的是罗生门啊，它把麻子变成了朱砂痣，又把饭粒变成了白月光。

江南是富足之地，江南人家既有闲情，心性又细腻，对食物的讲究，实际上是爱自己的另一种方式。所以，江南这地头，不管什么菜，看似家常，却很精致。连江南那些个餐馆的起名，什么张生记、外婆家，什么新荣记、荣小馆，从不拿霸气的字眼来唬人，端出的一道道菜品，风月无边，色香味俱全，合着江南人的脾胃和脾性。

一千个人的眼中有一千个江南，而我的江南，永远跟美食连在一起。

目录

鱼我所欲也

无鲜勿落饭

最江南的味道

味蕾上的乡愁

无鲜勿落饭

靠海吃海

章太炎夫人汤国梨喜欢吃蟹，有“不是阳澄湖蟹好，人生何必住苏州”的感叹。我喜欢吃海鲜，也想鹦鹉学舌说上一句：“不是此地海鲜好，人生早已住杭州。”

苏州的朋友出差来看我，我尽地主之谊，请他吃海鲜。在海边的夜排档，他喝多了酒，在我面前咿呀咿呀地开唱：“獭狐（太湖）美呀獭狐（太湖）美，美就美在獭狐（太湖）水，水上有白帆哪，啊水下有红菱哪，啊水边芦苇青，水底鱼虾肥。”我说你别啊啊的，我顺手拿起两根筷子，敲打着酒杯，念出一首我们当地的民谣《月节鱼名》：“正月雪里梅（梅，指梅童鱼），二月桃花鲻，三鲳四鳓，五呼六淡（呼，指呼鱼；淡，指弹涂），七月沙鱼鲜，八月白蟹板，九月黄鱼篰加篰，十月田蟹呷老酒，十一月湖里鲫，十二月带鱼熬菜头吃勿息。”——意思再明白不过了，你“獭狐”再美，无非是红菱呀湖鱼湖虾，咱们这里，有雪里梅，有桃花鲻，还有黄花鱼，口福比你们好多了。

江南的江鲜、河鲜、湖鲜和海鲜，都值得一夸。但我以为，最值得夸的是海鲜。

对一个好吃的人来说，人生之福，很大程度体现在口福上。所谓口福，就是味蕾上的幸福指数。

江南人味蕾上的幸福指数，那是相当高。

江南诸城，盛产海鲜的地方不少，像宁波、舟山、温州、台州等地，都以产海鲜著称，海鲜是这些地方的主打美食。当地人一般都能顺口说上二三十种海鲜的名字，那些大脑内存大的吃货，一开口就排得出上百种海鲜名。这并不奇怪，浙江有绵延千里的海岸线，鱼类和贝壳类水产品有五百多种。说到海鲜，海边城市的人滋生出扬扬自得的情绪，那也是顺理成章的事。

江南海鲜多，吃法也多。有熟食法；有生食法——龙虾、象鼻蚌、金枪鱼就适宜生食；有腌干法，腌制成黄鱼鲞、瓜筒、梅子鲓、龙头鲓、鲨鱼鲞、鳗鲞、乌狼鲞、墨鱼干、弹涂干、淡菜干、虾干，各种小杂鱼则会被晒干成烤头（小鱼干）；有糟醉法，加酒糟做成糟鳓鱼、糟带鱼、醉泥螺、醉蟹、鱼生、血蚶等，海边人在四五月常把细带鱼丝加红糟白曲腌制，封在缸内待过三伏天后取食，也有的将脱水的带鱼等糟腌，称为糟带鱼，还有制糊磨酱的，像虾酱、蟹酱、辣螺酱等。

关于这些地方的海鲜，天南地北的食客都做过评价，归纳起来就是一句话：形状见所未见，吃法闻所未闻，口味倒是一致，就是一个“鲜”字！南宋江南浪子戴复古就在诗中写道：“每思乡味必流涎，一物何能到眼前。”想起家乡的海鲜，这位老兄竟然会口水横流。

各地方言中，都有一个字叫“鲜”。“鲜”原指食物的新鲜和味道鲜美，但在我们这里，这个“鲜”别有含义，主要表现为得意忘形、不知含蓄，同时还含有一点显摆、卖弄的意思。它类似于杭州话里的“干”，北京话里的“烧包”，东北话的“嘚瑟”，但我觉得无论是“干”“烧包”，还是“嘚瑟”，表现力都不如这个“鲜”字强。比如我们的方言里，形容一个人得意扬扬，就用“鲜答答”，让人想起海鲜刚捞上来时，新鲜透骨，浑身滴着水的样子。把“鲜”字用在人身上，委实生动形象。

海鲜海鲜，就图个鲜字。但是，以我的眼光来看，光一个鲜字还不够。我认为，吃海鲜有三重境界：一曰鲜美，二为肥美，三是甜美。我们这里的人对海鲜的最高评价，就是“鲜甜”二字。这种评价，很是让一些人想不明白，说海鲜“鲜”是可以理解的，怎么会甜呢？我懒得跟他们争辩，如果他们到沿海城市走上一遭，吃到过刚打捞上来的小黄鱼、梅童鱼等小海鲜，他们一定会对我们以“鲜甜”这个词形容海鲜心服口服。

我们南方人味蕾敏感而细腻，看餐桌上有无鲜物，不看红肉，而是一看时令的菜蔬，二看桌上海鲜有多少。因此，海边人有“无鲜勿落饭”的说法。也是，餐桌上若没几样海鲜，叫人咋吃得下饭呀。

江南的海鲜里，有黄鱼、青蟹、对虾、海参之类的“大牌”，这些海鲜太出名了，跟内陆地区的人提这些，显得我们有些嘚瑟。江南地虽不大，但海鲜很博，长得稀奇古怪的海鲜很多——什么像鸟一样长着翅膀的尖嘴“飞鱼”，鱼假虎威的“岩头老虎”，跟石头一般形状、一样颜色的“石头鱼”，满身疙瘩像癞蛤蟆的“蛤蟆鱼”，细细长长的“钉头螺”，从岩石表皮揭下来的“佛手”，名字好像是上海滩斧头帮起的而肉质却极细嫩的“斧头鱼”，名字倒胃口一吃不松口的“濑尿虾”，一身硬壳尾巴像把剑，据说是比恐龙还早的，抱个小孩站上去可以让它驮着爬的鲎……这些个海鲜，别说外地朋友没见过，就是本地人也未必全叫得出名，就说那个鲎字，就完全可以难倒个文学博士。嗨，就说到这儿吧，说多了就真的有卖弄之嫌了。有机会，还是请你到海边的大排档吃吃我们的海鲜吧。

这些海鲜，别看模样长得怪，名字起得凶，其实，它们都具备一两门“独门绝技”，或拥有致命杀伤性武器，如河豚；要么懂“奇门遁甲”，遇上危险会放烟幕弹，如墨鱼；要么有壁垒森严的防御体系，如各种海螺。

很多外地人，爱上海边的这些城市，都始于这里的海鲜。这跟爱上一个人，再爱上一座城，是同样道理。有位宁波朋友，找了位南京姑娘，两人为婚后定居哪座城市而犯难，宁波朋友带南京姑娘吃遍了宁波的海鲜，以美味的海鲜攻下了南京姑娘的心。

师长、作家龚泽华也是被海鲜诱惑，心甘情愿一辈子把家安在了海边小城。他大学毕业后，与班里五六位同学一起被分配到台州，从省城杭州到海边小城市，心理落差相当大，不过，好吃的龚老师说：“接连几天用脸盆煮黄鱼和螃蟹来吃，就谁也不愿离开这里了。黄鱼肉香，是一种过齿难忘的香。那时街上黄鱼堆如小山，我们是天天吃，吃不厌，黄鱼捞面，黄鱼鲞肉……还有螃蟹，活的，那肉白如羊脂，清煮来吃，又鲜又甜，大家觉得日子过得神仙似的，到什么地方也享不到如此口福！”

龚泽华有位生意场上的朋友，是台湾人，因为钟情我们这里的海鲜，索性把厂子建在这里。他吃遍了当地上百种海鲜，过了一阵子想家了，想回台湾了。龚泽华跟他说，你尝够了鲍鱼、海参、鱼翅、海卵、石斑、血蛤……可还没尝农家海鲜呢！这位台商朋友一听还有农家海鲜，口风马上变了，说回去不回去还可以再商量。

东北朋友到我们这里来，跟我提起他们那疙瘩的小鸡炖蘑菇、猪肉炖粉条，说东北的美食如何如何的，我啥也不说，带他到我们海边的大排档，点了一桌菜，全是稀奇古怪的海鲜，什么辣螺、佛手、斧头鱼、棺材蟹、红绿头……服务员每端一道菜，我就大声地报一遍菜名。光这菜名，立马就把他给震住了！

在海边人的眼里，那些没海鲜吃，或者吃海鲜过敏的人，都是些"可怜的银"。某位曾在我们这里当一把手的领导，食海鲜过敏。坊间传闻，说他因为不能吃海鲜，原拟任舟山市长，后改到一个山区的地级市当市长了。在嗜海鲜的海边人眼里，若不能吃海鲜，做人的乐趣可是要打些折扣的，说得严重点，那是"一眼眼"意思也没有的。

海鲜对海边人的贡献，不仅仅是满足海边人的口腹之欲，还给他们带来一种世俗又市井的快乐，同时，又会让海边人滋生出对家乡的自豪感和对人生的满足感。而后者，才是最重要的。

我可以负责任地说：宁波、台州、温州都曾当选中国最具幸福感城市，如果没有这些味美的海鲜，市民的幸福感，怕是要打些折扣的。

这话有点上纲上线，不过，不要紧，但凡靠海吃海的江南人，都会理解的。谁让咱们这儿的海鲜那么鲜呢。

不知许事，且食蛤蜊

蛤蜊是海鲜中的小淘气。

我们这里的人把蛤蜊称为“青蛤”。

养在水里的蛤蜊，粗看像花纹斑斓的小鹅卵石，它们密密麻麻地挤在一起，在水中调皮地伸出洁白细长的小舌头，冷不防，喷出一道水花来，活泼得实在招人怜爱。古人相信腐草为萤、千年的白狐能修炼成美女，他们也相信，蛤蜊是百年的鸟雀变成的，晋干宝《搜神记》中就说：“百年之雀，入海为蛤。”《酉阳杂俎》中则说：“蛤蜊，候风雨，能以壳为翅飞。”——等到风雨之日，蛤蜊会借壳展翅，端的是革命的浪漫主义啊。

几年前，我在北京参加全国晚报都市报总编辑培训班。怕我们逃课，主办方把我们安排在大兴上课。全封闭不间断的培训让我觉得有点枯燥，听课听得无聊，便想逃课溜到天津淘古玩挖蛤蜊，一人去好生无趣，又不识路，便想拉上同学一起逃课。同学中有潘文泉，是《湖州晚报》的总编，是班里年纪最大的同学之一，他是有趣之人，虽年过半百，却十分贪玩，一听逃课，立马叫好。我们包了辆黑车，直奔天津，在天津逛了古玩市场，老潘淘得一清人的扇面，认为是真迹，大叫“发财了”，一路上他因淘到宝而喜滋滋的。淘完古董，我们便直奔塘沽而去。

这是我第一次挖蛤蜊，塘沽的滩涂下到处是蛤蜊。挖蛤蜊没什么技术含量，用手在松软的滩涂上刨啊刨，觉得触到了硬物，把硬物抓出来，就是蛤蜊。当地人见我这么小打小闹挖蛤蜊，直摇头，递给我一把五齿叉，外形像猪八戒的钉耙，这是他们挖蛤蜊的专业工具。嘿，拿到五齿叉，挖蛤蜊就省事多了，只要把手中的五齿叉向泥中一插一掀，就会耙出不少蛤蜊。好家伙，没几下就耙出一大把，相当有成就感，直到潮水涨到脚后跟，我们才意犹未尽地撤离，这时蛤蜊已经装满一大网兜了。因为没有地方可烧蛤蜊，回去的路上，就把蛤蜊顺手送给了的哥。的哥很高兴，说晚上的菜有着落了，回去就烧蛤蜊汤喝。

蛤蜊是那种最常见、最便宜的海鲜，肉质鲜美，肥厚嫩白，是平民百姓的爱物。它虽然价格便宜，却有“天下第一鲜”的美誉。元人钟嗣成在品味完元散曲之后，以“蛤蜊味”三字来评誉其风格和特色，他在《录鬼簿·序》中道：“若夫高尚之士、性理之学，以为得罪于圣门者，吾党且啖蛤蜊，别与知味者道。”

蛤蜊以外壳略显青黛者，味道最佳。其中有一种叫四角蛤蜊，贝壳顶部白色或淡紫色，壳口有紫黑色环带，十分肥美。这种蛤蜊还能醒酒，《浙江通志》中引至正《四明续志》说：“蛤蜊亦云圆蛤，壳口有紫晕者肥美，善醒酒。”

蛤蜊可炒、可汤。把蛤蜊放水中，滴上几滴香油，待它的泥沙吐净，油锅里搁上葱姜辣椒快火翻炒，一盘鲜香油辣的炒蛤蜊就上桌了。

蛤蜊用来煮汤，最宜夏天食用，据说越是懒人，烧出的汤越好，把蛤蜊倒进锅里，绝不翻动一下，因为一翻动，蛤蜊壳内的汤汁就会流掉一部分。蛤蜊豆腐汤、蛤蜊炖蛋、蛤蜊冬瓜汤、蛤蜊蛋花汤、蛤蜊咸菜汤……让人喝起来上瘾，撑到肚儿圆还觉得没个够。宁波菜中的蛤蜊黄鱼羹是极致的鲜，以蛤蜊和黄鱼肉制成，色泽洁白，汤汁浓稠，美味非同寻常。尝过几回，没齿难忘。蛤蜊汤极为开胃，《金瓶梅》里写到吃，动不动"大盘大碗，鸡蹄鲜肉肴馔拿将上来。银高脚葵花钟，每人一钟"，或者"登时四盘四碗拿来，桌子上摆了许多嘎饭，吃不了，又是两大盘玉米面鹅油蒸饼儿堆集的"。扫雪烹茶，也是"一碟鼓蓬蓬白面蒸饼，一碗韭菜酸笋蛤蜊汤，一盘子肥肥的大片水晶鹅，一碟香喷喷晒干的巴子肉……"不过，吃水晶鹅呀巴子肉之类一干大鱼大肉之前，西门大官人和他的妻妾们还非得酸笋蛤蜊汤来开胃。

辣炒蛤蜊相当美味，蛤蜊张着大嘴，露出雪白鲜嫩的肉，配上黄的姜丝、绿的葱段和鲜红的干辣椒，看那清新如春、热辣似火的颜色，让人忍不住手捏一把狂吃。宋人汪元量曾写道："花似锦，酒成池。对花对酒两相宜。水边莫话长安事，且请卿卿吃蛤蜊。"汪元量是个骚人。骚人者，诗人也。南宋时台州女子谢道清为理宗皇后，汪元量是宫廷乐师，他弹得一手好曲，写得一手好诗，好风雅的他，与佳人对着花共饮，不说国破家亡事，饮着酒，吃着蛤蜊，把人生不快统统丢一边去。《南史·王弘传》中的沈昭略也说："不知许事，且食蛤蜊。"——只要有蛤蜊吃，啥事都可以不去想、不去管了。

蛤蜊还可生吃，元朝《云林堂饮食制度制》一书记录了生吃蛤蜊的妙法："用蛤蜊洗净，生擘开，留浆别器中，沥去蛤蜊泥沙，批破，水洗净，留洗水，再用温汤洗，次用葱丝或橘丝少许，拌蛤蜊肉，匀排碗中，以前浆及二次洗水汤澄清去脚，入葱、椒、酒调利，入汁浇供，甚妙。"喜欢末尾的"甚妙"二字，吃货们吃到好东西时的扬扬自得，似在眼前。

为蛤蜊的美味叫好的人着实不少，北魏贾思勰的《齐民要术》，就写到烤蛤蜊，宋人的《梦粱录》中写到"酒鸡蛤蜊""蛤蜊淡菜""米脯鲜蛤"等，光看菜名，就让人垂涎三尺。清代最著名的吃货袁枚在《随园食单》中，就有韭菜炒蛤蜊肉及制汤的记述："剥蛤蜊肉，加韭菜炒之佳，或为汤亦可，起迟便枯。"古人甚至将蛤蜊制成"蛤蜊酱"，诗人梅尧臣收到哥们寄来的蛤蜊酱后，勾起了思乡之情："我尝为吴客，家亦有吴婢。忽惊韩夫子，遗我越乡味。"

我们这里有"正月十四是元宵，家家糟羹蛤蜊调"的谚语。每到正月十四，家家户户闹元宵，是夜，定要喝一碗糟羹。糟羹里有肉丝、笋丁、香菇丁等，当然还少不了蛤蜊，没了蛤蜊，那鲜味就差远了。吃完糟羹，便上街看花灯、看舞狮、猜灯谜去了。

海边人喜欢蛤蜊，就算山里人嫌麻烦不爱吃贝呀螺呀，对蛤蜊还是情有独钟的，不仅因为美味，而且吃着方便，烧熟的蛤蜊壳都是张开的，上手就可以吃，有人形容得生动——"不像其他螺啊贝啊，脾气死硬，即便熟了也要用大盖子堵着洞口，或是两壳紧闭，一副打死不张嘴的欠揍模样！"当然，蛤蜊要是真合上口的话，就很难撬开，我们这里评价一个人是"蛤蜊口"，意谓此人口风紧，不会随便传话。

吃了沙蒜力道足

俗话说:唱戏的腔,厨师的汤。能烧汤的海鲜很多,但是要烧得像沙蒜汤那般的鲜香绵稠,不容易。如果要以鲜稠一论高下,大概只有河豚汤可以跟它相提并论——河豚汤的绵稠与鲜味,跟沙蒜汤可以一拼,但它不及沙蒜汤的香浓。温州、宁波的鱼圆汤倒是极鲜美,但它的鲜是清鲜,绵稠不够。总之,沙蒜烧成的汤,是浓度很高的那种鲜,配得上用“其鲜无比”四字。我们这里有个“十大名菜”榜,其中有鲳鱼年糕、沙蒜煲、花园豆腐、阿金鱼头、红烧大陈黄鱼、干蒸三门青蟹、原盅鲍鸭、小珍煲海蜈蚣、蟹黄鳗胶、台州首脆。十大名菜中,当然少不得声名赫赫的沙蒜煲。这沙蒜煲名列其中,并非浪得虚名。

沙蒜是种腔肠动物,学名海葵。海葵是大家族,品种多,有一千多种,海边人常吃的这种沙蒜叫星虫状海葵,长得一点不起眼,青黄色,一副土头土脑的蒜头样,像个土包子。它没有同族的其他海葵那般妖艳美丽——沙蒜的同胞大多长得五颜六色,有黄有蓝,有斑点和条纹,漂浮在水中，缓慢地滑行或翻转，像摇曳的菊花瓣，风情万种。

学名叫星虫状海葵的沙蒜貌不惊人，它长在礁岩上或缝隙间，有时也埋伏在海涂之下，吞食着泥沙中的营养物质，它口部四周的触手在有水的泥涂上晃动着，有人走近，它的触手便“嗖”地缩进泥涂中，涂面竟然不留痕迹，像是踏雪无痕的武林高手。

江南人常吃的沙蒜有两种——球形沙蒜和鸡肚肠蒜，这两种沙蒜都会钻泥沙，可见，台州人把沙蒜叫作“沙钻”是有道理的。球形沙蒜隐藏得比较浅，徒手便可捉到。夏秋季节退潮后，三五成群的海边人便在海涂上，挖捡泥涂下的球形沙蒜。另外一种叫鸡肚肠蒜的，顾名思义，长得像长长的鸡肠，它城府比较深，像《潜伏》中的老特务，不动声色，藏身在泥涂下一米多深处，徒手很难挖到。两种沙蒜都很鲜美，一定要比高下的话，我觉得鸡肚肠蒜更胜一筹。

沙蒜在沙涂上栖息，这厮离不得海水，一离开水，不出几分钟，便软奄奄如一堆烂泥。一放进水中，则蠕动着圆桶形的身子。在水里的时候，它有鸭蛋那么大，做成鲜脆沙蒜汤以后，是那种浓缩了的精华，个头也缩小到只有春卷的一半。

鲜脆沙蒜汤看上去有点浑浊，似不清爽，实际上味极美，鲜味缠绕在唇齿之间，把味蕾的快感勾了个痛快淋漓。对于第一次吃这种汤的人来说，绝对是一种震撼，因为这汤实在太鲜、太有味道了！

沙蒜的口感也特别，咬一口，嘎吱嘎吱的，是韧中带着脆的那种，有点像鸡鸭肫，又有点像鲍鱼。沙蒜实在是鲜啊，鲜得简直让人不知他味了，有时来不及多咀嚼几下，咕噜一下就滑到肚里了，等回过味来时，只余满口的鲜香。

宁波、舟山海边大排档烧的沙蒜很入味。沙蒜有红烧的，也有煨汤的。我以为沙蒜还是煨汤好吃，因为味道本真。煨时无须放盐，因其本身已咸，加入黄酒、姜片、蒜头后，用慢火煨熟后，端上来喝上一口，没有不叫好的。

海边人都道沙蒜大补，说有滋阴壮阳的功效，故称之为海中冬虫夏草，我们这里的人叫得直白，管沙蒜叫“海卵”——说是大海的阳物，粗俗是粗俗，不过也可见它补肾壮阳的功效不同一般。当地人形容一个人好吹牛，就说他是“海卵喷天”——沙蒜喜欢喷水，但喷得不远，“喷天”是它的一厢情愿。

外地客人来我们这儿，若是贵客，一桌海鲜里少不得上一道鲜脆沙蒜汤。好奇的外地客人看到这一盅浑浊的汤，常刨根问底，问这是什么，若有女客在，当地人常对视一眼，不肯多说，只道是沙蒜。这样一来，沙蒜倒成了所有海鲜里最暧昧的一种。

我们这里的人一致认为，什么绿豆面炒沙蒜，什么红烧沙蒜，都比不得黄酒炖沙蒜正宗，比不上它有“力道”。“力道”是当地人常说的一个词，这“力道”的意思除了力气外，还有功效之意，但我很难用准确的语言来表述。有一次赴宴，地方领导请客，这位领导十分风趣，沙蒜汤一上来，便煞有介事地向大家介绍说：沙蒜这玩意儿，吃一个有利于身体健康，吃两个有利于夫妻和睦，吃三个不利于家庭稳定。他替我从另一个层面把“力道”二字解释清楚了。

沙蒜名声在外，省城的客人到我们这里来，对沙蒜最感兴趣，一听说沙蒜，个个眼睛发绿。有一次省里一个厅长来我们这里检查工作，听当地人说起本地特产沙蒜，吃了一盘红烧沙蒜还不过瘾，还要再来一盘，别的菜不夹，手中的筷子如小李飞刀，直奔沙蒜而去。

几十年前，沙蒜是渔民餐桌上的家常便菜，一斤沙蒜不过一二角钱。当然，那时的黄鱼也很便宜，不像现在，它们都成了“大牌”，身价倍增，一斤要几十上百元了。

沙蒜的身价越来越高，请人吃饭，为表客气，都要上鲜脆沙蒜汤，但是通常都数准了客人的人头，上的沙蒜不多不少，刚好是一人一只的分量，刚够得上“有利健康”的标准，客人想多吃几只沙蒜，做点“不利于家庭稳定”的事，还没这个机会呢。

桃花红，泥螺肥

江南的小海鲜实在不少，不说别的，光螺就可以排上许多种：泥螺、香螺、辣螺、跳螺、刺螺、大头螺、芝麻螺、大海螺、石头螺、水涨螺、八角螺、马蹄螺、织纹螺等。

对于带壳的食物，喜欢与否常常两极分化。一部分人嫌吃着麻烦，费老大的劲才能吃到一丁点肉，付出与得到不成正比，懒得去吃它。另一些人嗜一切带壳的美食，干果里的核桃、瓜子、香榧、松子，海鲜中的贝与螺。我是后一种人，我觉得，它们坚硬的外壳下，蕴藏着不为人知的美味，个中滋味，只有尝过才心知肚明。

过去，海边人家想吃腥，挂个竹篓，骑上泥马，去海涂上走一圈，餐桌上就丰盛得不得了。退潮后的海滩上，小海鱼、弹涂、蛤蜊、海螺蛳、白虾、九节虾、虾蛄随处可见，当然还少不得泥螺。我在海边看过村民捉泥螺，场面颇为壮观。海潮退去时，妇人孩童就下到海涂上，泥螺旺发时，滩涂上爬满了黑豆似的小精灵，泥螺推着一层泥缓缓地爬行，憨憨的，对即将到来的被捕捉的命运，安之若素，不逃也不躲，所以泥螺很好捉——说是捉，实际上是捡，三指撮起，运气好的话，小半天能捡上十几斤。有时夜潮旺发时，海边人会提着灯笼、火篾等照明之物，浩浩荡荡下海捕捉泥螺，没多久，就能捡满一木桶。

泥螺"吐吞含沙，沙黑如铁"，又名"吐铁"，我们这里的人称之为"沙雨"。《食物本草》介绍道："吐铁，生海中，螺属也。大如指顶者则有脂如凝膏，色青，外壳亦软，其肉色黑如铁，吐露壳外，故称'吐铁'。"清代温岭名医赵立民，医术高，又好风雅，他在《一剪梅·独酌偶成》中写到泥螺："墙角红榴映碧纱，老了黄瓜，熟了枇杷。银鱼生炒蛋堆花，吐铁无沙，蚕豆新芽。　小酌已生老脸霞，吟兴婆娑，醉眼横斜。夕阳影里听鸣鸦，且访农家，与话桑麻。"喝喝小酒，吮吮泥螺，听听鸦鸣，醉眼横斜，人生还有什么想不开的呢？

泥螺状如蜗壳，体表有黏液，幼时白色透明，大时呈青色或黄色，不透明，泥螺个头以大为上，颜色以黄色为佳。若以时令论，以桃花时节最为细嫩，此时的泥螺肉质鲜嫩而无泥，称桃花泥螺。清代潘朗有诗曰："树头月出炊香饭，郎提桃花吐铁来。"到了梅子青时，天上落雨，泥螺脂膏满腹，最是肥美。用酒浸个一两宿，肥膏便会溢出壳外。待到八月十六桂花开时，此时的泥螺个头虽大，但肉质已发硬。

泥螺不但味美，还是一味中药，清人赵学敏在《本草纲目拾遗》中就说："吐铁能润喉燥、生津。"他还来个现身说法："余庚申岁二月，每患燥火，入夜喉咽干燥，舌枯欲裂，服花粉生津药，多不验。一日市吐铁食之甘，至夜咽干亦愈，可知生津液养脾阴之力大也。"看来泥螺的功效赶得上铁皮枫斗晶了。

泥螺最常见的吃法就是腌成糟货,“以腌藏糟浸,货之四方,以充海错”。宁波、舟山、温州、台州的泥螺都很出名,不过头牌是宁波的黄泥螺。这些地方的腌泥螺,壳薄如蝉翼,螺肉通体透明,就像是一粒粒小琥珀,镶嵌在蜗牛造型的薄壳中。一尝,湿润柔软,清香脆嫩,丰腴可口,甜甜的螺肉中,溢出黄酒的醇香,味极鲜脆香美。糟泥螺用来下饭最好,舟山人称之为“塞饭榔头”,我们这里也有句土话:“泥螺和饭,好比肉炒蛋。”说这话时,泥螺价格还很便宜,不像现在,泥螺的价钿老早超过肉和蛋了。泥螺岂止下饭,它还解油腥,当你吃得脑满肠肥、满腹流油,看到啥东西都不想举筷时,夹几只清嫩鲜脆的黄泥螺嘬嘬,一碗白泡饭下肚,马上神清气爽。上海人跟宁波人、温州人一样,都非常喜欢吃泥螺,嘴刁的人还非宁波黄泥螺不吃。上海滩大亨虞洽卿是宁波人,幼时家贫,经常到滩涂上捡泥螺。发迹后,乡人给他起了个外号,叫“大泥螺”。

腌泥螺是技术活,腌得不好的话,死咸死咸的,而且螺肉也缩小到一丁点。梁实秋在《炝青蛤》一文中写到泥螺:“贝类之中最小者,当推宁波产的黄泥螺,小得跟绿豆一般,黑不溜秋的,不起眼,里面的肉小得可怜,很咸。”我推测,他尝到的是腌得不到位的泥螺。我尝试过腌泥螺,也是不得要领,泥螺在壳内缩头缩脑,难看,又不好吃,生硬坚涩。我把自腌的泥螺推荐给一个北方妞吃,她自称什么都敢吃,什么都会吃,但夹起一粒泥螺,连壳一口咬下去,然后“呸”地吐出口,说,啥东西,味道怪,还咸得要死。北方人吃不惯腌海鲜,除了泥螺,鱼生、枪蟹也不对他们胃口。

泥螺要腌透才好吃,没腌足的话,吃了会发“泥螺胖”——泥螺体表黏液及内脏中有毒素，吃了未经腌熟的泥螺，脸会浮肿，宁波人称之为“发泥螺胖”，要好几天才会退。

比起腌泥螺，我更喜欢葱油泥螺。前些年，在温岭一家不起眼的饭店吃过一回葱油泥螺，味极美，经年不忘。葱油泥螺光润可爱，四周点缀着青绿的葱花，吃的时候，用筷子夹起一个，然后含在嘴唇之间，用舌尖顶壳轻轻一吮，嗖的一声螺肉就顺着舌尖到了口中，吃在嘴里，既有泥螺的软嫩，又有小葱的清香、酱油的浓香。

温州人把泥螺称为“泥糍”，温州方言中有“白眼泥糍”或“眼乌珠眯拢泥糍恁”的说法，说的就是那些处事糊涂或拎不清的人。

清明螺，赛肥鹅

“清明螺，赛肥鹅。”清明前的江南，细雨斜织，此时是螺蛳最为肥美的时节。

小时候，水塘河道里螺蛳很多，沿青石板随手一摸就是一大把，没人把它当成稀罕物。有一位同学，家里养了鸭子，放学后常去摸螺蛳，砸碎后用来喂鸭子。他家的鸭子吃多了螺蛳，下的蛋都是红心的。鸭子个头也长得很大，“嘎嘎嘎”叫得特别带劲，走路都一歪一歪的，被我撵得摇摇晃晃乱跑。

小时候我挑食，别的东西不爱吃，只爱吃外婆烧的霉干菜扣肉和酱爆螺蛳。外婆把螺蛳放在铁锅里噼里啪啦炒得震天响，是我小时候最爱听的声音。吃完螺蛳，还拿螺蛳厣粘在眉间，扮普度众生的观音菩萨，邻居家的淘小子则喜欢将它粘在颌下，左手叉腰，混充伟人。

螺蛳的吃法很多，辣炒、酱爆、老卤、塞肉等都是美味，不管怎么个烧法，料酒、大蒜、辣椒是少不了的，因为要压住螺蛳的腥味。大学毕业后，我在杭州一所学校教书，学校边上有一口水塘，春天里，柳树刚长出鹅黄的嫩芽，水塘边便有人摸螺蛳了。同事刘宁琪，宁夏人，他父母退休后，也到杭州跟他一起生活。刘伯伯刘伯母常去学校边上的池塘捞螺蛳，提一张网，在池塘里晃荡两下，就是半篮螺蛳，运气好的话，还有蚬子、河蚌、活蹦乱跳的青虾和小鱼。蚬子、河蚌用来炖汤，小鱼用淀粉裹了油炸，下酒最好。捞上来的螺蛳则要先放在清水里，滴两滴香油，养上一夜，就会吐去秽物，再用剪子剪去尾部，就能下锅放上葱姜辣椒爆炒了。刘伯伯刘伯母每次炒好螺蛳，就喊我们去打牙祭，于是约上三五同事，海阔天空，把酒言欢，留下螺壳一堆堆。

除了酱爆螺蛳，讲究些的，将螺蛳煮熟，剔出螺肉，用来炖蛋，吃起来也别有滋味。还有一道菜，叫春韭炒螺肉，鲜香异常。春韭初割，油亮碧绿，与黑中带黄的螺肉互炒，是春天的一道时令菜。光看色彩，就容易勾人食欲。

有一段时间，我们这里兴起吃煲，商业街上，几家煲店的生意十分红火。煲店里最受欢迎的，便是田螺煲。田螺块头大，肉粗，并不好吃，但是把剔出来的田螺肉切碎拌以猪肉碎，加料酒、酱油，炒熟后塞回螺蛳壳里，就是一道鲜香味美的美食。我家小子小时候最爱吃螺蛳塞肉了。每次带他出门，只要饭桌上有这道菜，他就吃得满嘴流油。

又过了一阵，不时兴吃田螺煲了，时兴吃上汤螺蛳了。除了大酒店，大大小小的咖啡馆、茶馆也都有这道菜，这上汤螺蛳最大的特点是鲜，螺蛳淹在乳白色的汤里，上面是暗红的火腿片、碧绿的葱花、象牙色的鲜笋片、大红的辣椒丝，看在眼里，就是一汪浓得化不开的春意，吃在嘴里，又有鲜、嫩、香、辣，咸鲜入味，一上桌，很快就会被消灭光。

螺蛳有清肝明目的功效，《本草纲目》中就有记载："螺肉味甘性寒，具有清热、明目、祛湿、利尿、通便等功效。"

江南诸地有清明吃螺的风俗。汪曾祺就说："螺蛳处处有之，我们家乡清明吃螺蛳，谓可以明目。用五香煮熟螺蛳，分给孩子，一人半碗，由他们自己用竹签挑着吃。"

清明吃螺，别的地方吃的多是秧田和河塘里的那种螺蛳，我们以吃海蛳居多，俗称"亮眼蛳"。

海蛳有青蛳、乌蛳、黄蛳之分，我们这里的人嘴刁，爱吃青蛳。吃了螺蛳，壳也不让乱扔，说要抛向屋瓦背，以便用螺蛳壳"套"住毛毛虫。我读中学时，每到清明，街头就有小贩提着竹篮在叫卖海蛳，一角钱可以买上一捧，边走边吮，那种鲜美的味道，至今难忘。有一年清明节前，舒婷来临海，在桃渚海滩，她花五元钱买了一小杯海蛳，吃了几只，只道味美，说平素很少吃到这么好吃的海蛳。其实她吃到的只是黄蛳，要是吃了青蛳，那味道更是没的说了，搞不好，让舒婷大姐即席赋诗一首都有可能。

三月三，辣螺爬高岩

香螺、花螺和辣螺，可以各自作秀，也可以拼成海鲜拼盘，来个“香辣组合”。三者中，长得最漂亮的是花螺，光听名字就觉得风雅，看长相，周身光滑，白底黑点，清清爽爽。香螺则是一身烟灰色的壳，秀气文静。唯独辣螺，长得像《巴黎圣母院》里的那个敲钟怪人卡西莫多，螺壳很厚，外壳凹凸不平，样子粗糙又丑陋。如果以戏剧中的角色命名，花螺是花旦，香螺是青衣，而辣螺，则是丑角无疑。

辣螺生长在岩石缝隙里，呈橄榄状，色浓绿。辣螺是它的小名，也有人管它叫口水螺，它的学名则叫疣荔枝螺，因为它的表壳有许多瘤状的突起，故名。别地也有把辣螺叫成苦瓜螺的，从外表看，它跟苦瓜相像，也有许多疣状物，光看外表，辣螺的确不太招人喜欢。

我们这里有民谣：“三月三，辣螺爬高岩。”它的意思是说，农历三月初三前后，海水渐暖，地温升高，辣螺们便爬上岩头，有时还能听到它们的叫歌声。文友张一芳渔民出身，小时常去捡辣螺，写起辣螺来真是一往情深——

每年三月，大海里南方暖流势盛，春潮涌动，海水渐暖；再加上月初头大潮汛，潮水涨得高，退得也低，日照长了，岩滩被晒得暖暖的。蛰居的辣螺，爬上陡陡的岩崖，吸食石隙间和苔草上的虾虮和藻菌，也做出些繁衍子孙的壮举。我听到它们幽幽的咏咏叫歌声，正是这样的季节。

辣螺很好捡，岩石上很多，扔进篮子就是，我捡过，一捡一大把，很有成就感。海边的老人说，辣螺会"做窝"，常集结在一起。运气好的话，找到一窝，一捡就是一畚箕。大一些的辣螺比较狡猾，喜欢躲在水下的礁石缝里，这时就需要动用镊子之类的东西，把它夹出来。过去海边人讨岩头，多半是冲着藤壶、生筋壳等美味去的，至于辣螺、佛手、岩蒜、虾蟆碗之类，只是顺手捡拾的。现在去讨岩头，捡到篮里的，都是好菜。

辣螺是螺中的辣妹子。辣螺之所以辣，是因它的尾端有一辣囊腺，会产生一种不同于生姜、辣椒之类的辣味，据说吃那玩意儿败火。要知道，它的辣是天然的，绝非加配料煮出来的。因此，也有人吃不惯辣螺的味，吃完一个辣螺，还拿着辣螺煞有介事地说，长得难看不是你的错，但这么难吃就是你的错了。

辣螺好对付，买回来的辣螺冲刷洗净，滴入几滴香油，在水中静养一个晚上，待它们吐净肚子里的泥沙，就可水煮了。本地人爱吃水煮辣螺，是最本色的味道。辣螺放进滚水里，姜、葱、料酒、盐、辣椒之类的调味品一概不放，只稍稍烫上几十秒钟，马上捞上来，装盘，就可以上桌了。

水煮辣螺的味道很特别，鲜自然不必说了，还有点辣，有点苦，细细回味,又有点鲜甜。海边的大排档上,一张餐桌边,围坐着两三个赤膊红脸的大汉,桌上是冰鲜的扎啤,玻璃杯里泡沫冒着,面前一大盘辣螺。啤酒淡淡的苦味和辣螺的辣味,在舌头上掺杂着。读过几句书的人,吃辣螺有时还会吃出些许人生的况味来。有些吃辣螺上瘾的海边人,夏天晚上去七号码头边上吃大排档,点个三四盘辣螺,来点盐水花生,再上三四瓶啤酒,一个晚上就可以消磨掉了。

去年夏天,我到普陀山玩,岛上的朋友请吃海鲜。上的一桌海鲜,我都觉得无甚稀奇,我们这里盛产海鲜,咱啥海鲜没吃过。唯独一道辣螺炖蛋,让我称道不已——新鲜辣螺敲碎后,把带肉的壳放到盆里,撒上调料,扣上一只鲜蛋,隔水炖成。那又鲜又辣的滋味,令人回味无穷。

辣螺可以做成辣螺酱,做法也简单,将辣螺的硬壳敲破,取出螺肉,拌上食盐、白酒、姜丝、蒜瓣等调料,放玻璃瓶里腌着,过上四五天即可取食,其味鲜美,香中带点辣,很是开胃,比宁波枪蟹什么的要好吃,用来下饭没有比它更好的了。

螺中香妃

海边的滩涂，除了盛产各种鱼虾，还有各种贝壳类的小海鲜，什么蛏子、花蛤、牡蛎、泥螺、海蛳、血蚶、香螺、乌螺……应有尽有。蛏子、花蛤什么大家都很熟悉，陌生些的就是乌螺。乌螺就是红带织纹螺，味极美，南宋学者徐似道有一首《阮郎归》，写得颇无厘头，里面就提到乌螺："茶寮山上一头陀。新来学者么。蝤蛑螃蟹与乌螺。知他放几多。有一物，是蜂窝。姓牙名老婆。虽然无奈得它何。如何放得它。"乌螺有毒，每年初夏都有人因吃它被放倒。乌螺美味是美味，为它搭上身家性命却犯不着，所以我从不吃它。有香螺吃，咱就心满意足了。

香螺又称黄镶玉螺，体型圆胖而厚重，壳薄薄的。壳面黄褐色，壳顶部则是淡淡的青灰色，这青灰，像夕阳落下后的天空，又像炊烟的颜色，让人产生几分诗意的联想。

如果说辣螺是螺中的"辣妹子"，那么，香螺则是螺中的香妃。

香螺的外表相当素朴，一袭灰色，不大惹眼，低调内敛，如阅尽繁华归隐山林的高人。

大家对辣螺的辣味见仁见智，叫好的，嗜辣螺如命，一盘辣螺上来，三下五除二，盘就见了底，剩下一堆壳；吃不惯的也有，眼都不瞟辣螺一下。但对香螺，几乎一边倒地都说好吃，香螺的肉质嫩脆，很有嚼头。用流行话来说，是“灰常的鲜美”。海边人海鲜吃得多，见得广，眼孔大，口味刁，海边的吃货都说好吃的东西，那味道真是不一般的好。

香螺尾部有膏，这是香螺的精华所在。内陆城市的人，初次吃香螺，常把这黄黄的膏当成是香螺的“屎”，弃之不食，经在座的老江湖一番调教，才恍然大悟，吃后不免感叹：天下竟然还有这么好吃的“屎”！

香螺有白煮香螺和爆炒香螺等烧法，我照例是喜欢白煮的味道，有隐隐的咸，是海水的味。如果爆炒的话，动作一定要快，否则就会把香螺炒老了，嚼不动。我在福州吃过一道淡糟香螺片，雪白的螺片上几抹殷红的糟汁，舒展似花。淡糟香螺片色泽淡红，肉质脆嫩，糟香味美，食之清鲜爽口，齿颊留香，别有滋味。

海边的大排档，生意总是好得出奇，看海景、吹海风、吃海鲜，的确是人生乐事。去大排档，很多人冲着小海鲜去，香螺、辣螺、花蛤、缢蛏这些小海鲜也的确争气，要多鲜有多鲜。一到天气晴好的周末，我们这里但凡有点小名气的大排档，路边都会停满各种私家车，来的都是贪吃鹭——我们这里把吃货称为“贪吃鹭”。连杭州、上海的贪吃鹭，有时也会拖家带口赶过来吃。有一次，我请一个上海“阿拉”在海边吃海鲜，“阿拉”手持牙签对付香螺，神态严谨，闷声不响，许是用得不得法，折了好几根牙签，不过他不怕挫折，坚韧不拔地继续对付着香螺，还说经历一番艰辛后吃到嘴里的香螺肉，鲜美又有嚼劲，是难得的美味。这腔调，有那么点“不经历风雨，怎么见彩虹”的味道。

近日闲翻《西京杂记》，书中道：“赵飞燕为皇后，其女弟在昭阳殿，遗飞燕书曰：‘今日嘉辰，贵姊懋膺洪册，谨上襚三十五条……青木香、沉水香、香螺卮。’”——当年赵飞燕被册封为皇后时，妹妹赵昭仪送上三十五件奇珍以示祝贺，其中就有香螺卮。香螺卮是香螺壳制的酒杯，但此香螺非我们这里的那种小香螺，而是硕大的海南香螺。前些年我到海南，淘得许多稀奇古怪的螺，回来摆满两个橱柜，有细小的玉黍螺、岩螺，有黄金宝螺，有砗磲贝，有状如鹦鹉的鹦鹉螺，还有像蜘蛛一样的蜘蛛螺，其中有一样就是“佛门七宝”中的左旋香螺。想来赵昭仪送给赵飞燕的该是此种香螺，只不知这种大香螺的肉是否有如我们这里的小香螺一般鲜美。

血　蚶

血蚶，我们这里的人把它叫成“花蚶”，好像戏曲人物中的花脸。它壳面白色或褐色，薄皮，表面有沟，如旧时屋顶瓦棱，所以它的壳就称为“瓦楞子”。清代学者宋世荦有《黄岩杂诗》：“一回潮上一回鲜，紫蛤花蚶不计钱。拨刺黄鱼长尺半，如飞摇到路桥船。”从诗中看，那时紫蛤花蚶这些小海鲜，是卖不了三两个小钱的，故有“紫蛤花蚶不计钱”之说。

外地人到海边城市，吃贝壳类的海鲜时，时不时会闹点笑话。有次请一外地朋友吃饭，点了一盘血蚶，一上桌，这家伙尖叫一声，啊，毛蚶?！紧接着第二句便是：你们这儿怎么连这玩意儿都敢吃。看他表情，那是相当古怪，估计这小子联想到了上海的甲肝，当年上海甲肝大暴发的罪魁祸首就是毛蚶。这小子好了疮疤忘不了疼，以致现在一见毛蚶就脸色大变。我赶紧向这怕死的家伙解释，别紧张，这是血蚶，不是毛蚶！

前几年，以台州改革开放为背景的电视连续剧《海之门》在中央电视台热播，有个主人公就叫毛蚶，编剧据说到台州“深入生活”过，我估计这种深入法是蜻蜓点水式的，否则断不会给主人公起“毛蚶”这个名，就是叫海瓜子、泥螺什么的，也比叫毛蚶强。毛蚶是什么，引发甲肝的罪魁祸首！台州人一般是看不上毛蚶的，长相粗鄙不说，肉又粗糙，一点也没吃头。

血蚶与毛蚶其实很好区别，血蚶体内有汁似血，蚶肉呈鲜红色，民间以为是“血肉丰满”之物，视为大补。补不补不好说，不过血蚶的确有化痰、治胃酸过多之效，还能解酒。《本草纲目》也道，血蚶“味甘性温，功能除了补血外，还可以润五脏、健胃、清热化痰、治酸止痛，主治痰热咳嗽、胸胁疼痛、痰中带血等”。早些年，我们这里的妇女坐月子，时兴吃血蚶，说是能补血。这里的男人同样视血蚶与血蚶酒为滋补佳品，他们将血蚶放进滚热的黄酒里，稍一烫，血蚶就有六七分熟，即可食用。吃了血蚶，黄酒也要一饮而尽。六七分熟的血蚶味最佳，掰开后血汁横流，若烫的时间太长，血蚶壳全张开，壳里的血都流光了，肉缩成一小截，苍黄干瘪，老涩难嚼，寡淡少味。

海南人视血蚶为吉祥物，有大年初一吃血蚶的习俗，他们把蚶壳当作两扇“门”，把蚶肉视为“元宝”。大年初一吃蚶是开门见宝，开门见红。无独有偶，厦门、潮州的朋友也跟我说，在他们那里，血蚶是过年时讨口彩的小菜，按照习俗，除夕围炉时，他们的年夜饭会有一道血蚶。除夕食蚶，意取金钱众多，反复可数的意思。吃了血蚶，他们把蚶壳抛进床底，到年初五再收拾，嘴里还念念有声：“蚶壳钱，赚大钱。”如此这般，意味着来年会“旺财”——因为蚶壳相磨所发的音响，极似铜钱声音，所以这些地方称蚶壳为“蚶壳钱”。难怪张爱玲说：“中国人过年，茶叶蛋，青菜，火盆里的炭塞，都用来代表元宝；在北方，饺子也算元宝；在宁波，蛤蜊也算元宝。眼里看到的，什么都像元宝，真是个财迷心窍的民族。”

小寒至大寒期间，血蚶血量最多，这时的血蚶一打开，肉质饱满鲜红，可与烈焰红唇媲美。我有一个朋友，极嗜血蚶，吃得兴起，有时唇齿间免不了“血迹斑斑”，跟吸血鬼无异，让人疑心他还在茹毛饮血。

内陆地区的人不太敢吃这玩意儿，说血渍乌拉的，有点恐怖。经过我耐心细致的思想工作及言传身教，才把筷子伸向血蚶，却把血蚶放杯里涮上几涮，说是把血水涮掉。这种吃法，真是暴殄天物啊，看得我痛心疾首。

蚶壳还可以当惩罚工具——旧时笔记小说里，悍妻治夫，就在地上放两个蚶壳，让丈夫罚跪其上，类似于现代悍妻逼丈夫跪搓衣板。

去年春天到广东，与朋友相聚，相谈甚欢，饭后散步时，见小巷里有人在拉椰胡。椰胡呜呜咽咽地响，让离家数日的我起了想家的心思。陪我散步的广东朋友说，这椰胡的线眼就是蚶壳做的，想不到蚶壳还有此用途。次日返程，刚下飞机，就有朋友请吃饭，我吃着血蚶，趁机卖弄学问，说蚶壳可以用作“椰胡”的线眼，朋友眼珠瞪得老大：什么，蚶壳做“夜壶”的线眼？

嘿，这是哪儿跟哪儿的事。

悲情佛手

我爱吃带壳的干果，自然也爱吃带壳的海鲜——海瓜子、牡蛎、缢蛏、白蛤、蛤蜊、花蛤、杂色蛤、毛蚶、佛手这些贝壳，都是我味蕾上的最爱。某人见我这么爱吃带壳的食物，一口咬定我是松鼠投的胎，我仔细一想，觉得有这种可能。

佛手这名字很好听，它也是礁石上的美食。礁石上常见的海鲜有辣螺、淡菜、牡蛎，还有就是佛手。本地人称佛手为观音手，别地也有叫鸡冠贝、狗爪螺的，大约取其形。你若有心查一下它的学名，就不太有趣了，它的学名叫龟足。就是想象力再丰富的人，也难以将这两种风马牛不相及的名字跟同一种贝壳联系起来。

鲁迅在《故乡》里，回忆跟少年闰土在一起的快乐日子，闰土跟少年鲁迅提起，他们“日里到海边捡贝壳去，红的绿的都有，鬼见怕也有，观音手也有”，引得少年鲁迅很是神往。

佛手形状奇特，外形像合十的双手，壳粗糙，青黄色的外表，看上去有点像恐龙皮。这玩意儿山上没有，地里不见，全长在礁石岩壁上。佛手密密麻麻地扒在岩石缝隙中，一有风吹草动，便紧缩柄部藏在岩缝里。除了附着于礁石上，佛手还会寄生于大型鱼体上，随鱼的游动免费观光海底风光。

我在大陈岛的岩礁上挖过佛手。岩礁上的宝贝真不少，除了佛手，蟛蜞在岩石间乱爬，辣螺更多，俯拾即得，佛手则隐藏在岩缝里，不动声色，一副老谋深算的样子。佛手壳很坚硬，紧附在岩石上，要花力气从礁石上撬下，很是费劲。挖出来的佛手表面还有一层绿苔，像是它的保护色。老半天才挖了一点，还铺不满篮子底，手却割了好几道口子，真是“粒粒皆辛苦”。

跟田螺姑娘之类的传说不同，佛手的传说有点血腥，说是公主妙善做梦，梦中高人提醒唯有将自己的臂肉割下煎汤，父病方能去。梦醒后的公主毅然挥刀断臂，父王得救了，菩萨感于公主的孝心，让公主的伤臂长出观音手，余下的手掌扔到礁石上，便成了佛手。

除了海鲜中的佛手，南方有种长在树上的金黄色瓜果也叫佛手，以金华佛手最为著名，雅称“金佛手”。金华的朋友送我一盆佛手，我当成稀罕物。佛手开花时有白、红、紫三色，结成的果实色泽金黄，香气浓郁，形似观音的纤纤玉手。朋友让我把佛手果泡茶泡酒喝，说有理气化痰、疏肝解郁、止咳消胀等功能。我说我没有什么郁可解，也没有什么气可理，遂转送于人。

大概因为“佛手”二字谐音“福寿”，所以无论是植物中的佛手还是海鲜中的佛手，都是很受欢迎的。大陈岛七大特色招牌菜中，有一道就是佛手，菜名很好听，叫“指点迷津”，颇有几分禅意。

山区人对植物佛手感情深，我们海边人，则更喜欢海鲜佛手。吃佛手也有门道，见到扁扁的佛手，外地人常不知从何下嘴，有些性急的，拿嘴去咬佛手，弄得肉汁四射。有些人以为佛手的肉在手掌里，吃时使劲地把两片合着的“手掌”掰开——佛手的两片壳贴得很紧，掰着够费劲，而且“手掌”里的东西是不好吃，也是不能吃的。其实吃佛手吃的应该是“柄”部的肉，即佛手的“皮囊”部分，只要把甲壳和柄部分开，就可以吃到肉了。

中药书记载，佛手性甘咸平和，“虚损人以酒同煮食，最补益”。奇怪，很多海鲜跟酒同煮，都能补人。听说佛手还可以生食，不过我没试过，没有发言权。

佛手的肉蘸点醋吃，香味四溢，而且鲜而不腻。有些地方烧佛手下调料很狠，认为佛手不像别的贝壳炒熟会自行张口，入味难，便加蒜末、姜丝，甚至还加小辣椒干，下锅猛炒。其实这种烧法很不得法。我烧佛手是化繁为简，洗净后把佛手往沸水中一烫，捞上来上盆，蘸点醋就可以吃。

外地朋友来，我喜欢请他们去大排档吃海鲜，无它，盖因大排档的海鲜比大酒店的海鲜来得鲜。上大菜之前，我总是点上一盘佛手，为的是证明我们这里的海鲜“异类”之多，当然还带点显摆的意思。这一招通常能达到预期的效果，外地朋友拈起佛手左看右看，问，这是什么东西？长得恁稀奇古怪？有一次，陪央视的美女记者在夜排档吃海鲜。美女记者是夜猫子，早晨无精打采，一到午夜，就目光如炬，夜愈深，她精神愈好。她对佛手好奇不过，拿着手机拍个不停，顾不上吃，就把照片发到微博上，说是吃到从未见过的稀奇海鲜。

比她更甚的是几个上海老太太,见了佛手"阿弥陀佛"个没完,吃完佛手,还把壳串成手链,戴在手腕上,几个服务员见了后躲到一边吃吃地笑——她们有所不知,此举非老太太首创。过去浙江沿海的人,常把佛手用线串在一起,戴在孩子的手腕或脚踝上,认为可以避邪。

佛手不常见,价格又贵,吃过的人不多,再加上吃到嘴只有丁点肉,像我这样性急的人没这个耐心去吃它——反正餐桌上好吃的海鲜多的是,犯不着跟佛手过不去。

海瓜子

时间有的时候是用来浪费的，而且，浪费了，你还会觉得值——比如说，吃海瓜子的时候。

海瓜子是个小不点，长得小巧精致，大小似南瓜子，薄脆的壳，白里微微透点粉红，色如樱花，形状宛如美人耳垂边戴着的小玉坠。难怪海瓜子学名虹彩明樱蛤，多么浪漫别致的名称。

梅雨时节，滴滴答答的雨下个没完，让人心情跟着有些烦闷，不过，这个时候，有两样物事让我特别喜欢，一是栀子花，这个时候的栀子花特别的丰腴白嫩，花香浓烈，采一两朵在家中，便觉清香盈室。还有就是海瓜子，梅雨时，海瓜子的肉质最为肥嫩、饱满、鲜美，所以它的别名就叫作“梅蛤”。

海瓜子肉质细嫩，口味清爽，称它为小海鲜之王一点也不过分。我喜欢吃带壳的东西，所以，我对海瓜子青眼有加。不过，因海瓜子壳小肉少，山里人通常不爱吃，嫌抠索起来不够利落，又嫌它肉少仅够塞牙缝。

吃海瓜子也有技巧。我一个温州朋友，道行很深，吃起海瓜子，不是一粒一粒剥，而是舀一勺放进嘴里，舌头像搅拌机似的，自动进行壳肉分选。分选完后，肉下肚，壳吐出，动作煞是干净利落。我吃海瓜子，也差不多到了出神入化的境界。一盘海瓜子，三下五除二，窸窣就吃光了。我认为，这是一个资深海边吃货的必备基本功之一。古人有《咏海瓜子》诗："冰盘堆出碎玻璃，半杂青葱半带泥。莫笑老婆牙齿轮，梅花片片磕瓠犀。"瓠犀是瓠瓜的子，因排列整齐，色泽洁白，所以常用来比喻美女的牙齿。《诗经》里就有"齿如瓠犀"，后用瓠犀微露形容女子的牙齿洁白美丽。的确，吃海瓜子吃得优雅的美女大有人在，翘着优美的兰花指，夹一个海瓜子，轻启樱唇，用樱唇之尖轻轻一吸，瓜子肉就入口中。优雅是优雅，不过，吃不爽快呀。

对贝壳类海鲜，我们惯用的办法是白煮。海瓜子也一样，将海瓜子放在沸水里过一下，十秒左右，就可以捞起来了，这时海瓜子的壳，如一把把小扇子纷纷打开，露出雪白鲜美的嫩肉。装盘，浇点美味鲜酱油，上面撒些葱花、蒜末。这样做出来的海瓜子，肉嫩鲜香，味浓汁醇，用嘴轻轻一吸，肉就鲜沥沥地落在舌头上了。

也有将海瓜子放油里爆炒，放少许葱末、姜片、盐或酱油，炒至海瓜子如爆米花一样噼里啪啦开壳，即可起锅。当然，火候很要紧，炒得过火，肉会脱落，这样则无须费力嗑肉，只要在盘中拨壳捡肉便是，省力是省力，不过也扫兴。有一次，请一位刚离异的女友到海鲜城吃饭，上来一道海瓜子，吃着吃着，女友忽然泪流满面，原来她想起，刚结婚那些年，每回家中有炒海瓜子，都是她丈夫一点一点剥好海瓜子肉给她吃。那些年，有人宠着她，惯着她。而现在，曾经的恩爱不再。昨日的爱人已经是别人的伴侣了。

铁板海瓜子的味也不错，在烧热的铁板上撒上海瓜子，浇上事先调制好的配料，海瓜子一个个张开了小嘴，像小花一样次第绽放，露出里面的嫩肉，脆嫩鲜美，咸香微辣。

梅雨时不喜出门，在家烧几样爱吃的小菜，其中必有一样是海瓜子，叫上几个闺密，吃得颊齿留香，聊得天花乱坠，此时最为惬意，看谁都是可爱又美丽。

因长在滩涂，海瓜子多含泥沙，须在淡盐水中浸养半日，有时在酒店吃到的海瓜子还有泥沙、小石子，不过有沙砾也没什么，嚼起来嘎巴嘎巴乱响，显得你牙好身体棒吃吗吗香。

我们这里的海瓜子看上去细皮嫩肉的，厦门的海瓜子长得就粗气多了。厦门真是个好地方，春夏秋就不提了，就是冬天，也比北方的初春来得妩媚，初冬时到厦门，什么紫花马樱丹、硬骨凌霄、翼豆、红花洋金凤、蒜香藤、姜花，开得那叫一个闹猛。厦门人挺浪漫，连小吃的名字也那么有味道，雪媚娘、桂花红豆糕、飘香榴梿酥、椰香西米露、香芋麦包，还有饮料，菠萝喳喳汁、紫花芒果汁、玫瑰红豆汁、茉莉绿豆汁，听上去分明就是一首诗。

那天晚上从鼓浪屿回来，我们几人结伴去吃夜宵，叫了一道海瓜子，上来的海瓜子壳小而薄脆，壳表呈褐色或淡绿褐色，是用蒜头、生姜、辣椒翻炒的，红绿相衬，玲珑精致，味极鲜美，不过跟我们平素吃的海瓜子长得不一样，我疑心伙计端错了菜。老板娘说，没错的，这就是“海瓜子”，闽南土话称“蚬仔”或“土鬼仔”，潮州人叫作“薄壳”。后来一想，也是的，一方水土养一方人，也养一方海鲜，同是女人，闽南的女人跟我们长得不同，同是海瓜子，他们那里的海瓜子，长得这般也就情有可原了。

蛏　子

判断一个人是不是真正的沿海人，看他能不能叫出十种以上贝壳名就是最简单直接的方法。我说这话也许有点武断，不过海边城市的人听了大概都不会反对。

三门的海鲜真不错，在报社那几年，三门走得勤，坦白地说，跟那里的海鲜有点干系。三门几家酒楼的海鲜挺出名，沙柳海鲜楼里的清蒸红膏蟹、高枧云峰饭店的家烧鲻鱼、海游龙山大酒店的原汁墨鱼、喜相逢饭店的浓香野鲈、健跳新星饭店的一品鱼王等等，都十分鲜美。说到海鲜，三门人总是底气十足。有个三门的同学几杯白酒下肚后，脸红脖子粗，跟我猛吹，台州某任市委书记在三门吃了海鲜后，感叹道：三门回来不食别地海鲜。我很怀疑这是三门人杜撰的段子，因为我在玉环，也听过同样的故事，只是地点改成了玉环。

海边人吃海鲜，讲究个应季时令。什么季节吃什么海鲜，很有一番说头。清明前后，蛏子肥壮已有八成，到了端午，蛏子肥嫩饱满，味道最佳，小暑前后的蛏子也不错。最不济的是秋天，蛏子在白露前后抱卵，寒露前后产卵，这段时间的蛏子寡淡无味，故有“八月蛏，剩根筋”的说法。

三门人把蛏子称为“蜻”，更多的台州人把蛏叫作“鲜蛏”，可见其味道之鲜美。台州之地的蛏子，以三门和玉环的最为出名，清代温州司马郭钟岳吃了玉环蛏子后，写了一首《西施舌》：“西施舌本尚留香，海客偏能数数尝。不在若耶溪上去，惭将颜色对吴王。”《三门县志》则道：“蛏，蚌属，以田种之谓蛏田，形狭而长如中指。一名西施舌。言其美也。”因此，台州人坚定不移地认为，蛏子就是西施舌，我一直对此抱怀疑态度，盖别地把沙蛤称作“西施舌”。沙蛤呈厚实的三角扇形，外壳淡黄褐色，顶端略带紫色，在水中常吐出一小截白肉，如美人的温香软舌，故名西施舌，《闽中海错疏》中也是这么说的：“沙蛤上肉也，产吴航，似蛤蜊而长大，有舌白色，名西施舌。”可见，西施舌应是沙蛤无疑。

关于蛏子，有个笑话，说早些年，丽水人来看台州朋友，送台州朋友一篮香菇，台州人回赠丽水人一篮三门蛏。台州人后来写信给丽水朋友，称赞了一通香菇的美味后，问蛏子味道如何。丽水人说，爆炒蛏子很好吃，壳特别松脆，就是“肚肠”多了点，幸好，在炒之前把“肚肠”都扔掉了。

菜场上卖的蛏子多半是浸过水的，虽然看上去白白胖胖，但没有鲜甜的味道，这种蛏，我们称为“涨水蛏”。买蛏子，要挑那种没浸过水，浑身沾着湿泥的蛏子。要吃到鲜美的蛏子，除了看季节，看蛏龄，还要看壳识蛏。壳为浅黄绿色的蛏子，味道特鲜美，花斑纹的次之，壳背灰白色的蛏子，味最差。去年夏天，我在上海的德国领事馆办完签证返家，路过三门，一同事说三门“小品酒家”的蛏子特别鲜甜，一车人立马杀进饭店，叫了一大盆蛏子。果然，蛏子的肉紧而香，还带着丝丝甜味，鲜得要命。除了蛏子，那晚，还吃到刚捞上来的梅童鱼和叫叫鱼，还有泥螺，都是相当鲜美的，不负海鲜之城的美名。

蛏子怎么烧都好吃，不过，窃以为铁板蛏子比较有嚼头，铁板上铺上厚厚一层精盐，好像冬天里的第一场雪，将铁板烧烫，再将鲜蛏放进盐中，被烫熟的蛏子既鲜嫩又肥美。我在玉环吃到过蛏子羹，也很值得一提——蛏子羹以番薯粉和鲜蛏肉调制成，羹汤清而鲜，蛏子嫩而肥，令人回味。

除了缢蛏，竹蛏的味道也很地道。竹蛏形似竹管，比缢蛏狭长，壳淡茶色。肉不如缢蛏那般白嫩肥厚，味道却更鲜甜。

蛏子可制成蛏干，要经过煮熟、去壳、清洗、晒干好几道工序。蛏干慢慢咀嚼，别有香香甜甜的风味。《红楼梦》里贾府一长溜的年货列单里，有鹿筋二十斤、海参五十斤、鹿舌五十条、牛舌五十条等一干年货，还有蛏干二十斤。蛏干二十斤可不是小数目，按当时的蛏亩产来计算，大概需上百亩蛏产出，才能晒成。贾府奢华生活可见一斑。

海货腌成干货后，少了鲜味，却多了嚼头。蛏干也不例外，台州人正月十四吃糟羹，除了豆面、番薯粉、川豆瓣、萝卜干、咸猪肉，还少不得蛏干。玉环人端午包麻粽，除了墨鱼干、香菇、干虾仁、五花肉、花生米，也要加点蛏子干才行。

蛏子干还可用来炖汤。炖汤后，鲜味全入汤中，而蛏干变得淡而无味。但那汤真是鲜，喝了一碗还想喝一碗，直把你撑得扶墙走为止。

蟹话连篇

螃蟹浑身披甲，面目狰狞，长得像夜叉，但恁地一身嫩肉却惹人爱煞。

蟹是人间的至味，谁说不是呢？咱的口福真好啊，一年到头，菜场上都有各种蟹卖，有什么梭子蟹、青蟹、大闸蟹、田蟹、岩头蟹（三眼蟹）、沙蟹等等，甚至还有棺材蟹——我们这里的人，把沙蟹中的“红钳头”称为棺材蟹，大概是取其身材像棺材板之意。早些年，梭子蟹名声在外，近年来，青蟹成了蟹中的名角儿，被誉为海蟹之王。宁波、舟山、台州的梭子蟹都很出名，但青蟹则以台州的三门为最。一说到青蟹，三门人往往口出狂言，搬出明代才子祝枝山的“真乃天下第一蟹也”这句话。这样，三门青蟹儿成了三门的形象代言蟹，车子一到三门境，大凡眼尖的人都会看到路边竖着的巨大广告牌，上面写着骇人的一句话：三门青蟹横行天下！三门青蟹的产量占全国五分之一，三门人当然有理由口出狂言，傲视群蟹。

谁是第一个吃螃蟹的人已无从考证，鲁迅先生把第一个吃螃蟹的人封为勇士是有道理的，因为螃蟹面目可憎，玉环人就把螃蟹叫作“唧唧鬼”，言其凶恶。宋沈括在《梦溪笔谈》里记载：“关中无螃蟹，怖其恶，以为怪物。人家每有病疟者，则借去悬门户。”关中人把螃蟹挂在门上驱邪，沈括戏谑道：“不但人不识，鬼也不识也。”不但关中如此，在江南，螃蟹曾被称为“夹人虫”，披坚执锐横行田中，糟蹋稻物，百姓叫苦不迭，急得对螃蟹哭拜，后来清官海瑞带头烧煮“夹人虫”吃，“民亦竞相捕食”，一吃而不可收。

不知从何时起，这“唧唧鬼”“夹人虫”被文人上升到“生平独此求”的高度：“予于饮食之美，无一物不能言之，且无一物不穷其想象，竭其幽渺而言之，独于蟹螯一物，终其身皆不能忘之……至其可嗜可甘与不可忘之故，则绝口不能形容。”说到螃蟹，连李渔他老人家都嫌词穷了。他把买蟹的钱称为买命钱：“予嗜此一生，每岁于蟹未出时，即储钱以待，因家人笑予以蟹为命，即自呼其钱为买命钱。”看来李渔他老人家是惜命的，只是看到螃蟹就不要命了。

螃蟹生前横行霸道，但死于非命后却极尽哀荣，“食过螃蟹有菜无味”，做蟹做到这份上也算功德圆满了。历代文人咏叹螃蟹诗无数，而厨子们对付螃蟹的方法更多，蒸焗煎炒，往往能弄出个七七八八。周作人感叹螃蟹无头无颈只能腰斩，或是囫囵蒸煮，认为这是一种非刑，但无从改良。

关于蟹馔，各地都有高招，广东有潮式冻花蟹，京菜里有芙蓉蟹黄，四川有香辣蟹，杭帮菜里有蟹酿橙，本地有年糕炒蟹之类，林林总总不下五十种。

除此之外，一些大酒店还推出鱼翅牛油焗珍宝蟹、蟹黄鱼翅、XO酱蒸蟹之类，我颇不以为然。螃蟹是至味，何必加鱼翅画蛇添足；同样，蒸蟹用花雕已极尽鲜美，难道用了XO螃蟹身价就更高？大酒店里做菜喜欢化简为繁，像汉赋和骈文，极尽辞藻华丽之能事。

蟹馔里的香辣蟹曾经在许多城市风靡一时，我以为是暴殄天物，在辣味的猛烈进攻下，螃蟹的元气大伤。辣能遮盖百味，包括异味，所以酒店有时以死蟹冒充，可怜食客还吃得津津有味，不知有异。

我在上海的城隍庙吃过蟹粉小笼和蟹黄烧卖，一星星的蟹肉混合了少许肉馅，打着蟹粉、蟹黄的牌子，像名家作序题签的三流作家的作品。据说还有人拿虾蛄的黄冒充蟹黄。在西安吃饺子宴时，我也品尝过蟹黄饺子，味道甚至比不上白菜猪肉饺。

青蟹的学名叫锯缘青蟹，有些地方叫它蝤蠓。刚工作不久，去饭店点菜，我还闹了个笑话：菜单上有道蝤蛑炒糕，我闹不清蝤蠓是什么，遂问服务员，服务员白了我一眼，说蝤蠓就是青蟹呗。我只能怪自己道行还不深，连青蟹就是蝤蠓，蝤蠓就是青蟹都不知。

芙蓉蝤蠓是我们这里的名菜，以蝤蠓、鸡蛋、青菜，加鸡汤、绍酒及调料烹成，色香味俱全。当地人视黄酒烹对蟹为大补——对蟹就是青蟹交配季节，雄蟹伏在雌蟹背上时被捕捉的一对鸳鸯蟹，把这对鸳鸯蟹用黄酒烹食，据说能治虚补肾。中国人相信像什么补什么。吃核桃补脑，吃猪蹄补脚力，吃交配的鸳鸯蟹则补肾。

青蟹汤面也是鲜美无比，选上等三门青蟹（别的什么蟹都烧不出这个味），将其腰斩，裹上淀粉，放油锅里过一下，然后待水滚时放入手打面和天萝丝。一碗面，有红有绿有白，其鲜无比，蟹味跑入面条，味道远甚于螃蟹炒年糕。

在新荣记吃过一道菜，叫蟹肉粉丝煲，我觉得它的“艺名”应该叫“银须将军”，螃蟹横行，有将军的霸气，而粉丝白而细长，如将军之银须。“银须将军”里的“银须”味道鲜美无比，它将蟹的鲜味全盘吸收，而且极为爽滑软嫩。

五月，蟹籽上市，餐桌上又多了一道蟹籽炒咸菜。蟹籽粒粒饱满，入口有沙沙的感觉，甚是爽脆。温岭人很好这一口。

海边人做几个蟹菜不在话下，但山里人不太会烧蟹。外子是山里人，某日同学送他一箱青蟹，他一股脑儿扔进锅里，来了个一窝端。切开后，见不熟，便将螃蟹腰斩了重新煮过，弄得蟹黄满锅横流，烧落的蟹脚到处都是，我看了，痛心疾首，这简直是暴殄天物啊。

青蟹、湖蟹味美，但价格不低。有些人嗜蟹，但出不起这个价，就拿溪坑蟹和蟛蜞下酒。溪坑蟹和蟛蜞不是稀罕物，小时候到溪坑里玩水，翻开石头底，多半能找到溪坑蟹，竖着两只圆眼瞪人。有时玩着玩着，冷不防脚丫子就被溪坑蟹夹住了，拼命甩也甩不脱。前些年，我还带着孩子到灵江边的滩涂上捉蟛蜞，退潮后的滩涂上，蟛蜞到处乱爬。螃蟹大多横行，因而被人们称为“横行介士”。黄昏时候，几乎所有的蟛蜞都倾穴而出，三五成群，自得其乐地横爬着，那双潜望镜似的眼睛，总是警惕地向四周张望，稍有响动，就遁入洞里。

滩涂上的蟛蜞密密麻麻，手一伸，蟛蜞就被捉住了，把它放到玻璃瓶里，看着它吐着泡泡，怪有意思的。那些买不起上好螃蟹又想解馋的人，便将蟛蜞糊上面灰，下到油锅里炸了来咀嚼，据说味道不错。作家阿成说它“小球球一样，可以一吃一口，吃在嘴里香香的，脆脆的，如同古怪的小吃、美妙的糖丸”。夏天的晚上到望江门散步，江边人家把桌椅搬出闷热的老屋，在露天下吃晚餐，桌上往往有一碟子蟛蜞当下酒菜。不过我总觉得，蟛蜞比大衣纽扣大不了多少，似乎没多少肉可供咀嚼的。除了油炸，有人还将它腌了过饭。

到宁波、舟山、温州等地出差，常能吃到醉枪蟹。醉枪蟹是用糯米酒、盐、糖、姜、葱、花椒、八角、茴香等腌制而成的，吃时极为清爽，但很多人不敢吃，怕坏了肚子。我还吃过蟹酱，咸极。二千多年前的《周礼》中就载有“蟹胥”，据说就是螃蟹酱，不知宁波的蟹酱是否师出其中？

最爱清蒸蟹

上海女作家石磊在法国看到法国男人掰开长棍面包，喝着红酒，心里嘀咕道："作孽啊，喝酒连个下酒小菜都无，拿点面包皮凑数，啧啧，哪里像我们上海人，喝个小酒，无论如何也要弄个三四只小碟子伴伴。"

我到上海出差，看到弄堂里的上海男人，拿着毛豆、螺蛳过酒，心里也嘀咕："作孽啊，喝酒连个像样的下酒小菜都无，拿点毛豆、螺蛳凑数，啧啧，哪里像我们台州人，喝个小酒，无论如何也要弄只清蒸蟹过过。"

螃蟹的下场，离不了蒸焗煎炒几种。但我觉得，清蒸是对一只螃蟹最高的礼遇，与《西游记》中的唐僧享受到的待遇等同。唐僧被妖怪抓住多回，每回妖怪都要把他蒸了吃，可见妖怪们也是颇懂烹饪之术的。

我坚定不移地认为，至鲜至味的东西，只需清蒸就好。清张岱在《陶庵梦忆》中有一篇《蟹会》："食品不加盐醋而五味全者，为蚶，为河蟹。"袁枚同样以为，蟹最好独吃，不宜搭配他物。这看法是有见地的。杜丽娘说自己一生最爱是天然，我跟杜丽娘一样，一生最爱的也是天然——食物中的天然，就是清蒸，素来虾蟹自带油盐，清蒸为上。每次看到那些大酒店里做蟹馔，把蟹肉剥出来炒菜、做羹，做香辣蟹，加乱七八糟的调料，我就气不打一处来。这不是糟蹋了螃蟹就是侮辱了味蕾，还给酒店提供了死蟹充活蟹、瞒天过海的机会。

我以为，清蒸蟹以青蟹和湖蟹味最鲜，这两种蟹身上，常带有污物，清蒸前须将其净身。当然，此净身非太监入宫前的"净身"。蟹壳中的泥污有时并不易洗净，人多半以牙刷刷洗。我有一友是牙科医生，杀鸡用牛刀，洗蟹时用上了进口的洗牙结石的专用家伙，插上电源后，喷出一股力度很大的细流，污泥立马冲洗干净。

清蒸螃蟹时，用什么蒸架也是有讲究的，宜放在竹蒸笼上，不宜用盘子，用了盘子，蟹内流出的汤水会积存，影响蟹味；也不宜用铝制蒸架，箅子上全是圆眼，螃蟹腿尽插其中，几条腿零落残缺，像战场上下来的残兵败将。如果用刚买的竹蒸笼蒸蟹，蒸过之后，螃蟹甚至带有竹的清香，最妙不过。

螃蟹上了蒸架，像受炮烙之刑一样，一时间五内俱焚，在里面抓得沙啦啦乱响，听得人心里发毛，这时候，少不得念几句阿弥陀佛替它超度。

吃清蒸蟹，调料也是马虎不得，醋要镇江的老香醋，酱油要用酿制的，生姜和大蒜少许剁成细末，再撒几星白糖。蟹肉蘸上这样的姜醋酱油，鲜得人魂飞魄散。

无肠公子上桌之时，便是吃货心花怒放的时候，也是味蕾的高潮时分。

清蒸蟹中，我独爱大闸蟹，就像屠洪刚所唱："这世间有百媚千红，我独爱你这一朵。”有一年秋出差到湖州，《湖州晚报》的老总潘文泉请我到太湖边吃清蒸大闸蟹。现在回想起那年秋天，别的记不得了，脑海里只剩下太湖边的大闸蟹——敦圆憨厚，朱红透紫，肉质鲜嫩肥白。

吃清蒸蟹时，最宜饮酒赏菊，或者说，饮酒赏菊时，最好有蟹助兴。就像古人读书时，偏爱拉个美女陪读吊膀子，还叫什么“红袖添香夜读书”，谓之风雅。而把酒持蟹螯，向来是文人狂放不羁的形象，似乎少了菊花和黄酒，吃蟹也成了俗事。《晋书·毕卓传》中的毕卓老兄就说过这样的话：“右手持酒杯，左手持蟹螯，拍浮酒船中，便足了一生矣。”文人不容易满足，但是有蟹吃的风流文人，对生活，还是很容易满足的。

以前大户人家，对付无肠公子有全套家伙侍候着，小刀、小钳子、小矬子、小榔头等全套刑具，用以敲、刮、叉、挤，吃艺精湛的，可以一丝肉纤维也不会落下，吃完了，能把它的壳拼成一只完整的蟹标本。刘若愚《明宫史》记载明代宫廷内吃螃蟹时的情景：“（八月）始造新酒，蟹始肥。凡宫眷内臣吃蟹，活洗净，用蒲包蒸熟，五六成群，攒坐共食，嬉嬉笑笑。自揭脐盖，细细用指甲挑剔，蘸醋蒜以佐酒。或剔蟹胸骨，八路完整如蝴蝶式者，以示巧焉。”

吃蟹最“细腻”的是上海人。据说上海人去北京，上火车前带上一只螃蟹，到一站撕一条腿，下车才吃完。吃蟹时不过几口老酒，就不算上海人。我看到一位上海小姐吃蟹，翘着兰花指，轻轻地将蟹肉剔下来，小口地品着。上海人吃蟹最忌把整个蟹身都蘸上调料咬着吃，说这无异于牛饮上等的龙井。而我等海边人吃蟹就生猛多了，两只大螯，用利齿一咬，咔嚓一声，壳开肉绽。上海小姐说，侬哪能介样子吃蟹。上海小姐有所不知，我们吃海鲜，包括吃蟹，一向是粗放型。因为我们这里的蟹实在太多了，吃不胜吃。

同席的有几个山哈人，他们嫌麻烦竟然不吃螃蟹，呵，天下还有这样的呆子，在美味前，竟然还怕什么麻烦。我倒要斗胆问他们一句，做人麻烦不麻烦，难道因为麻烦就不做人了？

秋风起，蟹脚痒

秋风起，蟹脚痒，持螯赏菊，正是时候。

对螃蟹感情最深的文人，就是李渔。但是，江南诸地的文人，哪个不对螃蟹情深深意切切呢。流传甚广的一句蟹诗"不食螃蟹辜负腹"，就是宋代台州人徐似道写的，他满怀激情地讴歌秋天的螃蟹，还说"持螯把酒与山对，世无此乐三百年"。的确，"不食螃蟹辜负腹"，到了秋天，什么都可以辜负，甚至爱情也可以暂时放一边，就是不可以对不住自己的味蕾和肠胃啊。

"菜花甲鱼菊花蟹，刀鱼过后鲥鱼来。"秋风起了，菊花开了，蟹脚痒了，比蟹脚更痒的是贪吃鹫们的脚，这时不去弄几只肥蟹吃吃，岂非辜负大好秋光？这时节，随便什么蟹都肥得可以，青蟹、梭子蟹、湖蟹、田蟹，剥开后蟹膏似玉，蟹黄似金。秋天吃蟹，好像开春一定要吃笋，清明一定要吃青团一样，已经融入江南文人的生活里。人生的乐趣大抵也是来自琐琐碎碎的生活细节中。要是秋风起时，不吃上几只螃蟹，江南的文人一定觉得这一年是虚度了。人生许多事都虚无不定，只有吃进嘴里，才有踏实的感觉。谁说不是呢？

螃蟹虽说种类甚多，但文人最爱的是青壳白肚的青蟹、黄毛金钩的湖蟹、丰腴肥美的梭子蟹。我们这里曾经捕获过一只巨无霸的梭子蟹——它的大螯比手电筒还要大。三门的青蟹王更是了得，肥肥壮壮，看上去简直就像是螃蟹精。

上海人、苏州人一到秋天，非得弄几只大闸蟹吃吃。在他们眼里，除了大闸蟹，别的蟹都不算好蟹。但梁实秋先生说得实在："蟹不一定要大闸的，秋高气爽的时节，大陆上任何湖沼溪流，岸边稻米高粱一熟，率多盛产。"梁先生乃蟹族知音也。说什么蟹非阳澄湖大闸蟹不吃的人，我怀疑他没见过什么大世面。论蟹肉之细嫩肥美，三门青蟹跟大闸蟹绝对有的一拼。

文人嘴刁，吃蟹讲究个"七尖八圆"，《巾子山志》有旧人一首诗："气爽天高松露碧，蟹肥酒熟菊花黄。闲吟自有逍遥处，小饮浑忘名利场。"持螯赏菊，蟹一定要肥，菊一定要美，酒一定要陈，若菊不美蟹不肥酒不香，或者吃到的是只空壳蟹，那兴致是要大打折扣的。农历七八月，是蟹最肥美的时候，农历七月，尖脐的雄蟹满腔脂肪；到八月菊花开时，圆脐的雌蟹满是蟹黄。区分螃蟹雌雄，除了看脐，也有些聪明人看腿识蟹：雌蟹仅两螯上有灰黑的一团绒毛，余腿光洁，而除螯上有毛，八条腿上还有一排细毛必是雄蟹。男人腿毛重，雄蟹想来也是如此。

关于螃蟹宴，无论是《金瓶梅》还是《红楼梦》中都有提及。青蟹之乡三门，不但为青蟹办了个青蟹节，还在青蟹节时推出了螃蟹宴，我是有口福之人,机缘巧合吃了一回全蟹宴,便回味了好久。全蟹宴共十二道菜,以青蟹为主料,配上反映三门当地特色景观的“日出三门湾”“琴江跨彩虹”“华夏第一蟹”“蛇蟠千洞岛”等菜名,颇有地方特色。比如“日出三门湾”,就是用南瓜雕成三根柱子,中间用蛋黄象征一轮红日,周边以青蟹肉为主,加以猕猴桃、橘子和霉干菜等三种不同口味的原料调制而成。幸好是日出三门湾,要是日出九寨沟,可能要雕九根柱子了。近几年蟹价骤贵,能吃到全蟹宴的人也不多,正如刘姥姥所说:“一顿螃蟹宴够我们庄稼人过一年!”惭愧惭愧,下回不去吃什么螃蟹宴了,吃只把清蒸蟹意思一下就行了。

说起来,那些爱吃蟹的上海人,肯定不会相信,我们这里的人,口福竟是这般好,一到秋天,许多单位食堂都有螃蟹供应!这在全国有几个城市做得到!

在窗外飘进来的淡淡菊花香里,吃几只带膏的蟹,喝几杯老酒,海边人这秋天过得呀,真个是有滋有味啊。

九月九，望潮吃脚手

望海潮是个词牌名，去掉中间一字，就成了一种海鲜。窃以为，望潮是海鲜中名字起得最有诗情画意的。看到望潮，让人忍不住吟起一句古诗："若知潮有信，嫁与弄潮儿。"

我们这里的海鲜菜中，名声在外的不少，什么家烧黄鱼、清烧鲻鱼、鲍汁海葵、原汁墨鱼、红烧水潺、油烹弹涂、苔菜小白虾、淡菜炖肉、酒煮青蟹、盐焗海蛏等。这些海鲜美食中，我最爱清汤望潮，一提到望潮，那脆嫩爽口的味觉，便会萦绕齿颊。

望潮又叫短蛸，但我们习惯称之为目鱼潮，也有人把"望潮"写成"莽潮"，甚至有写成"蟒蛟"的，尤其是后者，看了让人有点惊骇。

望潮平日里穴居海滩泥洞之中，潮涨时它便爬出洞口而望，挥舞着腕儿，似在盼着潮水到来，故名"望潮"。既是望潮，八月中秋潮水最大，故农历八月中捕获的望潮也最为肥大。不过望潮盼着潮水来，不是像伟人一样抒发些革命的浪漫主义情怀，而是企盼着潮水将虾、蟹等美餐送上口来，有谚语云："大头望潮八只脚，十八后生追勿及。立在洞中望潮至，送来蟹虾吃勿歇。"北风呼啸时，虾蟹少了，望潮无奈，只得吃自身的八只脚保命，所以有俗话"九月九，望潮吃脚手"——天寒地冻，望潮却冷清清地藏身在深深的洞府中，捧着自己的脚丫子啃呀啃。哎哟，这望潮，过的这叫什么日子呀。

《临海水土异物志》也写到望潮，不过这本书里的望潮是一种沙蟹："招潮，甲壳纲，沙蟹科。雄蟹一螯很大，涨潮前，举大螯上下运动，故名。又称'望潮'。"

不是海边人，根本搞不清望潮与章鱼之间的区别，还以为它们是一路货。在酒店请外地朋友吃饭，点了一道清汤望潮，菜一上桌，外地朋友叫道：哦，章鱼！做东的主人赶紧解释，望潮虽然跟章鱼是亲戚，但身价可大不同，望潮要比章鱼贵五六倍，甚至七八倍。

望潮跟章鱼长得差不多，但个头比章鱼小多了，章鱼大的有几十斤，望潮通常只有大拇指大小。不过，望潮跟章鱼一样，都是八腕的，即通常人们所说的八爪，八爪柔韧可绕，足上各有一排吸盘。章鱼的俗称就是八爪鱼。在好莱坞的灾难片中，那些巨型章鱼疯狂舞动着八爪，让人看了心里瘆得慌。望潮的软爪十分有力。刘仪伟的《天天饮食》，有一次介绍到清汤望潮。刘仪伟将汤煮滚，准备将鲜活的望潮倒入锅中时，望潮纷纷用爪上的吸盘紧紧地抠住碗壁，硬是不肯就范，刘仪伟一时愣怔住了，不知如何是好。有一次与一批作家到渔村采风，一位美女作家没见过望潮，见盆中养着望潮，用手撩拨它，不想被望潮的软爪缠住，甩又甩不脱，吓得大呼小叫，花容失色，大排档的小老板用中指伸入望潮的肚下一戳——就像人被点了穴一样，望潮乖乖松开软爪。

望潮长得娇俏玲珑，八条细柔的触手，摇曳生姿，似还带点狐媚的气息。从“肤色”看，章鱼是灰褐色的，而望潮通体透明，浅灰中隐着棕白色，细腻得如同玉石。关于望潮与章鱼的区别，《本草纲目》里也说得很清楚：“章鱼，生南海。形如乌贼而大，八足，身上有肉，闽粤人多采鲜者，姜醋食之，味如水母。石距亦其类，身小而足长，入盐烧食极美。”这“石距”实际指的就是望潮。在青岛的各大酒店，我看到望潮被写成“八带”。

望潮的吃法有生炒、红烧、水煮等，松脆爽口。不过，我觉得，越是鲜美的海鲜越适合用简单的烹饪法，比如清蒸，比如水煮，将望潮、活虾放在沸水里打几个滚，就可捞上蘸着酱油醋食之，味极鲜美。如果用浓油赤酱爆炒，吃进的都是调料味，反而失去了海鲜本真的味道。

有一次到温州出差，温州的朋友点了一道“盐水望潮儿”。我起初以为是腌过的咸望潮，端上来一看，就是清汤望潮，原来温州人有点故弄玄虚，所谓“盐水”，其实就是用沸水生烫。

除清汤望潮外，尚有生炒、红烧等吃法，蒜苗炒望潮，味道也不错。宁波象山石浦渔港有名的海鲜“十六碗”，红烧望潮位列其中——将活望潮剖腹，加料酒、酱油，用中小火焖烧而成。不过，再怎么好吃，我认为都比不过清汤望潮。

象山墙头的红烧望潮是当地名菜，当地人在望潮烧煮之前，习惯用小水辣蓼涂身掼跌。辣蓼就是水辣蓼，在水边潮湿之地多见，田间旱地亦有。望潮下锅前，被厨师裹进辛辣的枝叶里，在石板上摔得个七荤八素，据说经此一摔，望潮的味道更加鲜脆。红烧后的望潮，细长的肢体不像清汤望潮里一样的舒展，而是整齐地向里收缩成一圈，形似莲花宝座。

我最爱的还是清汤望潮。这清汤望潮呀，实在美味，清汤里浮着几只望潮，汤里撒着翠绿的葱花，望潮头部朝上，肢体舒展，白中隐隐透出轻灰，如一朵朵盛开的白菊，端的是“清水出望潮”呢。夹起一个放在嘴里，咬在嘴里感觉吸盘还在收缩，味鲜至极。鲜得来不及品尝，它就滑进肚里。有个北方朋友初次来我们这里，我带他去吃望潮，一只望潮下肚，以为天下无双的美味，对准一盘望潮，拣大的来个囫囵吞，结果望潮卡在喉咙口，上不得上，下不得下，干吊着，样子相当狼狈。望潮吃法不当的话，有时的确会要人命，当地就有一老汉赴喜宴，酒席上有一道清汤望潮，爱吃望潮的老汉吃得急了些，被望潮堵住气管，气绝身亡。

玉环人说自己的望潮是台州头牌，三门人不服气。事实上，三门浬浦的望潮也是名头很响的，有三门特产谣为证：“旗门青蟹健跳鱼，平岩泥螺蛇蟠蛏，东郭青苔铁场蛎，亭旁豆面横渡芋，晏站虾虮鲜又细，猫头黄鱼黄又肥，浬浦望潮笑眯眯，洞港海鲜好风味。”看来，浬浦的望潮跟玉环的望潮有的一拼。

虾勾弹列传

虾勾弹披甲戴盔全副武装，有霸王之气。

虾勾弹，学名虾蛄。也有人叫它琴虾，说它横过来看像一把古琴；还有人叫它螳螂虾，因为它的前胸长着酷似螳螂臂的两螯。我们这里把它唤作虾勾弹。

本地民谣曰："虾勾弹戴顶公子帽，走起路来达达跳。"可见虾勾弹体健善蹦，弹划能力很好，唤作虾勾弹也许是取其长项。虾勾弹生性太好动，你一撩拨它就弹个不停，一副剑拔弩张的样。温州人形容发嗲爱作的小女人为"虾勾弹皮皮跳"，也是十分形象。

旧时鱼货丰盛时，海蜇、虾蛄这些小海鲜，海边的人是看不上眼的，岂止虾蛄，连梅童鱼也不上台面，只有梭子蟹（或糊膏蟹）、石斑鱼、黄鱼、鲥鱼、鲳鱼等才是海边人看重的。现在海鲜少了，这些小海鲜也身价倍增，和大鱼大肉是一样的待遇了。

早些年，虾勾弹真没什么身价。记得高中毕业的那年暑假，同学余波招呼我们到他家玩。他家在大陈岛。余波的父亲热情好客，每天换着花样给我们吃各种各样的海鲜，石斑鱼呀，大黄鱼呀，我至今还记得，那石斑鱼的汤浓稠得像牛奶，而大黄鱼通身金黄，黄得像烟叶，全身光闪闪的。

闲着没事，我们一帮同学天天去钓鱼摘瓜捡虾勾弹。虾勾弹一捡一脸盆，一点不夸张！那时虾勾弹不值钱，渔民看不上这玩意儿，出海回来，把一担担鱼挑到空地上，石斑鱼、黄鱼、鲳鱼之类挑走，虾勾弹、水潺、小鱼、小虾之类弃之地上，说到时拿来磨鱼粉。虾勾弹满地都是，大太阳底下，我们拿着脸盆去翻捡，翻出一大脸盆出来，乐滋滋地拿回去。水潺更多，不过我们看不上这软不拉叽的家伙。捡回来后，余波的父亲给我们做水煮虾勾弹——那是我第一次吃虾勾弹。

虾勾弹背甲两侧长着倒刺，一不小心会把馋嘴割破，戳得唇舌流血。吃虾勾弹是个技术活，余波父亲耐心地言传身教——把虾勾弹平摊着，用筷子伸进它的尾部，按住腹面，用力一铲，肉壳就分离了。他还教我们分辨肥瘦，说“虾勾弹屁股戴官帽，肥的弓来瘦的翘”，要吃上肥的虾勾弹有门道，要看它脖子上有没有长须。没长须的较肥。还有，煮好了以后看背面，尾部以及背脊深褐色的那就是肥的无疑，肥的虾勾弹丰腴膏满，肉中含有一条黄，鲜美极了。

酒店里常见的是椒盐虾勾弹，爆得鲜红酥脆，既可去壳取肉，也可带壳一块儿嚼。不过我私底下觉得还是水煮虾勾弹味道纯粹些。冬天吃火锅时，总少不得虾勾弹，它们被放在一个碟子里，蹦跶着，不安地等待着下热锅被涮的命运。

有一个女友极会做菜，她告诉我一个做虾勾弹的法子：把铁锅用猛火加热到起热浪，然后转小火，把活蹦乱跳的虾勾弹往锅里一扔，就这么干烧上三五分钟，熄火，焖上两分钟，成了，味道比清煮的要好多了。

虾勾弹可以活腌，盐腌一两天后，取来便可吃，用来过番薯粥，最好不过。虾勾弹还可以晒干吃，很有嚼头，拿来下酒很不错的。早些年，街头有人挑着担子卖虾勾弹干，一分钱一条。有一年赶上虾勾弹旺发，到处都是挑着担子卖虾勾弹干的人，一元钱可以买上好多，当零食吃，鲜死人。现在就没这样的好事了，市场上的虾勾弹都卖到几十块一斤了。

一个在美国求学的朋友告诉我，一般的家常海鲜，在美国都能买到，价格便宜量又足，就是这虾勾弹，他从东海岸找到西海岸也找不到。

虾勾弹还跟一道美食有关。看过周星驰《食神》的人，多半会被星爷的无厘头弄得乐不可支，并且由此记住了影片中弹力超好的美食——撒尿牛丸。片中的周星驰把撒尿牛丸当乒乓球打，并且满怀深情地讴歌道："爆浆撒尿牛丸，从来没试过这么清新脱俗的感觉，牛肉的鲜、撒尿虾的甜，混在一起的味道竟然比老鼠斑有过之而无不及，简直比我的初恋更加诗情画意！"

片中被周星驰演绎得神乎其神的撒尿牛丸不只是电影的噱头，此牛丸是把牛肉泥、虾勾弹肉搅拌一起，再把虾汁做成冻，包入牛肉中煮熟。至于取名撒尿牛丸，是因为它跟虾勾弹有干系，广东人、香港人把虾勾弹称为"撒尿虾"，故而得名。撒尿虾这种称谓，据说缘于此物经常会射出一线水柱。撒尿牛丸名字不雅，不过来头不小，它在清朝顺治年间由江南古镇松江的王氏家族独创，后流入香港成为港岛名吃。鸦片战争时期，港式牛丸流传到国外，英国维多利亚女王尝后凤颜大悦，将该美食御封为"贡丸”。一位中医朋友告诉我说，小孩子要是常尿床，多吃点虾勾弹肯定管用。

慕撒尿牛丸之大名，到香港旅游时自然少不得品尝一番，顺手夹出一个丸子，学着星爷样把牛丸往汤匙里一扔，那牛丸还真的弹了两下。一尝，的确香气扑鼻，口感爽脆、柔嫩，不过没有星爷吹的那么神乎其神，诗情画意也没吃出来，感觉还是我们这里的鱼圆更对胃口。

酒不醉人虾自醉

有人问我，天天码字的女子，是不是不食人间烟火？

我很认真地告诉她，我不但食人间烟火，而且还爱生食人间烟火。

没错，我爱食醉虾。生吃醉虾没什么稀奇，我还敢吃生鱼片、生螺片，就是生猛的醉蟹，我也敢生吃，一盘醉虾又何足挂齿？

三种海鲜，最宜生吃，一是醉蟹，二是醉虾，三是醉泥螺。醉泥螺前文中提过，在此不表。醉蟹通常用梭子蟹，把蟹放入小口坛子，加入适量盐、料酒、葱、姜、糖，加盖密封，一周后即可直接取食。醉蟹鲜嫩又清口，红红的蟹壳上那一摊金黄的蟹膏，如煎得四分熟的鸡蛋黄，嫩得似乎一碰到舌头就化掉。

醉蟹味美，醉虾味更佳。生吃醉虾早已有之，唐代刘恂《岭表录异》中就记录了广东人生食醉虾的事例："南人多买虾之细者，生切绰菜香蓼等，用浓酱醋先泼活虾，盖以生菜。以热釜覆其上，就口跑出，亦有跳出醋碟者，谓之虾生。鄙俚重之，以为异馔也。"天津人也食生虾，《清稗类钞》中云:“天津大沽之虾,取诸海中,色白而鲜。他处之虾,皆细碎不可食,惟用京法以酒浇而生嚼之,差有风味。”

虾的做法除了烹煮、爆炒、白灼之外,更有生食法,美其名曰“醉”,也有人称此类食法为“呛”——“呛”听起来好像蛮彪悍的一个字,而用“醉”字就好听多了。醉是一种状态,微醉、沉醉、酣醉都是别有风味的。汪曾祺在《切脍》里写过“炝虾”,我觉得,写成“呛虾”更合适,老先生在文中说:“我们家乡的炝虾是用酒把白虾‘醉’死了的。从前杭州楼外楼炝虾,是酒醉而不待其死,活虾盛于大盘中,上覆大碗,上桌揭碗,虾蹦得满桌,客人捉而食之。用广东话说,这才真是‘生猛’。”早些年,这道菜有个别名叫“满台飞”,饭馆为了证明他们用料之新鲜,任由青壳虾蹦出盘子,满桌子乱跳,食客兴致盎然,捉到就放嘴里吃。

就像不是所有的人都能吃醉虾,也不是所有的虾都能供人生吃,这醉虾多用河虾中的青壳虾,而且块头不能太大,也不能太小,大了不易入味,小了吃起来又都是调料,非得身材适中者,肉质才细嫩肥美。

上等的花雕酒,用来醉虾最好不过,再加上盐、醋、糖、姜、香菜等调料。将剪去须脚的青壳虾倒进漂亮的玻璃器皿中,盖上盖子。虾们受了刺激,先是蹦跶几下,一会儿工夫就开始打醉拳了,继而就醉倒在盘里。虾子喝醉酒时,那样子与人喝醉了差不多,除了不会胡言乱语外,也会摇头晃脑,继而东倒西歪,众食客在边上说“倒也,倒也”,果见一只只呆头虾弯腰缩颈地醉卧沙场了,剩下酒量最好的那几只虾,兀自倒在盘里伸胳膊蹬腿的。

这几只张牙舞爪的虾招人现眼,被人一筷子夹了去。把它们扔进嘴里时，还能感觉到虾在挣扎着，它到底不甘心身首异处的命运啊。吃虾高手们吃进嘴里的是一只完整的虾子，出来的则是一只完整的虾壳，他们吃虾只需用舌抵住虾腹，上下齿轻咬一下虾背，舌尖一挑，虾肉就出来。那虾嫩滑无比，还带着酒的醇香。醉虾是越活越好吃，虾若变白了味道就差远了。玲珑宝宴的醉虾，是我吃到过的最好吃的醉虾，虾肉丰腴鲜嫩至极，伴着酒的香味与调料的酸甜味，让你的舌尖感受到美味的极致。难怪资深吃货李渔感叹："虾惟醉者糟者，可供匕箸。"

有些滴酒不沾的食客，食了几只醉虾后，脸孔绯红，有种微醺的感觉，遂就此打住，不敢多吃，怕自己过不多久也变成一只醉虾。

话说回来，没有一副久经海鲜考验的肠胃，这醉虾是吃不得的。有一回我与女友到宁波玩，当地朋友飨之以醉虾。当下里，女友吃得赞不绝口，说宁波的醉虾天下无双，不料回宾馆后不多时，腹中惊雷乍响，翻江倒海，折腾了一夜。

我们这里的人吃生虾，喜欢用河虾中的青壳虾，不过被吴冠中称为"中国的巴黎圣母院"的石塘人，喜欢用俗称红绿头、大名叫中华凹管鞭虾的海虾生食。当然，也有用活的白虾的。五一小长假，我跟朋友去石塘海钓。捞上来的海鲜中有小白虾，活蹦乱跳的，船老大拿了就往嘴巴里塞，虾须还露在嘴巴外呢。我看呆了，问他味道如何，他说，味道好极了，比春天的蚕豆还要鲜甜呢。

“龙”得猛的小龙虾

北京人管麻辣小龙虾叫麻小，透着股亲切随意的味儿。我们对小龙虾是直呼其名的，因为“龙”字在我们的方言里就是“生猛风光”的意思。一个人如果处处吃得开，当地人就会伸出大拇指，说他是“龙人”，夸他“龙显龙”“龙得猛”，本地电视台有一档节目索性就叫“台州我最龙”。龙虾，顾名思义，就是“龙得猛的虾”。

小龙虾这厮出身卑微，连草莽英雄都算不上，曾经在河沟池塘里摸爬滚打数十年，鲜有人对它青眼相加，早些年，在菜场上，花上几元钱就可以买上满满一大盆。那些年，小龙虾根本上不了大台面，喜欢吃小龙虾的人没几个，主要是觉得这玩意儿出身卑微，来自“最底层”，吃它有失身份。

颇堪玩味的是，如今的小龙虾，摇身一变，风光无限，身价倍增，快赶上出身高贵的基围虾、南美白对虾了。在夏夜的大排档里，它是“头牌”，是“花魁”，是“红角”，想一亲芳泽的人趋之若鹜，甚至有的地方还专门为它大搞节庆。从小龙虾的身上，我们知道什么叫风水轮流转，什么叫三十年河东三十年河西，什么叫“王侯将相，宁有种乎”，什么叫英雄不问出处，什么叫“世无英雄，竖子成名”。

我有一位朋友，属于慧眼识龙虾的那一小撮人，在小龙虾未发迹前，他就喜欢上了它的独特味道。那时他隔三岔五招呼我们到他家聚餐，吃得最多的就是小龙虾。也不知他用的是什么家传秘方，反正他家的龙虾香味经常飘到巷子里，勾得很多吃货心神不宁。他做的小龙虾实在美味，吃过的人都叫好，我常到他家厨房，观摩他夫妻俩联袂表演的爆炒龙虾：将龙虾两边的腮剪下，然后扯下小龙虾的黑肚肠，将其洗净。油锅烧热后，将姜、蒜、花椒、辣椒等作料翻炒，将小龙虾哧啦啦一声下了滚烫的油锅爆炒，一番急火翻炒，一盆红亮鲜香的小龙虾就出锅了。

不过现在这位老兄不吃龙虾，改吃参鲍燕翅了。因为他比小龙虾发迹得还要快。

要说小龙虾是夏日草根餐饮市场里最“龙”的一道菜，恐怕没什么人反对。一到夏夜，街头巷尾的大排档，到处是扎堆吃龙虾的人。夏天日脚长，晚饭后大家出门乘风凉，靠江的地方是消夏的好去处。江风吹走了暑气，沿江的大排档，都是喝冰啤吃海鲜的人，声浪一浪高过一浪，叫上一大盆小龙虾，外加几扎鲜啤，可以消磨个把时辰。

爱吃小龙虾的人说，小龙虾要么不吃，一吃就会上瘾，爆炒小龙虾的先麻后辣，又香又鲜的感觉，吸引了无数吃货在龙虾摊前流连忘返。这几年，一到夏天，小龙虾近乎疯狂地横扫街头排档和小吃摊，几家生意特别好的龙虾店，盛夏里单做小龙虾的生意，就可以赚得盆满钵盈。夏天的晚上，你到街头看看，人声鼎沸的街头排档上，坐着一群群热爱小龙虾的人，桌前堆起如山虾壳，脚下放着成排的啤酒瓶，吃到兴头处，索性赤膊上阵。看到这样的生活场景，看到食虾一族大口喝酒大嘴吃虾的生猛劲头，再怎么厌世的人也会热爱起生活来。

以小龙虾为特色的菜不下十来种，香辣的、麻辣的、微辣的、干煸的、泡椒的，光听名字，就馋得吃货们口水横溢。前几年，我们这里还有小龙虾一条街。不管香辣还是泡椒，龙虾菜的口味大体偏辣，也就少不了啤酒相佐，当地人煞有介事地把吃龙虾喝冰啤称为“龙虾酒”。当舌头被辣味刺激得咝咝作声时，喝上一大口冰镇的啤酒，真有一佛出世，二佛升天的感觉。

吃龙虾最适宜的地方就是街头的排档，要的就是那种世俗闹猛的味道。讲究情调的美女和衣冠楚楚的小白领愿意屈尊在路边小摊上大快朵颐，吃得满嘴油腻，也许图的并不是小龙虾的什么美味，而是图个做人的自在快活。

『辣炒蛤蜊』

辣炒蛤蜊相当美味，
蛤蜊张着大嘴、露出雪白鲜嫩的肉，配上黄的姜丝、绿的葱段和鲜红的干辣椒，
看那清新如春热辣似火的颜色，
让人忍不住手捏一把狂吃。

『沙蒜』

沙蒜实在是鲜啊，鲜得简直让人不知他味了，有时来不及多咀嚼几下，咕噜一下就滑到肚里了，等回过味来时，只余满口的鲜香。

一尝，湿润柔软，清香脆嫩，丰腴可口，
甜甜的螺肉中，溢出黄酒的醇香，味极鲜脆香美。

『泥螺』

『螺蛳』

螺蛳淹在乳白色的汤里，
上面是暗红的火腿片、碧绿的葱花、
象牙色的鲜笋片、大红的辣椒丝，
看在眼里，就是一汪浓得化不开的春意。

『辣螺』

辣螺之所以辣，是因它的尾端有一辣囊腺，
会产生一种不同于生姜、辣椒之类的辣味。

『香螺』

淡糟香螺片色泽淡红，肉质脆嫩，糟香味美，
食之清鲜爽口，齿颊留香，别有滋味。

『血蚶』

六七分熟的血蚶味最佳，掰开后血汁横流。

『佛手』

洗净后把佛手往沸水中一烫，捞上来上盆，蘸点醋就可以吃。

『海瓜子』

将海瓜子放在沸水里过一下，十秒左右，就可以捞起来了，
这时海瓜子的壳，如一把把小扇子纷纷打开，露出雪白鲜美的嫩肉。

『蛏子』

铁板上铺上厚厚一层精盐，好像冬天里的第一场雪。

『青蟹汤面』

螃蟹浑身披甲，面目狰狞，长得像夜叉，
但恁地一身嫩肉惹人爱煞。

用刚买的竹蒸笼蒸蟹，蒸过之后，螃蟹甚至带有竹的清香，最妙不过。

『清蒸蟹』

『秋蟹』

气爽天高松露碧，蟹肥酒熟菊花黄。闲吟自有逍遥处，小饮浑忘名利场。

『望潮』

红烧后的望潮，细长的肢体不像清汤望潮里一样的舒展，而是整齐地向里收缩成一圈，形似莲花宝座。

『虾勾弹』

把铁锅用猛火加热到起热浪，然后转小火，
把活蹦乱跳的虾勾弹往锅里一扔，
就这么干烧上三五分钟，熄火，焖上两分钟，
成了，味道比清煮的要好多了。

『醉虾』

虾肉丰腴鲜嫩至极，伴着酒的香味与调料的酸甜味，
让你的舌尖感受到美味的极致。

『小龙虾』

油锅烧热后，将姜、蒜、花椒、辣椒等作料翻炒，将小龙虾嗤啦啦一声下了滚烫的油锅爆炒，一番急火翻炒，一盆红亮鲜香的小龙虾就出锅了。

鱼我所欲也

食有鱼

投胎是门技术活,投胎在江南,是一件多么幸运的事啊,这不仅意味着此生可以享受江南的好山好水,还意味着可以享受江南的美女和美鱼——这两样,是视觉和味觉的享受,关乎生活质量和幸福指数。

江南好,不但风景旧曾谙,而且四季有鱼吃。关于吃鱼,有很多故事,最有名的是冯谖的故事。他是孟尝君门下的食客。孟尝君门下食客达三千余人,冯谖穷困潦倒,无以为生,投奔孟尝君,孟尝君问他有什么爱好,他说没什么爱好。又问他有什么本事,他说自己没本事。孟尝君听后笑了笑,但还是收留了他。按照孟尝君的待客惯例,门客按能力分为三等:上客吃饭有鱼,外出有车;中客吃饭有鱼,外出无车;下客粗茶淡饭,外出自便。冯谖为了试探孟尝君的气度和眼光,三番五次伸手向孟尝君要待遇。他要的第一个待遇就是食有鱼,史书上是这么说的:"(冯谖)居有顷,倚柱弹其剑,歌曰:'长铗归来乎!食无鱼。'"冯谖说:吃饭时,连条鱼也没有,这日子没法过了,俺带着长剑回家去算了!

其实，这个事儿，如果放在江南，根本就不是事儿。江南有大江大海，也有小溪小河，这些江河湖海，是江鱼、海鱼、湖鱼、溪鱼、河鱼的乐园，也是江南人源源不断的美食供应基地。我们小的时候，无论城里孩子，还是乡下孩子，谁没有用瓦片打过水漂，用竹枪打过水仗，下河摸过螺蛳捉过鱼虾呢。

江南人家，喜欢食鱼，一年到头的餐桌上，永远断不了鱼腥味儿，实在没钱，来碗酱爆螺蛳也是好的。菜花黄时，有丰美的塘鲤鱼，还有肥嫩的昂刺头，濡湿的杨柳风一吹，桃花流水鳜鱼肥了，"蒌蒿满地芦芽短"时，河豚露面了。江南的鱼之多、之鲜、之美，大抵在于江南独有的地理位置、气候条件，所谓的鲈鱼堪脍，必定有特定的风土人情垫底。

会吃鱼的人知道，靠海吃海，靠江吃江，靠湖吃湖，无论江河湖海，只有经历过湍流、旋涡、暗礁的鱼，肉质才细嫩肥美，在大风大浪、大江大海搏击过的鱼，味道自然不同一般的鲜，而在一潭死水中成长起来的鱼，肉身松松垮垮，像纵欲过度的中年男人虚泡泡的脸，鲜味比野生的相差何止十里八里。爱吃鱼的人还知道，鱼的刺越多，肉就越鲜嫩，刺多和肉嫩是成正比的，有时候觉得这鱼刺还真像人的个性，才子们总是恃才傲物、桀骜不驯，奴才们多半乖巧听话。美味的鱼儿也是刺头儿，恃鲜傲物有何不可呢？

鱼之美味，自然引来各路食客，有关名人与鱼的故事，从古到今，比比皆是，比如秦始皇与鱼丸、吴王夫差与黄鱼鲞、隋炀帝与红烧美鲤、乾隆与松鼠鳜鱼。如同各花入各眼，各鱼也是入各嘴。人的味蕾也是千差万别的，比如多宝鱼价不俗，可我就是不喜欢它的味道，东星斑、老鼠斑动辄儿百上千一斤，远不如一盘红烧水潺更对我胃口。

江鱼当然是鲜美的，如果能在江边，买下最早上岸的一批新鲜江鲜，那你真的有口福了。江鱼之中，以“长江三鲜”为最——刀鱼、鲥鱼、河豚，古谚甚至说：“不食河豚，焉知鱼味，食了河豚百无味。”河豚带有肉刺的鱼皮胶质浓厚，食之粘口，而汤之醇厚更是远胜于参翅。但亦有人赞鲈鱼味道才鲜美，唐朝时就有人讴歌它，留下“但爱鲈鱼美”的诗，当然，也有人觉得鳜鱼是淡水鱼里肉质最好吃的鱼，味最美，一条鳜鱼让陆文夫对着山水逍遥了三个小时，他回忆起20世纪50年代在江南小镇食鳜鱼的故事，笔带深情：这是一条小石码头，店主从河里拎起一个篾篓，篓里有一条活鳜鱼，约两斤不到点。按理鳜鱼超过一斤便不是上品，不嫩。可陆先生此时饥肠辘辘，却希望越重越好。买下鱼后，打两斤仿绍，店主引其从一吱吱作响的木楼梯上，楼上空无一人，窗外湖光山色，窗下水清见底，风帆过处，群群野鸭惊飞，再极目远眺，青山隐隐，面对碧水波光，“落霞与孤鹜齐飞，秋水共长天一色”，自斟自饮，足足逍遥了三个钟头。

其实，鲜美而细腻的何止这几尾鱼，不管江鱼或海鱼，只要是刚捕捞上来的，味道都鲜美，而且适合清蒸，一尾鱼，几根葱，几片姜，几瓣蒜，几两黄酒，成就一道鲜美无比的鱼食。

那些水库里、河塘里的鱼，如胖头鱼、鲫鱼等，虽然身价不高，但烹制的砂锅鱼头汤已经足够美味。湖河鱼的泥草腥味较江海鱼大，但只要厨师的功力好，湖河之鱼照样可以烧出至高无上的美味。例如，土腥味甚重的鲤鱼，烧前将鱼横切数段，用刀平拍，鲤鱼的筋便会露头，拿镊子夹住抽之，便去其腥，烧时猛加料酒和酱油，油浓酱赤，鲜美无比，完全盖过了它的土腥味。鲫鱼也一样,它是最普通不过的鱼,可以清炖,可以红烧,民间用它为产妇催乳,江南民间有"冬鲫夏鲇"的说法。冬天是吃鲫鱼的好时候,尤其是冬至祭祖时,杭州人家家户户都少不了它。饭店里惯常见的是鲫鱼豆腐汤,可味道比家父烧的红烧鲫鱼差十万八千里,家父烧的红烧鲫鱼真是味美无双,鱼肉吃光了,鱼汤我一滴也舍不得剩下,拿来下饭,我觉得比鲍鱼的汤汁鲜美多了。

就算最是平庸无奇的鳙鱼,土话叫大头鲢的,选两三斤重的鱼头上火炖,把鱼头里的骨髓熬出来,再放点豆腐,可以称之为至味。还有一种叫大青鱼的,大的能长到上百斤以上,每次水库放水,都可以见到巨大的青鱼,好像鱼精似的。这种鱼嘴稍尖,全身乌青,喜食螺蛳贝类,所以也叫螺蛳青,杭州人喜欢拿它晒鱼干,老底子的年货里总少不了它。

还有种乌鱼,也叫黑鱼的,生性凶猛,胃口奇大,能吃掉某个湖泊或池塘里的其他鱼类,甚至凶残到不放过自己的幼鱼。它的鱼鳞、鱼皮、鱼肉都很粗糙,肉很粗,腥味又重,就算加了黄酒,也掩盖不住腥味。我讨厌它食相凶猛,更不喜欢它粗糙的肉,吃过一次就再也不要吃了。但台州民间说,吃了黄酒炖黑鱼,补力得很,开过刀的人一定要吃。

身在江南,又喜欢吃鱼,一年到头总能吃上十几二十种的鱼。我吃鱼,英雄不问出身,只求味美新鲜,从海里吃到江里,从湖里吃到溪里,再从河里吃到鱼塘里。真正会吃鱼的人,鱼身上的任何一样东西都舍不得扔掉,他们吃鱼杂,据说可以明目,也吃鱼鳞,将鱼鳞收集洗净,用文火熬成鱼鳞冻,据说可以让肤色细白如瓷。

鱼游在水里,跟人活在世上一样,也向往着温暖和光明。传说,鱼也只有七秒钟的记忆，无论多么喜悦和悲伤，过一会就会完全忘记。忘记不是什么坏事，江湖风雨多变幻，滚滚红尘经不起情感的千回百转，所以相濡以沫，有时不如相忘于江湖，有句话是对的——“世界上只有两种可以称之为浪漫的情感：一种叫相濡以沫，另一种叫相忘于江湖。我们要做的是争取和最爱的人相濡以沫，和次爱的人相忘于江湖。”

正是河豚欲上时

清明一到，免不了想到春江水暖、河豚欲上，还有鲈鱼堪脍、烟渚鸥鹭。说到鲈鱼，它不仅仅是条鱼，身上还有很多乡愁的味道，以致一到春天，很多人会为鲈鱼动了归兴。唐朝诗人项斯有一首诗："行到鲈鱼乡里时，鲙盘如雪怕风吹。犹怜醉里江南路，马上垂鞭学钓时。"

作家阿城说，所谓思乡，他观察了，基本是由于吃了异乡食物不好消化，于是开始闹情绪。唐代诗人项斯一思乡，写来写去不过鲈鱼堪脍，他这个山里人，哪里知道，在万翠齐滴的早春，家乡的河豚比鲈鱼不知要美味多少倍。

食河豚，清明时节最佳。有句诗不是写得很直白吗？"蒌蒿满地芦芽短，正是河豚欲上时。"清明好像是一个界限，这个时节，宜于怀人，宜于踏青，宜于赏花，更宜于品味。林间原野，姹紫嫣红开遍，春江水暖，多少鱼儿随暗流涌动，许多美食过了清明，就不再鲜美。河豚如此，刀鱼、螺蛳也一样，还有春笋、荠菜、马兰头、苜蓿……过了这一时节，美味便大打折扣。

河豚是个老毒物，肉嫩味美，却有剧毒，所以有“拼死吃河豚”的说法，换种说法就是，吃河豚的，都是不怕死的壮士。我平时挺怕死的，一到春天，就不怕死了，因为又到吃河豚的时节了。河豚真的味美啊，肉细腻、滑软，那乳白色的汤，又鲜又绵，其香极郁，这味道不是“清鲜”，而是“鲜稠”，真的是太过鲜美了，初吃，还以为自己喝下的是一勺鸡精呢。“河豚之乡”扬中有句俗话，“鲢鱼的头，青鱼的尾，刀鱼的鼻子，河豚的嘴”，意谓这些都是鱼族味道最上乘的部位。其实，河豚最鲜美的部分在雄性河豚的精囊，即河豚鱼白，端出来时却被唤作“西施乳”。西施乳，多么香艳的名字，绝色美女的酥胸，怎不让人浮想联翩。而去了剧毒的河豚肝，则被唤作“美人肝”。中国文人，最擅长的，还是“意淫”。

扬中的河豚出名，三门的河豚也很出名。我春天去三门打春风，所谓打春风，就是清明时到三门吃河豚；秋天到三门打秋风——菊花黄时，去三门吃青蟹。有一年清明到三门吃河豚，吃河豚前先到蛇蟠岛转一圈，中国第一部在国际上获奖的影片《渔光曲》就是在这岛上拍的。哼着《渔光曲》，在岛上瞎逛，“云儿飘在海空/鱼儿藏在水中/早晨太阳里晒渔网/迎面吹过来大海风”，哼着老曲子，感觉有点惆怅，是时光流逝的那种伤感。

伤感归伤感，惆怅归惆怅，到了三门，河豚还是要吃的。吃了这里的河豚，伤感和惆怅统统不见了。

河豚入汤，清蒸、红烧均佳。三门人烹制河豚用的是类似“农家菜”的粗放做法，不像日本人，对河豚的烹制已到了另一境界，日本的河豚生鱼片薄如蝉翼，可见盘底精致的花纹；而河豚火锅，硕大的拼盘内，摆放着鲜红的鱼块、雪白的年糕、嫩绿的鲜菜、褐色的香菇，光看颜色，就让人食指大动。日本料理是视觉的盛宴，色香味自是不用说，至于吃得饱否，则另当别论。但若要吃得尽兴，还得吃三门的土厨师土法炮制的河豚，放在大盆里端上来，切成大块的河豚肉，乡土气息甚浓，看着就觉得带劲。这两种烧法，前者像是书法里的小楷，精致而拘谨，后者像是酒后写的草书，奔放而洒脱。

我是有口福的人，吃了很多回河豚，嘛事也没有。师兄洪卫，才子一枚，有名士做派，他极嗜海鲜，有一次到三门采访，吃到河豚，大赞河豚味之鲜天下无双，没想到乐极生悲，引发严重过敏，去医院挂了几天针。几天后，过敏是好了，但从此沾不得任何海鲜，有一回同他一起赴宴，上了一道虾皮芥菜，他夹了一筷，大惊小怪道，有海鲜！我说，在哪里？他夹了一片比他眉毛粗不了多少的虾皮说，这不是海鲜吗？敢情他现在连吃虾皮也过敏！

吃河豚过敏算是小意思，据说当地有一个局长，吃了河豚，中了毒，嘴唇发麻，说不出话来，急送医院，才把老命捡回来。难怪日本诗人芜村写了俳句道："食过河豚蒙头睡，醒来仍觉在人间。"所以，在吃河豚时，吃货们产生一些悲壮的联想也不奇怪。

我有个不要命的朋友，觉得吃无毒的河豚没意思，他会让厨师在烹调时滴几滴有毒的河豚血进去。河豚血有剧毒，食后舌头和嘴唇发麻，有种轻飘飘的感觉，是那种酒至微醺的舒适感，据说还带有性爱高潮时让人欲仙欲死的感觉。他说这样才有拼死吃河豚的感觉，在我看来，这是亡命之徒的游戏，还是不玩为好。

说到河豚，当然得提到蒌蒿，蒌蒿能解河豚毒，唐人杨晔《膳夫经手录》说河豚“有大毒，中毒即死，灌蒌蒿汁即复苏”。前些年一直不知蒌蒿为何物，直到读了汪曾祺的小说《大淖记事》，才知此物可食。巧云和十一子幽会的地方，就是一片蒌蒿地。恐人不识，汪曾祺特意加注道：“蒌蒿是生于水边的野草，粗如笔管，有节，生狭长的小叶，初生二寸来高，叫作‘蒌蒿薹子’，加肉炒食极清香。”汪先生是美食家，所言定然不虚。在散文《故乡的食物》中，汪先生又提起蒌蒿，并解释所谓蒌蒿的清香，“即食时如坐在河边闻到新涨春水的气味”。蒌蒿我没吃过，不过，新涨春水的气味我是熟悉的。

大头梅童

梅童鱼长得童稚可爱，头很大，所以又叫大头梅童。温州有歇后语：一篓梅童鱼——都是头。别地有称它“大头宝”的。我觉得“大头宝”的名字简直就是昵称，这跟当娘的唤自家的小宝贝，叫什么“心肝包”一样。有些女人，还喜欢把自家的小宝贝，肉麻地叫成“肉肉”。这“大头宝”三字，也有说不出的亲昵。

关于梅童鱼，有个传说，说东海龙王张贴皇榜为小龙女招东床驸马，梅童鱼托箬鳎鱼（比目鱼）去做媒，怕箬鳎鱼讲不到位，自己躲在龙柱下偷听。没承想，龙王听说梅童鱼想娶它家女儿，恨梅童鱼不自量力，一巴掌下去，把媒人箬鳎鱼的两只眼睛打在一起。梅童鱼见势不妙，起身就溜，一头撞在龙柱上，额角肿得像铜锤般大，所以成为大头梅童。看来，无论是龙宫还是天庭，结婚，都讲究个门当户对。不过，梅童鱼真要是娶了高干子女小龙女为妻，估计婚后的日子也未必那么轻松自在。

梅童鱼跟黄鱼是叔伯兄弟，黄鱼有七兄弟——大黄鱼、小黄鱼、黄姑鱼、梅童鱼、鲵鱼、黄唇鱼和毛鲿鱼，都是石首科。《台州府志》里写到黄鱼："其小者曰'郎君'、曰'黄衫'。又其次盛于春者曰'春鱼'，仅尺许。"至于梅童，则是："似石首而小，黄金色，味颇佳，头大于身，人呼为'梅大头'。出四明梅山洋，故名'梅鱼'。或云：梅熟鱼来，故名。"梅童鱼颜色金黄，形似幼年的大黄鱼，不识货者叫它小黄鱼。其实，梅童鱼就是这小细模样，再长也长不成黄鱼的，真正像黄鱼的应是黄姑鱼，仅次于大黄鱼、小黄鱼，位居老三，又称"黄三"，按《台州府志》的说法，应是"黄衫"。有一次到上海，上海的朋友郑重其事地说，晚上请我到她家吃小黄鱼。架不住她热情洋溢的邀请，再加上在上海一周，吃多了甜腻的上海菜，我抱着很大的期望值，穿越了大半个上海城去她家。她在厨房里忙活了老半天，结果端上来一看，是梅童鱼，而且因为冰冻过久，肉如棉絮，一点吃头也没有。

刚起捕不久的梅童鱼，眼睛铿亮，透骨新鲜，用以清蒸，加上绍兴黄酒、姜丝，再撒点盐，其味之鲜、肉质之细嫩，吃到嘴里好像马上会化掉，那种鲜，好像直接从海里蹦到餐桌上来似的。有句话不是说吗，"冷水梅童赛黄鱼"。明朝时，梅童鱼专做珍馐献给皇帝膳用，因此也称"贡鱼"。所以，千万别小瞧了梅童鱼，好歹人家祖上发达过。梅童鱼以正月时最鲜，故有"正月梅童鱼"的说法。

有一年，东海渔场梅童鱼旺发，我恰好在海边县城玉环采访，同学请我到海边的渔家大排档吃海鲜，都是些刚打捞上来的海鲜，离水不过一两小时，想要不鲜都难啊。刚打捞上来的梅童鱼肥美细嫩，鲜到极点，鱼肉吃到嘴里还带点甜丝丝的，可谓海鲜之最高境界——鲜甜。那几天天天吃梅童鱼，清蒸、干煎或做汤，各种各样的烧法都尝遍了，还意犹未尽。过了一星期，想念那里的梅童鱼了，又直奔玉环而去。

清蒸水潺梅童是海边常见的渔家菜之一，一条梅童鱼、一段水潺搭配着蒸熟了吃，极鲜美——水潺有荆钗布裙的清新质朴，而梅童鱼是小家碧玉的矜持可人。秋天时，我到杭城看菊展，入住杭州之江饭店，看到电梯里贴着酒店里的各种招牌菜，有一道是水潺棉同，看到"棉同"二字，我一时没反应过来，看了照片才明白，原来是梅童鱼，做菜单的人真没有想象力，把"梅童"写成"棉同"，一点诗意也没有，生生负了杭州"风雅之城"的美名，这"梅童"成"棉同"，就好像把章子怡写成"章子姨"。

人人都道黄鱼好，不过，作为一名资深的吃货，我得实话实说：如果不讲虚名的话，与其在高级饭店吃冰冻过的养殖黄鱼，不如到海边排档吃透骨新鲜的梅童鱼。吃海鲜，不能以价格高低论档次，鲜甜好吃就是硬道理——至于什么样的鱼称得上"鲜甜"，不用我多解释，只要是海边人，都能心领神会。

比窦娥还冤的鲳鱼

台州靠海，不过台州的海黄不拉叽，没啥看头。有一次西部的朋友来，带他去看台州的海，以为会引发出他的豪情或诗意，没承想，他跟我嚷道："啥？这就是台州的海?！这么黄！俺以为黄河改道了呢。"但就是这片黄不拉叽的海，却盛产各种各样的海鲜。

海边人说"正月雪里梅，二月桃花鲻，三月鲳鱼熬蒜心，四月鳓鱼勿刨鳞"，的确，海边人谁不知"三鲳四鳓"，农历三月鲳鱼的味道最是鲜美，到了四月，则是吃鳓鱼的好时候。

宁波人平素蛮实际的，但是写起鲳鱼，一个个都是深情款款，《宁波志》里记载的鲳鱼："身扁而锐，状如锵刀，身有两斜角，尾如燕尾，细鳞如粟，骨软肉白，甘美，春晚最肥。"相比之下，三国沈莹在《临海水土异物志》中写得太简单了："镜鱼，如镜形，体薄少肉。"古代台州人把鲳鱼称为镜鱼。其实，鲳鱼岂止体薄少肉，它口小牙细。台州人形容一个人嘴小漂亮，就说是"鲳鱼嘴"。在老辈人眼里，男人阔嘴巴女人鲳鱼嘴，谓之好相。

明代屠本俊在《闽虫海错疏》中写道:“鱼以鲳名,以其性善淫,好与群鱼为牡,故味美,有似乎娼,制字从昌。”李时珍《本草纲目》也道:“鱼游于水,群鱼随之,食其涎沫,有类于娼,故名。”说鲳鱼风流成性,故名为鲳。有些地方认为鲳鱼下流,结婚宴席,上黄鱼、上白虾、上河鳗,就是不上鲳鱼。其实,这是冤假错案,鲳鱼的作风还是很正派的。李时珍说鲳鱼游动时,口中会流出唾沫,引得小鱼小虾追逐而行,举止轻浮如娼妓,这是因为鲳鱼在排卵,鲳鱼籽产出体外后像珍珠般一串串的,引来鱼儿吞食。一条贞节烈鱼,就这样生生被人诽谤了几千年,鲳鱼真是比窦娥还冤哪。

农历三月的鲳鱼是我的心头之爱,新鲜的鲳鱼扁平阔大,白色的腹部如丝绸肚兜,滑溜溜,光闪闪,难怪被称为银鲳。犬子不爱吃鱼,嫌刺多,唯鲳鱼例外,因其肉质细嫩、肥腴而刺少。新鲜的鲳鱼,红烧、清蒸都好吃。有一年朋友送我一大袋刚捞上来的海鲜,有鱼虾蟹等,新鲜得还带着大海的气息,其中一条大鲳鱼,足有蒲扇那么大,让我犯了愁——那么大一条鲳鱼,一家三口如何消受?鱼大肉厚,不知如何才能烧入味,按我通常做法,便是在鱼肉上先开几条“井”状的缝隙。一个朋友,主中馈惯了,随手拿过我手中的鲳鱼往砧板上一放,横削直劈,明刀连着暗刀。未烧好之前还未见他刀法之妙,待鲳鱼端上桌来,但见鲳鱼肉身呈菠萝纹状,味道已入其中。我叫了几个要好的朋友,把这条大鲳鱼消灭。一并消灭的,除了鲳鱼,还有好几瓶黄酒。

有人说,鲳鱼越大,味道越美,我倒是觉得,鲳鱼以中等个头最佳,鱼大了肉质也粗了,我喜欢吃小一些的鱼,小带鱼啊,小黄鱼啊,图的是个鲜嫩。任何生物都是幼小者鲜,像雏鸽、童子鸡、乳猪之类。不过,也许是我烧得不得要领。

像鲳鱼之类的海鲜一定要趁热吃，冷了的话鲜味“跑”掉，腥味出来了。李渔在《闲情偶寄》中说过：“鱼之至味在鲜，而鲜之至味又在初熟离釜之片刻。”说得极是。

本地人烧鲳鱼喜欢跟年糕连在一起，烧好后，鲳鱼肉嫩滑爽口，海鲜渗透到原本淡而无味的年糕里，年糕也吸收了鱼的精华，吃起来别有风味。海边小饭馆烧的蒜苗鲳鱼和鲳鱼年糕简直就是神来之笔，很值得一吃，是那种家常的烧法，也没见放什么作料，但就是比大饭店烧得好吃。美食真的在民间啊。

鲳鱼除了清蒸红烧外，还可糟制，清代的蒲松龄在《日用俗字·鳞介章》记道：“街上蛏干包大篓，海中鲳鱼下甜糟。”想来，糟鲳鱼的味道也是不赖的。鲳鱼亦可煮粥，《岭表录异》说鲳鱼“肉甚厚，肉白如凝脂，止有一脊骨。治以姜葱，粳米，其骨自软”。不知鲳鱼粥跟鱼龙粥味道是否有的一拼。

我喜欢吃鱼籽，但有人说，鲳鱼籽不能吃，《本草拾遗》就言之凿凿称：“腹中子有毒，令人下痢。”我不信，尝了一口，鲳鱼籽和黄鱼籽一样，鲜糯细嫩而滑脆。几个贪吃鹫朋友，三下五除二，吃完鲳鱼籽，照样神色自若，谈笑自如，未见有人“下痢”。看来，古话就像男人的情话，有时是信不得的。

带鱼打蜡两头尖

海边人烧海鲜有约定俗成的搭配，比如弹涂配霉干菜、红烧鲳鱼配大蒜苗或年糕、小黄鱼配雪菜、黄鱼鲞汤配冬瓜、鳗鲞丝配芹菜，煮带鱼呢，一定会配萝卜丝。别小看这些普通的配菜，正是这样的搭配最能体现美食的精髓。

“带鱼打蜡两头尖，张嘴里面带刀剑”，是小时候念过的童谣。带鱼长相狰狞，面露凶相，它长了副尖嘴利牙，这厮相当贪吃，虾啊，蟹啊，任什么好吃的送到嘴里都会嚼巴嚼巴咽下肚，找不到别的食物，对自己的同胞兄弟也会下手。东海的渔民钓带鱼时，钓上一条带鱼，常会拖上一串串的带鱼，因为带鱼自相残杀，前一条带鱼的尾巴被后一条带鱼咬住，就这样，像接龙似的，一咬就是一串。

小时候，除了海带、炊皮，带鱼是大多数家庭吃得最多的海鲜，那时买带鱼是要鱼票的，过年时为了买到带鱼，大人们老早就去排队，买得两三条带鱼，洗净，挂檐下晾干，就成了春节餐桌上的美食。

刚捞上来的带鱼银光闪闪，没打明矾没涨过水，肉看上去，又紧又实，用以清蒸最合适，佐以料酒和姜丝，抹上盐，撒几粒白糖，放到灶上清蒸十来分钟，鲜中带肥、肥中有甜、甜中有鲜，三味交融，鲜美得不像话。我在渔村吃过带鱼饭，新鲜的带鱼切段，放在糯米饭上烧，又鲜又香。有些人烧带鱼不得要领，觉得带鱼腥气重，拿浓油赤酱对待刚捞上来的新鲜带鱼，我看了直摇头，这不是暴殄天物吗？

带鱼一定要吃本地的，且以冬至前后为最佳时节。宁波人最喜欢吃一种叫“雷大王”的带鱼，皮薄、肉厚、鳞花，眼睛不大，但像龙眼核一般透亮，都说眼小聚光，敢情这带鱼眼睛也是眼小有神的。那种产自热带海域的带鱼个头大，但大而无当，肉质粗糙，吃起来不得要领。非洲鲫鱼也一样，粗粝粝的肉，哪能比得上野生鲫鱼的细皮嫩肉。

本地人烧带鱼，喜欢把带鱼跟菜头丝一起烧，这种烧法别地似不多见。我觉得在烧菜上就可以看出一个地方的创新力。菜头不是蔬菜的头，而是白萝卜，本地方言，把白萝卜称为菜头。带鱼熬菜头丝，这道菜也可以算是当地的特色菜——带鱼的鲜美之味被萝卜吸收，而萝卜丝则去掉了带鱼的腥味，真是你中有我，我中有你。不仅如此，萝卜丝细嫩化渣，汤汁带着浓浓的带鱼的滋味，无论吃鱼还是吃萝卜，口感都很不错。所以本地民谣《月节鱼名》说：“十二月带鱼熬菜头吃勿歇”。为啥吃勿歇？好吃呗。

捕捞带鱼有两种办法，一是网捕，一是钓捕。“钓带”价格远远超过“网带”，因为钓带量少，带鱼银灿灿的外表少受损伤，卖相好，而网捕的带鱼常因挣扎且互相撕咬，银鳞脱落，卖相差远了。台州的渔民曾捕获一条长达四米的“带鱼王”，上了当地晚报的社会新闻，很是出了风头，让温州人很是羡慕，因为温州人捕获的所谓“带鱼王”，嘿嘿，不过两米长。

带鱼是最让人省心的海鲜，烹饪带鱼可以随心所欲，清蒸、煮汤、晒鲞、熏烤、卤制、油炸、油煎，样样味美。我在宁波出差，吃到一道冷菜叫腊带鱼，肉又紧又香，十分好吃。新荣记的黄金脆带鱼，外表金黄，肉质细嫩，味道超赞。带鱼清洗方便，用不着刮鳞，因为带鱼的鱼鳞老早就退化了，只剩下银光闪闪的“皮质外衣”。有一次在上海的弄堂闲逛，看到主妇剖带鱼，将带鱼的银鳞刮得干干净净，当即叹气。要知道，带鱼最鲜美的就在鳞里。沿海的渔民若是外伤出血，身边没有云南白药，就刮一些带鱼鳞敷于伤处，用手指紧压一会，止血效果不比云南白药差。

古人好像不太看得上带鱼，明代《五杂俎》中道：“闽有带鱼长丈余，无鳞而腥，诸鱼中最贱者，献客不以登俎，然中人之家，用油沃煎，亦甚馨洁。”说带鱼是鱼类中最卑贱的，估计就是因为带鱼无鳞之故。同样是《五杂俎》，又记录这样一件趣事：某官员到闽南地区任职，外出公干延时，闻得一股香喷喷味道，知农户在煎带鱼，便派人讨要了一碗，觉得味美异常，回家以后每餐必以煎带鱼相佐。

不过，带鱼也有知音的，《句章土物志》中就赞美带鱼：“生深海中，色白如银，无鳞，刺骨中有珠者，曰珠带；小者名带丝。《异鱼图赞》：‘佩带谁遗，皑如曳练。’”说带鱼是西王母侍女的腰带变的。清初诗人宋琬的《带鱼》诗则赞道：“银花烂漫委银筐，锦带吴钩总擅场。千载专诸留侠骨，至今匕箸尚飞霜。”把带鱼的满口利齿说成是“锦带吴钩”，好像带鱼是江湖上行侠仗义的侠客。

专放烟墨弹的墨鱼

本地俚语中有一句很有意思的话——“墨鱼笑鲑姑，勿晓得自己窟臀乌勿乌”。乌贼遇到强敌时，会喷出墨汁做烟幕弹，逃之夭夭，故名“墨鱼”。鲑姑，也属乌贼目，我们这里也叫“小白子”。这句俚语的意思是——大墨鱼你就别笑话鲑姑屁股黑了，难道你不知道自己的屁股也是黑的？意谓咱们都是半斤八两，没资格取笑对方。

墨鱼特有本事，长了双贼溜溜的大眼睛，警惕性倍高，它像江湖上的蒙面侠客，随身携带防身武器。宋末元初的学者林昉，著有《田间书》，里面写到墨鱼：“海有虫，拳然而生者，谓之墨鱼。其腹有墨，游于水，则以墨蔽其身，故捕者往往迹墨而渔之。噫！彼所自蔽者，乃所以自祸也欤？人有恃智，亦足以鉴。”墨鱼想靠喷墨把海水染黑，伺机逃走，不想渔民恰恰利用墨鱼的这一特点来抓它。

小时候，我对墨鱼骨的兴趣远远超过了墨鱼。邻居剖墨鱼，我便站在一旁，捡那墨鱼骨玩。墨鱼骨像一条微型舢，它可以去污，用来擦铁锅，一擦就锃亮。邻居大叔长了大黄牙，用墨鱼骨擦牙，黄牙神奇地变白了。家里吃墨鱼，我把墨鱼骨收集起来，攒到一定时候，卖给走街串巷的收废品人。这些人挑着担子收“鸡毛鸭毛”，也收“鸡肫皮鳖壳墨鱼骨”。墨鱼骨磨成的粉是一味中药，民间常用它来催奶、安胎、治疗溃疡肿痛等病，中医给它起了个很文雅的药名叫“海螵蛸”。卖墨鱼骨的钱，我拿来买小人书。小人书看多了，激发了我的作家梦。是不是可以这么说，我的文学之路，就是借助墨鱼骨起步的。

《台州府志》云：“乌贼，又名墨鱼、算袋鱼，或称明府，盖以讽贪墨吏也。”墨鱼汁可以写字，不过字迹比墨水要淡，小时候我好奇不过，用手指蘸着墨鱼汁在白纸上画神符，写些“天灵灵地灵灵”之类的话，然后对小伙伴装神弄鬼。旧时有些奸诈之徒，向人借钱后，用墨鱼汁写借条，初看与墨水写的无异，不出几年，字迹会消退得一干二净，他就借机赖账赖得一干二净。明代李时珍对此有过这样的记载，墨鱼腹中“血及胆正如墨，可以书字。但逾年则迹灭，惟存空纸尔”。

墨鱼看上去跟章鱼是叔伯兄弟，但墨鱼的“须”是十条的，而章鱼的“须”只有八条。墨鱼跟鱿鱼也有几分相似，区别在于墨鱼是白色的，鱿鱼是淡红的，墨鱼有船形的骨头，鱿鱼没有。鱿鱼的俗称就叫枪乌贼、镴枪头。既是镴枪头，也就没有墨鱼、章鱼那般威猛了。

墨鱼烹成的菜中，有几道蛮出名，比如宁波、台州都有原汁墨鱼。平常人家烧墨鱼，下锅之前通常要把墨鱼囊去掉，把墨汁洗净，这样烧出来的墨鱼就白白净净了，而原汁墨鱼，是把新鲜的墨鱼挖去双眼后，连着墨汁一起煮，不加任何调料，直至水烧干为止。原汁墨鱼又鲜又腥。形容一个人有文化时,总是说“肚里有墨水”。其实,要想肚里有墨水并不难,吃原汁墨鱼就可以。

原汁墨鱼虽鲜,但看上去黑乎乎一片,让人联想到打翻的墨瓶,没吃过这道菜的人未免望而生畏。商务宴请和恋爱中的情侣要慎食这道菜,再怎么小心吃,也会像中了暗毒,嘴唇乌黑一片,连舌头牙齿也是黑乎乎,龇牙一笑,蛮恐怖的。

我在意大利威尼斯时,吃过墨汁面条和墨汁饭,墨汁面条和墨汁饭是威尼斯的美食。端上来,看上去是黑乎乎的一盘,略带墨鱼的腥味。不过吃起来却顺口弹牙,面条和米饭充分吸收了墨鱼汁的精华,再佐以意大利上好的葡萄酒,味道之美,让人赞叹。

宁波菜中的“墨鱼大熇”很出名,好些地方都写成“墨鱼大烤”。其实,这写法有误,这道菜跟烧烤没什么关系,它压根儿不是火中烤出来的,而是红烧。且容我掉一下书袋,“熇”有两层意思,一是火势猛烈,二指的是用微火使鱼、肉等菜的汤汁变浓或耗干。可见,应该是“大熇”而非“大烤”——将大墨鱼洗净掏空,与肉红烧,烧好后将墨鱼筒切成圈条,味道鲜美,有嚼头,又能下饭,我觉得比原汁墨鱼好吃多了。

最让我叫绝的是红烧小墨鱼,小墨鱼整个拿来,与五花肉、红腐乳汁红烧,末了,再用旺火收浓酱汁,用淀粉勾芡,淋上明油,撒上葱段就可装盘了。红烧小墨鱼一是鲜,鲜得原汁原味,二是很有嚼头。烧好的小墨鱼在盘子外围排成一圈,一口一个,吃起来十分过瘾。

至于下饭,墨鱼双最好不过。墨鱼双是将雌墨鱼的胚胎腌后蒸煮而成的。墨鱼双蒸蛋,又咸又鲜,一个墨鱼双吃完,一碗饭也落肚了。

温岭松门的墨鱼干很出名。立夏后，墨鱼常齐集礁岩产卵，台州人称之为“墨鱼注岩”。海边的俚语里就有“四月初八满江红（指海蜇多），墨鱼注岩荡山黑（指墨鱼多）”——农历四月初八，海蜇旺发，江面看上去，红红一片，而到了立夏，墨鱼特别多。所以台州人又以“墨鱼注岩”形容聚集围观者众。农历的五月和十一月是墨鱼旺发的季节，也是晒墨鱼干的好时节，将捕获的新鲜墨鱼剖肚，掏干内脏，然后放大日头下暴晒，晒干后的墨鱼表面有一层淡淡的盐霜，呈淡红半透明色，肉质肥厚，别有鲜味。

比起新鲜的墨鱼，墨鱼干烹饪的菜也是别有风味，墨鱼干可清蒸，水发后，可与排骨或土鸡合炖，墨鱼干里吸收了排骨、土鸡的味道，嚼起来韧劲十足，吃起来喷香。

黄花鱼

上周在宁波出差，吃了宁波的雪菜大汤黄鱼。这个周末，与几个朋友一起去温岭，又去吃黄花鱼。有道是“新河鲻鱼石粘蛇，长屿黄鱼豆子芽”，温岭这“四大名菜”中，长屿黄鱼是头牌。虽然在别地也吃过野生黄鱼，但是长屿的家烧黄鱼的确有“当红”的理由，汤浓色黄，味道鲜咸微甜，酥烂适口。

我喜欢管黄鱼叫黄花鱼，无他，盖因读来有诗意。黄花鱼，又名石首鱼，简称黄鱼。李时珍说：“生东海中，形如白鱼，扁身，弱骨，细鳞，黄色如金，头中有白石两枚，莹洁如玉，故名石首鱼。”都说谁谁是“花岗岩脑袋”，其实花岗岩脑袋谁也没见过，石头脑袋倒有，黄花鱼便是。黄鱼脑袋中的这两颗石子，是区分野生和养殖黄鱼的最显著标志，野生黄鱼的石子，坚硬而色白，而养殖黄鱼的，则软而泛黄。

“没有黄鱼不成宴。”尽管风水轮流转，酒宴的菜谱经常变，一会儿甲鱼一会儿龙虾，但是这些年来，黄花鱼始终牢牢占据着婚宴酒席的霸主地位，撼动不得，是菜坛常青树。

黄花鱼味道极鲜美，也难怪历代美食家对它津津乐道，唐代《开宝本草》中介绍了“莼菜黄鱼羹”的做法，用莼菜 15 克，黄花鱼 250 克，共煮煎浓汁服用，可益气开胃。说到莼菜，想起宋时杭州通判杨蟠作的《莼菜》诗：“休说江东春日寒，到来且觅鉴湖船。鹤生嫩顶浮新紫，龙脱香髯带旧涎。玉割鲈鱼迎刃滑，香炊稻饭落匙圆。归期不待秋风起，漉酒调羹任我年。”莼菜鲈鱼让人起乡愁，而莼菜黄鱼羹，食之，或许会让人乐不思蜀。

黄花鱼味美，性子也随和，或醋熘，或酒蒸，或油炒，样样都可。《梦粱录》就记载了黄花鱼的多种菜色，有酒蒸石首、石首玉叶羹、石首桐皮、石首鲤鱼、石首鳝生、石首鲤鱼兜子、润江鱼成豉等。不过，我顶爱吃的是香煎黄花鱼，风味别致，放在竹篱片上，像一片金黄的大烟叶，看着，就让人食指大动。

野生黄鱼现在是稀罕物，一公斤卖到上千元，贵得就像金条。在过去，黄鱼再是寻常不过，明朝诗人王廷藩有《蛇蟠洋》一诗：“千山紫菜万山苔，叶叶轻帆四面开。清夜船头声聒耳，成群石首溯潮来。”初夏黄鱼成群溯潮而上，深夜咕咕的鱼叫声吵得人睡不着。台州有一首《黄鱼谣》云：“春雨贵如油，谷雨在春后。点滴启鱼汛，鱼对赶潮流……过了桃花汛，黄鱼叫咕咕。”无独有偶，宁波也有一首歌谣——“清明三月节，乌贼旺处叠。四月月半潮，黄鱼满船摇。菜花子结龙头，小黄鱼结蓬头。五月十三鳓鱼会，日里勿会夜里会。八月蛏，一根筋。八月鳎，壮如鸭。西风起，蟹脚痒，浪打芦根虾打墙。”那时，一到农历四五月间，每逢鱼汛，到处都听得到大黄鱼产卵时发出的咕咕咕的叫声，成片成片的，吵得两人说句话都得扯着嗓子喊才听得到。那时汛期来时，一网下去捞上满舱金黄鲜亮的大黄鱼，鱼多价贱，吃不了，渔家就晒黄鱼鲞，晒得满地都是，裸露的岩石多让黄鱼占据，像晾烟叶似的。远望去，阳光下，金灿灿的，相当壮观。

我小时候，黄鱼可以随便吃到，每年五月鱼汛一来，街上的黄鱼就多起来了。那时的黄鱼也就卖一角钱一斤，最便宜时曾卖过二三分钱一斤。花上几毛钱，就可拎回半篮子大黄鱼。小时候，黄鱼便宜，家里的餐桌上时不时有一道黄鱼，而且都是野生的。我那时对黄鱼不感兴趣，感兴趣的是它头颅内的石头，黄鱼脑中的鱼石，叫“鱼脑石”或“矢耳石”，大人吃鱼，我不动筷，就等着夹鱼脑石，然后将其集中起来当“捉子”玩。我把这事说给儿子听，儿子面露神往之色，末了，老气横秋来了一句：余生也晚。

黄鱼家族中，有大黄鱼、小黄鱼、黄衫、梅童鱼、鲵鱼、黄唇鱼和毛鲿鱼七兄弟。黄唇鱼和毛鲿鱼，身价最高，至今无缘得尝。黄唇鱼通体金黄，酷似黄鱼，很珍贵，差不多稀罕如熊猫，每捕到一条黄唇鱼，总能上当地晚报亮亮相。黄唇鱼个大，是石首科中的大个子，差不多可长到1.5米以上。前几年，台州渔民捕到一条20斤的黄唇鱼，1斤卖了1万元，笑得合不拢嘴，而买者更是开心，因为光是鱼胶就可卖到25万元以上。鲍翅燕肚中的“肚”，就是黄鱼的鳔，黄鱼肚跟鲍鱼鱼翅燕窝同一身价。李时珍《本草纲目》中道：“鳔与肠皆得称牡蜥矣。今人以鳔煮冻作膏，切片，以姜醋食之，呼为鱼膏者是也。”海边的渔民说，如果孩子“拔节”时个头长不开，吃点黄唇胶或毛鲿胶，个头就会嗖嗖往上蹿。

黄花鱼喜欢在大海中歌唱，因为它的鳔会发声，听上去就像海妖的歌声。这种习性让它遭遇到灭顶之灾，渔民用“敲梆鱼”的方法抓黄鱼，几十上百条渔船合围水面，渔人各执两条大木棒敲击船梆，黄花鱼怕声，脑中的鱼耳石一被震动，便会失去平衡，晕头转向，翻肚朝天昏浮海上。“敲梆鱼”之法，纯属误打误撞，据说有和尚坐船去做法事，在船上“的剥的剥”敲起木鱼，没承想，却见到成群的黄鱼浮出水面。有一年，与省里一批作家到温岭石塘采风，当地渔民告诉我，温岭有一年用“敲梆鱼”捕黄花鱼，收了一两千担，水产公司开始还收购，到后来都不要了。渔民便把黄花鱼肚里的鱼胶挖出来，鱼身全扔掉。现在听来，有点像天方夜谭。

黄花鱼腌渍、暴晒后，可制作成黄鱼鲞，下饭顶好。夏天，天热，没胃口，来一碗冬瓜黄鱼鲞，一碗饭三两口就下肚了。温岭松门的白鲞十分出名，出自这里的“台鲞”闻名全国。当年朱熹弹劾台州太守唐仲友，除了拿他与名妓严蕊的绯闻下手，还拿白鲞说事。清代袁枚的《随园食单》中，也提及松门白鲞：“台鲞好丑不一。出台州松门者为佳，肉软而鲜肥。生时拆之，便可当作小菜，不必煮食也；用鲜肉同煨，须肉烂时放鲞，否则，鲞消化不见矣，冻之即为鲞冻。绍兴人法也。”

白鲞是不加盐腌直接晒干的黄鱼鲞，“其色灰白，品质滋味，尤胜于常鲞”。嘉庆《太平县志》卷之二载：“其货行远方曰松鲞，其鱼名黄花鱼，又名金鳞，首有二石，又曰石首。春月生子，声如群蛙，渔人以竹筒测听，知其头向上，用网两头收合；若头向下，即皆从水底逸去。四时皆有，春、夏用网，秋、冬用钓，总以三伏内晒者为上。他处即有，不及松门之美，其水性异也。”松门白鲞以时令而分，有早夏、秋白、伏鲞之分，以三伏天晒制的白鲞质最好、味最鲜。陈年黄鱼鲞有清心败火之效，海边的人，上火牙痛，会喝点鲞汤。新风鳗鲞是宁波的风味名菜，而绍兴人喜欢吃鲞冻肉——

“肉先煨烂，放入台鲞同煨，鲞烂熟即可食。冬日，谓之鲞冻。”

过去，黄鱼味虽美，但身价不高，而今天，黄鱼转化成奢侈的代名词，只可惜，价钿是上去了，味道却差远了——我们现在吃到的，多是头圆、嘴小、肚皮圆滚滚的养殖黄鱼，这种黄鱼饱食终日四体不勤，口味比野生黄鱼差远了。

水潺不是软骨头

比起什么棺材蟹、鹰爪虾、蛤蟆鱼之类，水潺的名字显得诗意多了。看到水灵灵、圆滚滚的水潺，有时不免想起两句诗，一句是“侍儿扶起娇无力”——水潺柔弱无骨，只有一根细细的脊柱骨，它也没有鳞片，看上去弱不胜衣，另一句诗就是“温泉水滑洗凝脂”，这是因为水潺通体雪白，几近透明，肤如凝脂，丰腴肥美，刚出水的水潺，感觉就跟贵妃出浴似的，又白又嫩，肌肤胜雪。

水潺又叫豆腐鱼，因为它的肉如豆腐一般白嫩细软，凭良心说，水潺嫩软如豆腐不假，但豆腐哪有水潺鲜美呢！

水潺还有个更霸气的名字，叫龙头鱼。宁波人有一道下饭的小菜叫龙头㸆，就是用重盐腌渍晒干的水潺，咸到发苦。一小段龙头㸆可以下一大碗饭，宁波人真会过日子啊。别地的人不太吃得惯龙头㸆，嫌它味道死咸，还说宁波人太会“做人家”。

水潺晒干后成为水潺干，味也鲜美。我见过渔民晒水潺干，细竹枝从水潺的大嘴巴穿过，穿成一串后放到露天的架子上晾晒。水潺风干后，通体金黄，称为“风潺”。水潺干可保存许久。下酒时，蒸一些水潺干吃吃，味道比龙头鳑好多了。有人问我，龙头鳑和水潺干哪个更好吃？我说，吃龙头鳑和水潺干的区别在于，一个是活着，一个是生活。

别小看水潺，其实它可以做成许多美食，古人有“鱼之味，乃百味之味，吃了鱼，百味无味”的说法，红烧水潺的鲜美完全可以证明这一点。我以为，水潺最好吃的做法就是红烧，将水潺切成数段，加调味品腌渍，炒时加上葱蒜料酒，油汪汪红亮亮的一盘红烧水潺上来，又嫩又鲜。有一次我请一帮外地来的作家到码头吃夜排档，上了一大桌“大牌”海鲜，他们看不上，唯独对红烧水潺念念不忘，说下回还要来吃。其实，海边的人请客人吃海鲜，极少向人推荐水潺的，因为好吃的海鲜实在太多了，水潺便宜，过去几块钱就能买一大堆，招待客人总觉得不够档次。不过你不用担心水潺受冷落，味蕾敏感的吃货，总能像星探一样发掘出美味的水潺来。北方有客到舟山，吃了水潺后大为称道，问这是什么鱼，舟山人煞有介事地说，这叫“东海小白龙”，是海鲜中的至味，要一百元一条呢。北方客人觉得舟山人太好客了，这么贵的“东海小白龙”，给他们一人一条，已经够客气了，没想到自己一说好吃，舟山人又给他们上了一大盘！舟山人，真会开玩笑！

水潺有各种吃法，裹上面粉油炸后的水潺，外脆内嫩，鲜香扑鼻。至于水潺跟咸菜一起，烧成咸菜水潺汤——暗绿的咸菜、雪白的水潺，汤之鲜、肉之嫩、味之厚，简直是色香味俱佳的人间美味。水潺烧豆腐，更不错，一大锅白白嫩嫩的物事在汤里翻滚，你简直分不清哪是水潺哪是豆腐，总归是你中有我，我中有你，那汤鲜得你眉毛都要掉下来。

水潺还可做成水潺饼，也有称龙头鱼饼的，将水潺去掉头尾和脊柱骨，和上淀粉置锅中煎，煎至两面微黄即可食用。

水潺水分多，不易保存，过夜了的水潺口感就差远了，一经冰冻更要不得，有水产贩子用福尔马林泡水潺，外形看看跟新鲜水潺没两样，但是一下锅，就现了原形，端上来一尝，水潺的味道既苦又涩，吃这种水潺真是没意思极了。

我们这个地方民风彪悍，人多粗犷豪放，瞧不起“软潺”——本地俚语以此意谓此人软骨头，没有女人喜欢“软潺”的男人。其实，说水潺软弱有点冤枉它，水潺看上去软，却属“硬骨鱼纲”。水潺的鱼骨虽然又细又软，不值一提。但它不是省油的灯，它长着一张大嘴，有一圈细密锋利的牙齿，身披铠甲的虾兵蟹将，有时也会成为它的口中餐，所以叫龙头鱼不是浪得虚名。用水潺喂鸡，鸡会被卡住喉管，立马毙命。我有一位师兄，姓戴，诨名“戴花”，发迹前在乡下中学教书，乡下中学伙食不好，他肚子里缺油水，女朋友带他回家见准丈母娘，师兄看到院子里有一只母鸡，眼睛一转，趁准丈母娘在厨房忙碌，偷偷把水潺喂给鸡吃，鸡吃后，倒地不起。准丈母娘不知所以然，好好的一只下蛋母鸡，为什么说断气就断气，只好把母鸡杀了，师兄吃得满嘴流油回校，扬扬得意向我们吹嘘，自己如何用水潺智取老母鸡。

水潺还可当灯点，腌过的水潺经过太阳曝晒，往灯台上一插，能当成蜡烛点，点着后遍体幽蓝，过去渔家常用水潺当灯，这大概也算是海边一奇了。

跳来跳去的弹涂

弹涂鱼，在我们这里也叫弹鲷，也有写成弹乌的，福建人因为它的不安分，称它为“泥猴”，别地的人也有称它为跳跳鱼的。契诃夫有篇小说叫《跳来跳去的女人》，弹涂则是跳来跳去的鱼。

古书上记载：“弹胡如小鳅，头有斑如星，潮退跳入涂中。”弹涂长得有点抱歉，它体形似泥鳅，大如手指，头大嘴宽，两只眼睛鼓暴出来，弹眼落睛，气鼓鼓的样子，身体灰褐或灰黑色，长满花斑，故又被称为“花鱼”——我的一位朋友，因为喜欢追女孩子，故被我们戏称为“花少”。不过弹涂被称为花鱼却与生活作风无关。

弹涂是水陆两栖类，平日挖穴而居，潮水一来，就往树上爬，要不就是随着潮水奔向大海。退潮时，它跳跃于涂面觅食，一双绿幽幽的眼珠子骨碌碌地转着，头左右摇晃爬行前进，像犁田似的，见到啥好吃的，来个囫囵吞。初夏之时，梅雨来临，也许天气太过闷热，靠尾巴和皮肤呼吸的弹涂受不了了，就跳将出来，此时弹涂最易被捉。

弹涂鱼生性好动，既然被称为跳跳鱼，跳跃功夫自是了得。它一刻也不得闲，好像得了多动症的顽皮孩子，一下子钻进洞穴，一下子又滑溜在滩涂上，要不就是在岩石上跳跃前行。心情郁闷时它还会找碴打架，打架时，它高竖背鳍弹跳起来，用胸部互撞，不明就里的人，还以为它们是在调情呢。

退潮时，岩石上会挨挨挤挤地排着一列弹涂，就像是列兵出操，怪有趣的，它甚至会爬到岸边丛林的树枝上——都说鱼儿离不开水，不过到弹涂这里破了戒，它是鱼类中唯一能在陆地上生活的，而且活得相当自在逍遥。清人有一首写弹涂的诗："辱在泥涂自古今，再三弹处乐幽沉。想因生爱泠泠曲，流水声中学鼓琴。"看来弹涂的生活颇有乐天知命的味道。

鲁迅在散文《故乡》里也写到弹涂："我们沙地里，潮汛要来的时候，就有许多跳鱼儿只是跳，都是青蛙似的两个脚。"我同学老郎，家住海边，他绘声绘色讲过捉弹涂的方法：涨潮前把向上开口的短竹管一节一节插在海涂中，做成假洞穴，当弹涂鱼受惊逃命时，就会受迷惑跳入其中，当地民谚有"好稳勿稳，弹涂钻竹棍"，即指弹涂糊里糊涂，落入陷阱。另一种捕捉方法更有趣，渔人用一形如大畚箕的鱼罾，在滩涂上且行且赶，如赶鸭子般把弹涂鱼逼进鱼罾中，斩获颇丰。还可以手持钓竿，瞄准几米外的弹涂鱼脱手甩去，不过，这种捉法技术要求很高。我见过渔民踩着泥马，手拿钓竿钓弹涂，十分有意思。这泥马不是马，而是一种类似滑板车的木斗船，讨小海时，渔民一脚跪在船内，另一脚在海涂上用力蹬。

温岭人喜欢吃弹涂，如果一个人长得黑不溜秋，没准会被人叫成"弹鯆"。如果这位黑皮先生又偏喜欢穿白衣，当地人不说他是乌骨鸡，而是开玩笑称他“弹鳓干掐锡饼”——锡饼是当地的一种小吃，用小麦粉做的一种圆形的麦皮，白粉粉的。至于大难临头各自跑，当地人又有一句话：“弹鳓落镬自攮命”——掉进锅中的弹涂各自逃命。

弹涂原先不起眼，现在也身价倍增，一盘霉干菜烧弹涂，价格不菲。有一次在一酒店吃饭，点了霉干菜烧弹涂，结果盘里都是霉干菜，仅有屈指可数的几条弹涂埋伏其中，有人细心，一数，不过四五条，是“四面楚歌”而不是“十面埋伏”，一桌十人一人一条都不够，叫来老板，老板嘟哝道，弹涂现在价钿“煞甲”，不比以前呐。不说以前还好，说到以前，让人想起可以随心所欲吃弹涂的日子，众人更气愤了。

有一次陪一位广州朋友吃弹涂。这位朋友嗜美食，平时也有点故弄玄虚。他说，吃海鲜河鲜最讲究鲜吃，他认为鱼被捉的时间长了，尽管还活着，但已然不鲜，因为“魂飞魄散”了。只有那种未被恐惧折磨的海鲜才叫“鲜”，因为它尚有“魂”在。他尝过弹涂后，大赞弹涂之鲜，断定弹涂就属于那种有魂的海鲜，因为弹涂看上去有点“无知者无畏”。我不能不承认他讲的的确有些道理。弹涂之鲜，是毋庸多言的，本地谚语有“一根弹涂熬坛菜”的说法。

弹涂鱼肉质鲜美细嫩，用黄酒炖弹涂，滋身强体最好不过。海边的孩子若夜里盗汗或尿床，不用找中医，渔民多半用弹涂加黄酒调服。与酒炖服的弹涂，还可治耳鸣及重听。冬令时的弹涂最补，故有“冬天跳鱼赛河鳗”之说，日本人甚至把弹涂看成“海人参”，在日文中，弹涂被写成“五郎”。我在日本料理店吃过“五郎の蒲烧”——就是用竹签穿过弹涂，抹上酱汁，放在炭火上烤制。韩国人也相信弹涂的滋补功能，韩剧《乞丐王子》

就提到弹涂鱼汤，剧中女主角周蔷薇的爸爸是医生，他很感叹地说，以前在老家，干活累了，喝碗弹涂鱼汤就浑身是劲。他不说喝碗高丽参汤，而说喝碗弹涂鱼汤，可见弹涂鱼汤的确能补人。

海边的渔民喜欢把弹涂熏烤成弹涂干，他们用竹片或铁丝把一条条弹涂串起来，用木柴或稻草熏烤，直烤得弹涂七魂出窍，皮肤泛黑，身体收缩，渗出鱼油，散出香味为止。将烤干的弹涂放通风处晾晒，就成了弹涂干。弹涂干风味极佳，烧年糕、烧粉丝、下面条时放上几条，就满镬飘香。

弹涂是海鲜中的好好先生，好像麻将中的百搭一样，它与霉干菜一起，味美；与咸菜一起，味美；红烧，味美；熬汤，味美；烟熏成弹涂干，亦味美。

总之，弹涂肉嫩而香，不管烧什么怎么烧，都不改其美味，堪称佳品。记得以前我工作的单位边上有一家小饭店，店主烧得一手好弹涂，过去我常去吃，久未去了，一时竟十分地想。

油菜花黄，昂刺鱼肥

昂刺头是一种长胡子的河鱼。

长胡子的鱼不止昂刺头一种，鲇鱼、鲤鱼也都有胡子。所以，常有人把鲇鱼当成昂刺头也就不奇怪了。鲇鱼和昂刺头都面露凶相，都有胡子，都滑不溜丢的，不过鲇鱼土腥味重，台州人称鲇鱼为娘鱼、胡子鲇，有些台州人叫它为“八根须”，听起来好像“一撮毛”之类的外号。鲇鱼一般用来做酸菜鱼、水煮鱼，烧时还要放很多大蒜头、辣椒和黄酒去土腥味。昂刺头的味道比它好多了。

长胡子的鱼都不太上档次，也许大家觉得，是鱼就不该长胡子。不过很多人不知道，鱼胡子也可以做成名菜的。20 世纪 70 年代，柬埔寨元首西哈努克访华，在北京饭店吃过一道菜就叫鲤鱼须，用鲤鱼须而不用昂刺头、鲇鱼的须，大概嫌它们的须长得不秀气，算不上“美髯”吧。据说那顿饭花了一万元，也许一万元现在看来不算啥，但在当时，绝对称得上是一个大数目了。不过依我看，这道菜不是吃味道，而是品味奢侈。

昂刺头鱼如其名，长得大大咧咧的，像是不良少年，台州人称昂刺头为摇翅横——名字中带个横的，听上去就像个刺头儿。我的一位老领导，名字中也有个横字儿，不过人倒一点也不横。昂刺头的身上有黄黑色的花纹，嘴边四对长长的胡须，它的胡子不是一味的黑胡子，而是有白有黑有黄，是花胡子，好像时尚青年挑染的头发。它背上有一根昂起的硬刺，捉鱼时不小心会被它刺中。昂刺鱼有一特别之处，会叫。当你捏住它背部的那根硬刺，它便会“昂刺昂刺”地叫出来。我试捏过，但昂刺头全身扭动，却不吭声，我觉得无趣。温岭人说一个人“昂刺头”“昂刺范”，意谓此人肉麻相。比如一个男人称自己的老婆不叫“老太”“肉客”，而叫“心肝”“甜心”“亲爱的”，或者一个女人在不恰当的场合撒娇撒痴，都有可能被称作“昂刺范”——昂刺范，在台州不是什么好话。不过，我看不出这跟昂刺头有什么干系。

昂刺头的名字和形象都有种生猛的霸气，如果它是人，起的名字估计就是“金镖黄天霸”之类。昂刺头的书面语叫黄颡鱼，古人则称之为黄颊，元诗“一溪春水泛黄颊”讲的就是它。春水涨时，“油菜花黄，昂刺鱼肥”。在台州，关于昂刺头还有一种叫法，叫作“黄先生”，很拟人化，也很有意思。在湖北话和安庆话里，昂刺头被叫成“安丁佬”或“安丁胡子”，湖北一些地方，也有叫成“黄丫头”的，家常随意得像招呼邻居家的小丫头。

以前大小河道里，昂刺头极为常见。小时候看过人家在河里捞鱼，捞上来的有鲫鱼、虎头鲨、青虾、螺蛳，最多的便是昂刺鱼。也看过人家钓昂刺鱼，只要挂钩下水，拉上来就是一条昂刺鱼，再拉又是一条。也许那时候的鱼跟人一样，都是不设防的。这昂刺鱼挂在鱼竿上，身子挣扎着，嘴里还一个劲地“昂刺昂刺”叫着。有一次在女友家玩，她老公垂钓回来，扬扬自得，像个大将军。鱼桶里有大黑鱼、好几条昂刺鱼，还有大大小小的野生鲫鱼。那晚朋友留我吃饭，把这些鱼全烧了汤，黑鱼汤、鲫鱼汤、昂刺鱼豆腐汤。这些鱼皆为野生，味鲜美，且没有一丝泥腥气，大家吃得很尽兴，喝了点酒，还发了点少年狂。

红烧昂刺头很香，鳃边的两块蒜瓣肉有指甲盖大，味极鲜美，堪称至味。我到湖北大冶出差，土菜馆里上了一道菜，叫野生黄鱼，一看，原来就是昂刺头，真是蒙人哪。不过，这家菜馆的红烧昂刺头味道真是好，满足了口腹之欲，这事也就算揭过了。昂刺头烧豆腐只需多搁香葱、姜丝，就可以氽出一锅美味的汤，那汤洁白如乳，那种鲜美，没法形容，谓之“奶汤”。如果一定要形容，那就是味鲜腴而绝不腻口，而鱼肉细嫩得一点都不亚于和它同煮的豆腐。因为刺少，老少都可以率性地吃。

汪曾祺老先生也喜欢昂刺头的美味，在北京客居多少年了，还惦记着家乡这种长胡子的河鱼。能让著名吃货汪老上心的食物怕不是太多的吧，可见昂刺头的美味。

胖头鱼

写美食，如果不为胖头鱼写点什么，那真是对不住胖头鱼啊。

李渔《闲情偶寄》中说："食鱼重在鲜，次则及肥，肥而且鲜，鱼之能事毕矣。"胖头鱼完全符合李渔的要求。

胖头鱼的学名叫鳙鱼，《阿Q正传》里则称它为"大头鱼"。我跟胖头鱼的交情很深。因为交情深，每到三月，春风一起，桃红梨白，我就往有水库的地方奔去。什么新安江水库，什么云和水库、牛头山水库、长潭水库，我都没少去。江南这边，几乎所有水库边上产的胖头鱼，肉质都异常鲜美，都说清水出芙蓉，其实，清水也出胖头鱼的。这些山清水秀的地方养出来的胖头鱼，没有土腥味，肉鲜嫩，弹牙，怎么烧都好吃。

离我家最近的水库是长潭水库，附近有一村落，名鱼岙，桃花极盛。有一年春，去赏桃花，当地村民刚好给桃花修枝，我在地上拣得许多桃枝，喜滋滋地捧回家，把桃枝插到黑陶瓶中，桃花在家中妖娆盛放，半月才谢。

到了长潭，桃花要赏，胖头鱼也要吃的。胖头鱼，恐怕是长潭水库最响的招牌菜。我自诩意志坚定,但对美食一向缺少抵抗力。到了长潭,焉有不食鱼之理。长潭水库边,除了胖头鱼,还有湖虾、溪鱼、螺蛳、笋干、山药、绿豆面、猪脚、土鸡、番薯庆糕等土菜。我以自己之心度别人之腹,到长潭去的人大多是冲着胖头鱼的吧,至于看风景,多半是个幌子,就好像农民起义打的旗号都是"替天行道",至于是为了弄口饱饭吃吃还是做着皇帝梦什么的,只有天知道。

俗话说,"鳙鱼头,鲢鱼腹,鲫鱼背,草鱼肚裆,青鱼尾",意味鲢之美味在腹,鳙之美味在头,青鱼之美味在其尾,没错,胖头鱼的精华就在于它大大圆圆的脑袋,除了脑袋,其他部位的鱼肉乏善可陈,肉质松而口感差,难怪被称为"鳙鱼"——鳙鱼,鱼之平庸者也。

相比于红烧,我更喜欢白烧的胖头鱼。白烧的胖头鱼一定要是活杀的,"引刀成一快,不负鳙鱼头"——不,没那么痛快的。杀胖头鱼时,要先用刷子在胖头鱼的肥头上重重一击,经此一击,胖头鱼就脑震荡,昏头耷脑了。然后洗净鱼身,取下它的头,把鱼头切成两半。锅烧热。下油。烧鱼一定要用肥膘熬油。将大蒜、生姜片在油中煸一下,下米醋、酱油、黄酒、糖,辣椒自是少不得,依食客口味而定,亦可放入豆腐或粉丝。用旺火烧到鱼汤呈奶白色即可出锅。出锅前放入香菜,翠绿鲜艳,使整锅鱼汤看起来更加鲜美动人。

端上来的砂锅鱼头汤,浓稠鲜美,鲜香可口,至于鱼肉,丰厚肥腴,极为细嫩,入口绵软,很是入味。动物活动多的部位,肉质一定特别鲜嫩,所以,吃胖头鱼,我的筷子通常直冲鱼的后脑勺而去,胖头鱼眼帘后鼓鼓的两块肉,极为肥嫩。其次我爱吃鱼颊,胖头鱼肥脸蛋上的肉十分细腻。至于鱼下颌的嫩唇和颤悠悠、滑腻腻的膏脂，更让人叫绝。胖头鱼肉结实，少细刺，这一点尤为可喜。不像鲥鱼，好吃是好吃，但刺多，贪吃鹫的人生三恨里就有“一恨鲥鱼多刺”。

除了红烧、白烧的砂锅鱼头汤，我在湖南还吃过“芙蓉鱼头王”，两爿被切割整齐的鱼头，上面是一层红红的野山椒，鲜嫩至极，微辣提神，香彻透骨。吃完鱼头，把两寸宽的手抻面条泡进鱼汤里，这面又筋道又鲜香，吃得稀里呼噜，那种咄咄逼人的辣，让人沁出微汗，直叫痛快。

至于剁椒鱼头，是川菜中的招牌菜，辣椒剁碎后与鱼头同蒸，辣味十足，像川妹子的脾气，我在四川吃过两回，辣，受不了。

广东的朋友请我吃鳙鱼黑豆汤。广东人最是讲究滋补了，就算已经胖得肥头大耳，隔三岔五也要补上一补。到广东，入住的酒店，大堂里有一块醒目的牌子，写着：“特别推荐——男人汤：不老草海马炖鹿鞭，肉苁蓉炖鸽吞翅、鳙鱼黑豆汤。女人汤：当归乌鸡炖花胶、鹿茸鲜人参炖鹧鸪、元肉雪梨炖蛤油。”下面还有说明：汤能补气、益肾，具有降脂肪、清热毒、止咳化痰、抗衰老、生津益肺之功效。除了男人汤、女人汤，牌子上还有杏仁木瓜炖白肺、椰青花胶炖响螺、灵芝石斛炖老鸽、羊肚菌炖花胶、野竹蜂炖水鸭、五叶神炖猪横俐之类。我一时没弄明白，这猪横俐是什么东西？广州的朋友给我扫盲，说这猪横俐是猪内脏的胰腺体，有清肝火之效。广东人坚定不移地认为，但凡肾亏损、夜尿多、坐骨痛等等，煲一顿鳙鱼黑豆汤，吃它两三回，鱼到病除。胖头鱼补不补肾不知，不过的确可以补脑。《本草求原》就说：“鳙鱼，暖胃，去头眩，益脑髓，老人痰喘宜之。”聂卫平就嗜食鱼头，据说一顿可吃五六个，难怪把聂卫平给补得成了棋圣。

胖头鱼的大脑袋中有两块头骨，弯曲而底部宽平，如三寸金莲，绍兴人叫“小脚婆”，可用来卜卦，也可用来许愿。从前，我外婆的红烧胖头鱼非常美味，外公每回吃胖头鱼，总喜欢找出鱼骨，轻轻一抛，如果正好立住，说明心想事成，如果鱼骨倒下，他会“哎呀”轻叹一声。而今，每当我吃着美味的胖头鱼，想到天堂里的两位老人，不免伤感。

『河豚』

河豚肉细腻、滑软，
那乳白色的汤，又鲜又绵，
其香极郁，这味道不是“清鲜”，
而是“鲜稠”。

『大头梅童』

刚起捕不久的梅童鱼，眼睛锃亮，透骨新鲜，用以清蒸，加上绍兴黄酒、姜丝，再撒点盐，其味之鲜、肉质之细嫩，吃到嘴里好像马上会化掉。

『鲳鱼』

新鲜的鲳鱼扁平阔大，白色的腹部如丝绸肚兜，滑溜溜，光闪闪，难怪被称为银鲳。

『带鱼』

刚捞上来的带鱼银光闪闪，肉看上去又紧又实，
佐以料酒和姜丝，抹上盐，撒几粒白糖，放到灶上清蒸十来分钟，
鲜中带肥、肥中有甜、甜中又鲜，三味交融。

『墨鱼』

小墨鱼整个拿来，与五花肉、红腐乳汁红烧，末了，再用旺火收浓酱汁，用淀粉勾芡，淋上明油，撒上葱段就可装盘了。

『黄鱼』

黄花鱼喜欢在大海中歌唱，
因为它的鳔会发声，听上去就像海妖的歌声。

『水潺』

暗绿的咸菜、雪白的水潺，汤之鲜、肉之嫩、味之厚，简直是色香味俱佳的人间美味。

『弹涂』

弹涂是海鲜中的好好先生，好像麻将中的百搭一样，它与霉干菜一起，味美；与咸菜一起，味美；红烧，味美；熬汤，味美；烟熏成弹涂干，亦味美。

『昂刺鱼豆腐汤』

昂刺头烧豆腐只需多搁香葱、姜丝，就可以汆出一锅美味的汤，那汤洁白如乳，那种鲜美，没法形容，谓之“奶汤”。

『胖头鱼』

将大蒜、生姜片在油中煸一下，下米醋、酱油、黄酒、糖，辣椒自是少不得，依食客口味而定，亦可放入豆腐或粉丝。用旺火烧到鱼汤呈奶白色即可出锅。

最江南的味道

尝鲜无不道春笋

春光里，竹笋破土而出，“尝鲜无不道春笋”，油焖春笋、腌笃鲜、雪菜春笋、春笋烧鲥鱼、春笋白拌鸡、糟烩春笋、枸杞春笋，都是时令美食。另有一种凉拌吃法，以春笋搭配莴笋生食，入口极为爽脆。它有一个别致的称谓：小青青白娘娘。多么江南的称呼啊。

去年开春时，山里的朋友邀我去挖笋。他家在宁溪山里，有茅屋，有竹林，笋发得到处都是。山乡的黄泥笋很是出名，山里人甚至把春笋冠以“山头黄鱼”的美名。去时，刚下了一场春雨，竹林清新湿润，三三两两的村民，扛着锄头上山挖笋，露出地面的春笋当然不会放过，就是地底下的春笋也不会漏网——他们会从泥土的隆起，判断地底下是否有笋。春天到了，蛰伏一冬的笋使足劲往上顶，想钻出地面见见春天的阳光，扒开泥土，果然有鹅黄笋芽，一锄下去，一支三四寸长的春笋就到手了。

在竹林中，如果你静心倾听，似听见春笋拔节的毕剥声。江南方言里，小孩到了十二三岁，长得很快，身材也变得瘦长，谓之“拔节”——这个词语,老让我想到春天里的笋。当地有这样的风俗,挖笋时,大人带着孩子到竹林中,边摇青竹边念:“摇竹娘,你也长,我也长,今年是你长,明年我与你一样长。”笋长得很快,几天前还是矮矮壮壮的一小截,没几日,就变得修长修长,再过一段时间,就成了绿汪汪的毛竹。家长希望自家的孩子,长得跟竹笋一样快。

剥了壳的春笋最是雪白鲜嫩,还能掐出水来。难怪,在我们这里,形容少女的容颜不是什么“桃花脸”“芙蓉面”,而是用“雪白笋嫩”这个词。金庸写黄蓉出场:“肌肤胜雪,娇美无比,容色绝丽,不可逼视。”若让台州人写,肯定会写黄蓉长得“雪白笋嫩”,一句“雪白笋嫩”给人留有多少想象的余地啊。除了“雪白笋嫩”,这里的人还以“笋梗样”形容小伙子长得挺拔俊秀,如果一个小伙子被人赞为“笋梗样”,必定受女孩子青睐。

春笋不仅嫩,而且“肥”——是白胖白胖的那种肥。清代乡贤张泰有诗:“古寺春山笋蕨肥,行穿石径绿侵衣。”说的就是春笋的肥嫩。而杭州人认为,笋是“蔬菜中第一品”,没有比春笋更鲜美的蔬菜。

清代乡贤贺正修有诗:“夏近笋初老,春深花欲稀。”咏叹的是春笋短暂的青春期。清明前是笋的二八年华,清纯饱满,过了清明,笋就成了迟暮美人。到了谷雨,很多的笋就会变成小毛竹。

老外很感叹中国人在吃上的探索精神,在他们眼里,毛竹就是毛竹,怎么可以跟吃挂上钩呢。据说他们会把竹笋翻译成竹芽,对于“雨后春笋”之类,他们就完全不知怎么翻译了。有一回跟一老美进餐,来一道笋烧肉,他第一次吃到笋,我告诉他,这笋跟他手中拿的筷子是一回事。他的表情极其惊诧。其实,不怪老外,“竹子不长秦岭北”,哪怕是一山之隔的北方人，也常搞不懂我们南方人为什么如此偏爱春笋。

在美食家眼里，笋是至鲜至美之物。李渔就说过“饮食之道，脍不如肉，肉不如蔬”。明代诗人张廷登道“樽开小酌笋犹肥”，张诗人说，雨后竹笋正肥，最宜做小酌菜肴。丽水、台州、衢州一些山里产黄泥笋，丽水遂昌的竹笋还在《舌尖上的中国》中亮过相，大大出了回风头。其实台州、衢州一些山区的笋也很出名，这些地方山高背阴，松竹遍布，山笋的味道特别鲜美。清代的文学家潘耒尝过台州的春笋后，留下一诗：“嫩如荔新剖，脆若藕初削。甘芳无留滓，软美不烦嚼。”春笋嚼起来，爽脆之中还有丝丝的清甜。他甚至说“愿作台山农，长年分此乐”——为了吃到台州的春笋，他愿意留下来做个山农，与苏轼的“日啖荔枝三百颗，不辞长作岭南人”简直同出一辙。

春笋不管烧什么都好吃，被称为荤素百搭，炒、炖、煮、焖、煨等皆成佳肴。一道笋烧肉，让人叫绝，硕大的笋块鲜嫩十足，和着肉香，鲜美至极，而肉也带着笋的清气，全无油腻。至于油焖春笋，更是我的至爱，嚼起来嚓嚓有声，用土话说，吃起来“爽爽声”，十分带劲。上海人夏天时喜欢吃番茄煸尖冬瓜汤，一道寻常不过的汤，看上去偎红倚翠，喝下去十分开胃。福建菜中有鸡茸金丝笋，把冬笋丝切得细如金丝，与鸡茸、蛋糊融为一体，鲜润爽口。

春笋炒咸菜，十分常见，多以鲜笋炒之，但是鲜笋的味道绝对比不上腌过的春笋。一到春天，我的二姑姐就会把春笋切片，放入雪菜坛子，与雪菜共腌。腌过的春笋又鲜又酸，有泡菜的爽脆，用以炒咸菜，味道极美，十分开胃，用以下饭，再好不过。

春笋还可以裹上面糊，放油里煎炸，金黄色的油炸春笋甘甜可口。与白米共煮粥，叫“金煮玉”，济公和尚曾赞道：“拖油盘内烰黄金，和米铛中煮白玉。”看来，济公也是个好吃的主儿。

还有一种叫小野竹笋的，叶细枝韧，僻寂之处，野地荒郊，常见其身影。剥下它的外衣，是青玉簪般细细的一小条，有一种孤高之美，别有淡泊出尘的气质，切成小段炒腊肉，是青白之中的几笔朱红，雅致可口。

除了鲜笋，笋干的味道也绝佳。天目笋干相当出名，这个声名远扬的笋干专指野生石竹竹笋所制的“色如鹦哥绿”的青笋干，分为焙熄、小挺、秃挺、肥挺几个等级。张生记的笋干老鸭煲很出名，跟选材好有关。烧老鸭宜用野笋干，野笋干吸足了厚厚的老鸭油，味浓鲜香，比老鸭还受欢迎。而烧红烧肉，最好选毛笋干，特别能吸油，烧好后，肉肥而不腻又有笋的鲜味。

除了笋干，清顾仲《养小录》里还提到一种笋粉：“鲜笋老头差嫩者，以药刀切作极薄片，筛内晒干极，磨粉收贮。若调汤，或炖蛋，或拌肉内，供于无笋时，何其妙也。”其实，我觉得真正称得上“何其妙也”的不是笋粉，而是天台的笋茄——将竹笋去皮后放入大镬里煮熟晒干，加盐烧开，再用文火煮六至七个小时，捞出来烘晒，一周后就成了笋茄，经年不坏。笋茄是素食极品，济公就赞曰：“若禽之初羽，貌陋而性至善。”看来这笋茄里，还含着佛家的清净淡泊呢。

阳光·雨露·桃浆

春天里如果没有桃花，就会显得寂寞很多。

“桃之夭夭，灼灼其华，之子于归，宜其室家。”桃花酿成桃花酒，据说可美容。桃花酒我没喝过，不过，桃浆我是吃过的。一到夏天，江南的很多冷饮店都有桃浆卖。

桃浆又名桃胶，生于桃树上。桃树被虫子咬过或受伤后，树干上的裂口，有树胶沁出，凝固成一小团。雨后，桃树出的桃浆更多，似露珠，像水滴，又比露珠更亮，比水滴更大，如玛瑙串缀，琥珀流光，晶莹剔透。桃浆还有另外一个名字叫桃凝，我的诗人女友觉得叫桃凝还不够诗意，伊把它叫成桃花泪。美是美矣，只是太过伤感。

桃浆我是采过的，就在浙江临海的江下渚。江下渚过去种有许多桃树，树干上常结着厚厚的一层桃浆，透出温润柔和的光泽，我总疑心，桃浆里饱含着阳光雨露，才会如此的饱满，如此的清亮。

桃浆旧时用于石印，还能做胶水，不过，我们都把它当成饮品。我以为这是桃浆最适宜的用场——化身饮品，滋润那些桃花一般的美人。

我也做过桃浆羹。我觉得，三月桃花红、四月桃挂果、五月桃青涩、六月桃满园，桃树一生的情思，都包含在一碗桃浆中了。将采摘下来的桃浆，放清水里浸泡一晚，第二天，桃浆就涨开了，像一朵朵素雅的花，在水中妖娆盛开。桃浆洗净后，加上葡萄干、枸杞，放在锅里用水煮沸，加糖，就成了一锅甜羹汤。玉白色，稠稠的，有胶质的厚重感，像凝住了的果冻，入口清香爽滑，甜而不腻，还有淡淡的桃气，若再洒点薄荷露，更是清凉无比。有位美女就说过，喝一口，"叶的葳蕤、花的妖娆、果的浓厚，似乎都在浆的凝结里面晶莹透亮着"。

桃浆性微凉，清凉去火。《抱朴子》云："桃胶以桑灰汁渍过服之，除百病，数月断谷，久则晦夜有光如月。"这是说桃浆用桑树枝烧成灰后清洗服用，可治百病。《本经逢原》也道："桃树上胶，最通津液，能治血淋，石淋。痘疮黑陷，必胜膏用之。"台州人有一个治咳嗽的小偏方，用的就是鸽子蛋炖桃浆。桃浆的确能治病。有一年，张大千到常州探访病中的谢玉岑。谢是江南词人，亦是大千好友，大千亲自下厨，为玉岑调制桃浆羹。一碗橘瓤同煮的桃浆，甜中有酸，清口开胃，病中的词人饮后，如饮甘露，清凉直达肺腑。

"秦淮八艳"之一董小宛，做得一手好菜，这个绝代风华的女子能把寻常日子过得不同寻常的雅致，她会制作桃膏，取五月的桃汁与糖细煮，煮到桃汁如大红琥珀般漂亮。她极善烹饪，对食谱研究精到，如"火肉久者无油，有松柏之味；风鱼久者如火肉，有麂鹿之味；醉蛤如桃花，烘兔如悠饼，可以笼而食之"。在情种眼里，美人亲手烹制的食物，味道一定是不同寻常的鲜美，就算一杯白开水，估计也能喝出丝丝甜味。

在宁波，我吃过一道桃浆鲜果羹，桃浆里加入西瓜、草莓。在扬州，吃过一道桃凝木瓜茸，也叫美容凝露，酒红色的木瓜盅里，是琥珀般的桃浆，清凉香甜，好似雨后的春天。

桃浆是甜品，不过也可咸吃，有一道菜叫“玉汁琼浆”，端的是好名字，桃浆用生粉勾芡后，加上肉丝，撒上葱末而成。而“鸡汁桃凝”是桃浆和着毛豆，在鸡汁中炖熟，入口嫩滑细腻。

春天里去杭州的梅家坞，要上一杯明前茶，可以消磨掉半天好时光，当地的农家菜里，有一道就叫“西湖十景桃浆羹”。光听名字，就是满耳朵的欢喜，让人想到西湖边一棵桃树一棵柳树的春天。

江南的风韵，渗在江南各个角落的细枝末节之中，一碗桃浆里，照见的，是诗意的江南。

去年和今年，去杭州出差好多回，就是抽不出时间去梅家坞消磨时光。春色越来越深了，啥时可以抽空去品尝一碗“西湖十景桃浆羹”呢？

青葱岁月里的青草糊

前些日子，到杭州培训，住玉皇山脚下。五月暮春，蔷薇满墙，肆意铺陈，像是春天的宏大叙事，于是便独自去爬玉皇山，沿途草木，绿意盎然。行至半途，见一茅草屋，上有一匾，写着四字“风散微香”，直叹好字也——不知怎的，这四个字，让我想起青草糊的薄荷味。我这才明白，少年时光早已过去，而青草糊的清气，一直萦绕在心头。

说到青草糊，20 世纪六七十年代出生的人都不陌生，这种土饮料，是夏日江南街头最常见的消暑饮品。

青草糊是由被江南人家称为“青草”的草本植物调制而成的。市场上卖得很火的一种饮料叫仙草蜜，它的成分就是仙草，有人说，青草与仙草，其实就是同一种植物。仙草，我是知道的，阳台上就有一盆，小巧翠绿，叶了略带茸毛，叶形似溥荷，不过比薄荷叶略小，看上去不甚起眼。摘下叶子，就可闻到缕缕清香——这种清香，真的是清凉的香气。

在江南，夏天一到，就有卖青草的，乡人以为青草有降火气、解热、消暑、清血等功能，将其拿来熬煮，便成为青草糊。青草糊色泽棕黑，有点像龟苓膏，不过味道比龟苓膏要好。关于青草糊，《温岭县志》有记载，但语焉不详："菁草糊：菁草加水煎煮，取汁冷凝后成糊状，吃时加桂花糖，清香解渴。"我不明白，《温岭县志》为何要将青草写成菁草。我还是喜欢"青草"二字，质朴中，隐约有草木的清爽之气。

我们小时候，青草糊是喝得最多的饮料。夏日里，蝉鸣声中，树荫底下，咕嘟咕嘟喝下一碗青草糊，有一种苦苦的清凉，非常解渴。放学时候，是我们的快乐时光，一分钱可以租一本连环画看，可以买上一段甘蔗边走边啃，也可以喝上一碗青草糊。放学路上，总能碰到卖青草糊的阿婆，挑着一副担子，担子上搁两只脸盆，脸盆上覆着一层薄纱，揭下薄纱，便是果冻似的一盆青草糊，黑黑的，亮亮的，闪着光泽。

青草糊便宜，几分钱一杯。递上几个钢镚，阿婆便拿起一把扁圆的小铁铲，从盆里铲两块青草糊到小碗。加上白糖、蜂蜜水、芝麻，洒几滴薄荷油，再用小铜勺在瓷碗里来回击打，发出"叮叮叮叮"的脆响，一碗甘甜凉薄的青草糊就到手中了。我喜欢桂花的甜香，便央阿婆多撒一些桂花进去。桂花树是阿婆家自种的，秋天桂花飘落时，阿婆拿竹箩接了，撮成一堆，用白糖腌制而成。

这一碗青草糊，有金黄的桂花、黑黑的芝麻，端在手中，如荷叶中的晨露，微微晃动，喝上一口，有薄荷特有的清凉之气，喉咙口凉丝丝的，甚至呼出的气，都觉得清凉甘甜。

青草糊，散发着植物的清气，这种清气，是湿地河畔的氤氲，是林间清泉的甘甜，是田间青草的清新，是含露花朵的润泽。吃到青草糊，总让人忆起青葱岁月，可是人生又有多少往事可以重来。吃到青草糊，感伤是难免的。

暑气逼人时，我常会念起青草糊。去年夏天，到老街的时风画廊闲坐，坐在门口与画廊主人陈时风闲聊，意外发现对面小店有卖青草糊，惊喜中，买了一碗，它跟记忆中的青草糊一样滑润，“咕”的一声，就从喉间滑向肚中。在向晚的燠热中，喝上这么一碗青草糊，五脏六腑的热气，像潮水一样退去。

石莲豆腐的前世今生

除了青草糊，石莲豆腐在夏天亦很常见。石莲豆腐的颜色，像清晨天空的颜色——那是天未透亮时，天空最常见的颜色，灰白，略带点青。

石莲豆腐不是豆腐，它是一种石莲果实做成的饮品。石莲是一种隐花植物，别地称为木莲，我最早是在少年鲁迅家的百草园里知道木莲的——“何首乌藤和木莲藤缠络着，木莲有莲房一般的果实”，后来读到周作人的《园里的植物》，他在文中也写到木莲：“木莲藤缠绕上树，长得很高，结莲房似的果实，可以加井水揉搓，做成凉粉一类的东西，叫做木莲豆腐。”这木莲，天台土话叫 ba-peng，不过我的确不知道，这 ba-peng 二字该怎样写。木莲在别地，有个别名叫邦邦老虎藤，跟天台人的叫法颇有几分相似。

石莲学名薜荔，又叫木馒头、鬼馒头。说到薜荔，想到屈原的诗，屈原在《离骚》和《山鬼》里写到薜苈，《离骚》里有“揽木根以结茝兮，贯薜苈之落蕊。矫菌桂以纫蕙兮，索胡绳之骊骊”的句子——我们的三闾大夫是多么的浪漫啊，掘取细根把白芷拴上，又串上薜荔落下的花朵，把菌桂削直后再贯以蕙英，扭成的花索馥郁婆娑，完全是浪漫主义的做派。屈原在《山鬼》中又写道："若有人兮山之阿，被薜荔兮带女萝。既含睇兮又宜笑，子慕予兮善窈窕。"这山里的女神以薜荔为衣、女萝为带，窈窕而多情，在山之一隅，痴情地等待心上人的到来。

屈子诗中的薜荔就是石莲。这种野生的藤本植物在南方极为常见，棕绿色，叶椭圆形，叶子厚实，背后有网纹，它是藤本植物，而藤本植物的攀缘能力自是一流，有时会攀墙头而上，有时又会绕树而生，乡间的院子披披洒洒，墙头爬满的大多就是这种木莲藤。木莲多年后结实才有籽，古人老早就知道木莲籽的妙用，拿木莲籽做木莲豆腐，不过，那时它叫冰浆，光听这诗意的名字，就觉得凉意沁人。

在乡间，想喝一碗石莲豆腐那是最容易不过，乡里人谁不知道木莲果的妙处呢——只待果实成熟，藤上结满了莲蓬似的果子，剖果取籽，其籽细小如稗籽，有点像猕猴桃籽儿。乡人将晒好的石莲子装入布装，用井水浸泡，在水中反复搓揉，挤出果内的胶汁。半小时后，汁水冷凝后成晶莹透明的石莲豆腐，加糖水，即可饮，考究些的，加点薄荷油，喝上一口，真的是晶晶亮，透心凉。

木莲俨然是乡间的一味土草药。《本草》说，它有祛风除湿、活血通络、消肿散毒、固精壮阳之效，还能排脓、催乳、消痔，还主治心痛；其叶可治恶疮；研末服下，久痢即愈。

现在想喝一碗石莲豆腐，并不容易，对游子而言，石莲豆腐是跟少年的回忆，跟乡情联系在一起的。故乡难得一回，所以，石莲豆腐便不时在记忆中翻滚。乡贤高汉先生客居北京多年，他怀念老家的石莲豆腐——“在旧辞书有个成语：‘莼鲈之思’。晋张翰，字季鹰，吴县人，到洛阳当齐王的大司马东曹司掾，见秋风起，想起江南的莼菜羹和鲈鱼脍，就自炒鱿鱼回了老家。他留下的感慨是：‘人生贵得适志，何能羁宦数千里，以要名爵乎！’后人遂以此寄思乡幽情。对此我很理解，不过想的不是北京饭馆有莼鲈，而是北京没有的石莲豆腐和青草糊，常常一吃冰激凌就想它们。”老先生的乡愁里，不是莼鲈之思，莼鲈之思太贵族化、太奢侈，老先生的乡愁，是一碗青草糊、一碗石莲豆腐，那是旧时每一个孩子都能接触到的美味。

我有很多年没吃过石莲豆腐了，去年杨梅熟时，朋友邀我去摘杨梅，乡间路上，有卖石莲豆腐的，大喜过望，要了一碗，透明如玉的石莲豆腐，加红糖、薄荷油勾兑成的调料，喝一口，甜甜的，但是少了薄荷的清气，也吃不出儿时的那个味了。

我有点惆怅，我忘了时光的侵蚀。或许，于我而言，石莲豆腐，用来怀旧，更合适些。

蜜汁莲藕

旧时江南人家养荷者颇多，夏天的时候，在院子里，端出四方桌，捧着饭碗吃饭，边上是一缸莲花，真是秀色可餐。有时，他们亦以荷叶做荷叶粥，别有清香之味。至于蜜汁莲藕，更是他们夏日餐桌上的寻常之物。

再也没有比莲更好的植物了，花可赏，而且备受赞赏，莲与藕可做成各种美食。

江南多莲田，乡间的孩童喜欢擎一柄莲蓬，掏里面的莲子吃。莲子是青绿色，似有水汽，一咬，甚是清口。我也喜欢吃新鲜的莲子，别人吃莲子摘掉莲心，我不摘，我喜欢这一点点的苦味，可以清心也。夏天，在杭州西湖边散步，撞见卖莲蓬的，5 元一支，我买了，掏出一粒粒的莲子，边走边吃。给儿子几粒，儿子勉强吃了一粒，说清苦得很，一点没吃头。

说到莲蓬，想起一个有意思的对子，上联是“荷花，莲蓬，藕”，下联是“拳头，巴掌，手”，说某位名人小时候，家教颇严，没少挨父亲拳脚，有一次，父亲指着门口莲塘，说出“荷花，莲蓬，藕”让他对，孩子一时想不出，眼见着父亲的老拳就要落下来，情急之下，对出“拳头，巴掌，手”。

《金瓶梅》第十九回里，写到潘金莲吃莲蓬，日落时分，西门庆与潘金莲在自家新建的花园里一起喝葡萄酒，潘金莲坐在西门庆腿上，“纤手拈了一个鲜莲蓬子，与他吃”。莲同怜，自南朝起，莲子便成了男女间表情达意的物事。偏个西门庆不解风情，回说：“涩剌剌的，吃他做甚么？”

莲子入食，有各式做法，配菜、做羹、炖汤、熬粥、制饯、做糕点，婚宴的甜点中，通常有一道莲子羹，象征着婚后生活的甜甜蜜蜜。

莲藕的味道更好，宝玉在挨过板子后，借势撒娇，想吃小荷叶小莲蓬儿的汤，“借点新荷叶的清香”。

我最喜欢吃的，是蜜汁莲藕，入口绵软，色泽润嫩，又甜又糯，像苏州美人说的吴侬软语。与蜜汁有关的甜食，我都喜欢，比如，蜜汁番薯，我就百吃不厌。至于蜜汁莲藕，更是打小就热爱。当藕成熟，白胖如孩童手臂，做成的糯米蜜糖藕片，是美食，糯糯的，甜甜的，这种甜，不让人腻味，甜得稳重厚实，那种软糯的香甜，让人感到放松和踏实。我有虚劳咳嗽之症，久未见好，中医说，莲藕润肺止咳，平日里要多吃蜜汁莲藕。

做蜜汁莲藕没什么技术含量，不过，要有十分的耐心，而且要选用我们江南的莲藕，北方的藕大而无当，不甜，而且太粉。将糯米浸泡水中，泡得胖大后，沥干水分，将藕洗净去皮。切开一截藕头，将糯米拌着白糖（如要润肺，冰糖碎效果更好）灌入玲珑的藕孔，填实，使劲儿用筷子捅紧，盖上切下的小半截的藕头，用牙签斜插进分切的藕身，固定好，即可上蒸笼。蒸好后，放凉，切成厚薄均匀的片，最后浇上蜜汁，即可。

藕还是一味好药，生食可以生津止渴、开胃消食，熟食可补虚、养心生血，故有“新采嫩藕胜太医”的说法。莲藕还可解鱼蟹毒，据说，当年宋孝宗因食湖蟹患痢疾，太医用遍好药，依然不见好，有一民间医生将新采的藕节研成细末，用热酒调和，服用几次后即见效。孝宗高兴之余，赏赐民间医生一个杵药的金杵臼。

除了蜜汁莲藕，我还爱吃藕粉。藕粉就是由藕做成的，小时候生活在杭州，西湖藕粉没少喝，白色微红，清香味浓。夏天，与外子在西湖边散步，沿着断桥走了半天，走得热了，买了一碗藕粉，吃上去厚厚的、腻腻的，黏糊糊的，一点不清口，完全不是小时候吃过的那个味。真是扫兴。

在西湖边漫步，看到别样红的映日荷花，想起芸娘做的清新荷茶——清人沈复在《浮生六记》里说：“夏月荷花初开时，晚含而晓放。芸用小纱囊撮茶叶少许，置花心。明早取出，烹天泉水泡之，香韵尤绝。”说荷花含苞待放时，取一小撮茶叶，用纱布包成茶包，傍晚时分，放到荷花花蕊里。次日晨，待荷花开放时取出。用泉水泡冲，除了茶叶原有的清香外，还有一份荷香。

前年夏天，《南方都市报》的副总编崔向红出差杭州，我和潘文泉赶到杭州看她，《都市快报》的胡红斌宴请我们。我们四人曾在北京一起培训，很是投缘，散了课，结伴去农家的瓜地摘瓜，去卢沟桥看石狮子，去夜排档喝酒聊天，那段日子，想起来，挺有意思的。

红斌细心，找的是山间的一家酒店，极幽静，好像世外桃源，他给我们点的都是杭州菜，宋嫂鱼羹、龙井虾仁、西湖醋鱼、杭州酱鸭、杭椒牛柳、西湖莼菜汤等。跟莲有关的菜有两道，一道是蜜汁莲藕，一道是荷叶梗做的菜。菜很清淡，却有江南的风花雪月。嫣红的蜜汁莲藕盛在晶莹的玻璃盘里，缀以碧绿的芹叶，看着就觉得清新。用荷叶梗做的菜，吃口相当爽脆，可惜忘了菜名。那天，我们四人喝得微醺，说了许多巴肝贴心的话。好像有人醉后还说了不少胡话。

那次的聚会实在是太让人难忘了，以至于现在一吃到蜜汁连藕，我总会想起前年夏天我们四人相聚的时光。

店头荸荠三根葱

冬至一到，就可以挖荸荠了。

荸荠在我们这里是寻常物事，没甚稀奇。

台州产荸荠，民国时期，台州荸荠的产量，占了全浙江省的一半，其中尤以黄岩店头的荸荠最为出名。店头的荸荠，尖端突起红中透白的荸荠芽儿，红润发紫，乌黑发亮，精气神十足。漆器中有一种颜色，就叫荸荠红。这种荸荠浆分很足，咬一口，嘎嘣脆，用台州话说，就是“爽爽声”，它的鲜甜细嫩、清脆爽口，远胜于秋梨。“黄岩蜜橘红丁冬，店头荸荠三根葱”，黄岩人能拿来吹牛的物事不少，不过这句俚语还真不是吹的，店头荸荠的确名声在外。除了店头，黄岩的高桥、院桥产的荸荠也很出名。

荸荠是江南丰腴的清水田中孕育出来的。李时珍说荸荠“生浅水田中，其苗三四月出土，一茎直上，无枝叶，状如龙须……其根白蒻，秋后结颗，大如山楂、栗子，而脐有聚毛，累累下生入泥底”。北方人把荸荠称为“马蹄”，台州人称为“地栗”——大概是因为它在泥地下结果，结出的果子又是皮色紫黑，粗看如栗。

汪曾祺在小说《受戒》中写过荸荠：揿歪荸荠，这是小英子最爱干的生活。秋天过去了，地净场光，荸荠的叶子枯了，——荸荠的笔直的小葱一样的圆叶子里是一格一格的，用手一捋，哔哔地响，小英子最爱捋着玩，——荸荠藏在烂泥里。赤了脚，在凉浸浸滑溜溜的泥里踩着，——哎，一个硬疙瘩！伸手下去，一个红紫红紫的荸荠。她自己爱干这生活，还拉了明子一起去。她老是故意用自己的光脚去踩明子的脚。

汪曾祺的文字总是那么清爽，如荸荠，咬下去，脆生生、水灵灵的，文中的小儿女情怀，最是让人回味。

家乡的荸荠是用锄头挖的。冬至时，荸荠可开挖，乡人用锄头在荸荠地里翻上一遍，一个个红彤彤的荸荠就露了出来。用锄头挖过的荸荠田里，难免有些漏网分子。孩子们便去捡漏，光着脚在烂泥里乱踩，踩到硬硬的一个，摸上来一看，一个紫红的大荸荠，那高兴劲儿简直没法形容，把荸荠放水田里洗一下，洗去泥浆，往衣服里擦一擦，就往嘴里塞，咬在嘴里，甜汁四溅。除了这种圆头圆脑的荸荠，还有一种野荸荠。野荸荠只有指甲大小，深栗色，入口极甜，就是太小了，吃不过瘾。

荸荠价廉物美，水分又足，清口又解渴，但我嫌洗泥、削皮麻烦。街头有卖荸荠的，村妇手脚利落，拿一把小刨子，削皮动作快如流星，只一会，落了一地红褐色的皮，碗上是雪白的一堆。削了皮的荸荠，白嫩清灵，得赶紧吃，过一歇，颜色就会发黄，像妇人，失了青春，人老珠黄的样，看着揪心。

荸荠可做菜，黄岩有一道名菜，叫橘乡马蹄爽。将荸荠去皮捣糊，加适量淀粉做成荸荠团，油炸后加糖，又脆又香，我一人能吃七八个。拔丝荸荠也很好吃，金黄灿烂，外酥里糯。荸荠还可以磨成粉，然后冲饮，比藕粉更加浓厚，味道也更加爽口。

荸荠还可做成荸荠鸡丁、荸荠肉片、拔丝荸荠、冬笋荸荠、荸荠狮子头、荸荠饼、蜜汁马蹄、马蹄芡实糕、云英糕、荸荠圆子汤等。无论是生的煮的炒的炸的，这些菜只要跟荸荠沾了边，吃起来，一言以蔽之：脆。不过，我还是偏爱生荸荠，煮熟的荸荠，味道毕竟寡淡些，也失了荸荠清新水润的自然之气。

荸荠性寒，清热又泻火，最宜用于发烧病人。把荸荠削皮切片，加冰糖，制成冰糖荸荠汤，可止咳。荸荠还可美容，将荸荠用刀片拦腰切断，把荸荠的白粉浆涂满酒糟鼻，早晚一次，坚持一月，据说效果不错。每回看到酒糟鼻的人，我总是很想告诉他们这个方子。

台湾汉声编辑室花了两年时间编辑了《水八仙》一书，其中收入了我写荸荠的文章，在序里，他们说："我们奉上一块泥巴，泥巴里裹着水八仙，土得掉渣的风物……汉声不仅留下一块泥巴，也留下重塑未来的神土。借水八仙的仙气，让现代人体会日日是好日的风物真味。爱土、爱水，与水八仙相守，是敬祖宗、宜子孙的事。"或许，这就是美食的真谛，享受到任何一种美食的人，对自然、对土地，都要抱着一颗感恩、敬畏的心。

在绍兴喝酒

如果用老式的锡壶，烫一壶温热的黄酒；如果与你对饮的，是志趣相投的朋友；如果下酒的除了佳肴，还有美景：这酒，你是喝还是不喝？

很自然地，我举起酒杯，而且，不止一次。

绍兴，是一个能让人产生喝酒欲望的城市，浙江作家节放在这地方开，算是找对了地方。几天来，来自全国各地的作家在此酒兴大发，用台州话来说，“开了酒门似的”。不是不知道“花看半开，酒饮微醺”，只是兴之所至，也就不知今夕何夕了。

绍兴是水乡，又是醉乡，黄酒之于绍兴，犹如角斗场之于罗马，贡多拉之于威尼斯，“城中酒垆千百家”，这个城市的空气中仿佛流淌着酒的味道。

关于绍兴的种种，我并不陌生，我到过绍兴多次，去看过那个承载了太多悲情的沈园，那个流醉了岁月的兰亭，那个有着红红的覆盆子和欢叫的金铃子的百草园，那个浸透了暮色的乌篷小舟。而绍兴的干菜扣肉和臭豆腐，更是我的心头之爱，我曾数次在文章中讴歌过它们。

绍兴是个奇怪的城市，水与火，坚硬与柔软，总是奇怪地掺杂在一起，比如绍兴人吃的是臭豆腐、霉豆腐，可是绍兴的文人做出的却是锦心绣口的好文章；比如，不起眼的小巷里，水井边择菜的妇人，跳皮筋的孩童，油锅里“吱吱”炸着臭豆腐，而边上，却有文物保护的石碑赫然立着，生活的随意与历史的厚重感奇怪地交织在一起；比如，绍兴出过千娇百媚的美人西施，同样出过“右手把剑左把酒”的鉴湖侠女秋瑾；再比如，江南文人才情有余而硬气不足，而绍兴才子却是石骨铁硬，远的不说，近百年来就出过徐锡麟、蔡元培、鲁迅这些顶天立地的硬汉，当历史的天空风云际会之时，总少不了绍兴才子们的振臂一挥。一方水土养一方人，地处江南水乡的绍兴人，性格上是刚烈的。我总疑心，莫不是千年的黄酒已然渗入了绍兴人的血液，未入口是水，入口则是一团流动而燃烧着的火，这绍兴酒酿成了古城的风骨，也将绍兴人骨子中的硬气推向了极致。

绍兴朋友告诉我，绍兴人的生活中不能没有酒。“跑过三山六码头，喝过汆桶热老酒！”对于普通的绍兴人来说，喝几口醇厚的绍兴黄酒，夹两筷浓香的干菜扣肉，吼上几句地道的“莲花落”，这才是老绍兴人有滋有味的生活。鲁迅先生在文章中多处提到绍兴黄酒，他也曾在小酒楼里吩咐堂倌道：“一斤绍酒。——菜？十个油豆腐，辣酱要多。”多年前有一次在绍兴坐乌篷船游湖，看戴着旧毡帽的船主双脚不停地踏桨，忙里偷闲还嘬几口老酒，不禁哑然失笑。绍兴人酒量好，曹聚仁就说过“绍兴人喝黄酒，起码两浅碗，即是一提；若是上酒店只喝一碗，那是不大够资格的”。哪怕生活再苦，几大碗黄酒下肚，心满意足地摇摇晃晃出去，种种苦处似乎便被化解开来。游走在绍兴的小巷，记忆最深的也是满街的酒幌，青石板的路，白色的墙，黑色的瓦，墙头探出一两枝的蔷薇，偶一抬眼，不远处伸出一挑三角酒旗，酒香仿佛透过未开封的酒坛的红纸盖头，飘满了小巷。此番风情，游人看了，酒未上口，却有一种飘然的感觉，连走起路来似乎也是深一脚浅一脚的。

的确，在这个流醉的城市，这个流醉的暮春，像一个正宗的绍兴人一样，饮上三两杯黄酒，是件写意的事。于是，作家节里，某某昨晚大醉的花絮时不时传出也就不足为奇了。

在绍兴，很容易被提起酒兴。那晚，坐着游船，夜游绍兴的环城湖，我、斯舜威、杨静龙几个人坐在船尾，不知怎的，就发了酒兴。暮春时节，暮色四合，夜风徐来，坐在船上，看岸上夜行者的背影，听小舟吱嘎作响从旁经过，忽然间前尘往事俱上心头。船行处，河岸处的风景渐渐地向后退去，也不知怎的，舜威、静龙与我很自然地就端起了酒杯。先还是小口地品，渐渐地放开了，那琥珀色的女儿红一杯一杯地喝将下去，似乎灵魂深处也飞出快乐来。酒是喝下了，文人的豪爽却跑出来了，嗓门渐渐大了，引得船首的人频频朝我们回望。风景成了下酒菜，夜游变成了夜饮，只道环城夜游是美的，至于美在何处，竟无从谈起，只是那夜的酒，却是记忆颇深了，以至于舟停上岸，竟然怅然若失。真的是"此种情景，许几人消受矣"。问斯舜威，亦有同感。

在绍兴的最后一个晚上，下着大雨，想到第二天要作别绍兴，意犹未尽的作家们深夜十二点还冒雨找酒喝。夜深，加上大雨，酒家提早打烊也是意料中的事，可是作家们喝酒的兴致上来，硬是压不住了，于是打的满城找酒喝。嘿，七绕八绕，还真的给找到了。

黄酒相伴助兴，作家中号称不沾酒的也开始举杯，号称会喝两口的来了一杯又一杯，婉约地说着酒事，豪放的开始击节而歌，琥珀色的女儿红，透着特有的香气，弥漫在整个房间，盛满女儿红的杯子在灯光下像江南麦子的颜色。店里的好酒喝完了，又打发老板娘出去买，也不知沽过几回酒了，提了多少壶酒上来。

歌声代替行酒令。黝黑的土家族汉子彭学明和沉默的藏族作家阿来，借着酒兴，唱起一首又一首的土家族和藏族民歌。

一气喝了不知多少杯，东北来的江浩已经醉倒在绍兴的夜风中。一半的作家喝醉了，彭学明、阿来、江浩、麦家，都是“扶得归来醉似泥”，须知，他们平日里喝的都是白酒，至于绍兴酒，所谓“黄酒糯米做，吃了像妞妞”，他们对黄酒是不以为然的，没承想，让他们醉倒在异乡的偏偏是这黄酒，这跟武林中的事颇有相似之处，在陋巷之处，有时藏着身怀绝技的高手。连舒婷、储福金也是喝得微醺。那一晚说了些什么，想必很多人记不真切了，但个个都道尽兴。不止我们这一桌人喝醉，有好事者统计说，估计有一半的作家在绍兴喝醉过。

人生难得几回醉，放浪形骸醉它几回又何妨，何况是在绍兴，在鲁迅的故里，在五月的夜风中。

苋菜股

苋菜是江南人家餐桌上常见的小菜，春夏日，绿绿的一盘蒜炒苋菜上来，看着就让人来了食欲。

一场春风一场雨，地里的苋菜就露出头来，嫩嫩的绿，招人怜爱得紧。春天的苋菜使着劲儿长个，没几日，就出落得清秀挺拔，精神气儿十足。

苋菜是要掐的，是的，是掐，不是摘，如同江南女子背着茶篓采茶。采苋菜也是如此，食指拇指一并，就将嫩嫩的苋菜掐下。

《诗经》中的“藜”，就是野苋菜，也叫灰灰菜。古人将苋菜分为白苋、赤苋、紫苋、五色苋、人苋、马齿苋，统称六苋。李时珍《本草纲目》有“苋并三月撒种，六月以后不堪食，老则抽茎如人长，开细花成穗，穗中细子扁而光黑，与青箱子鸡冠子无别，九月收之”之语。《本草纲目》还引张鼎曰：“不可与鳖食，生鳖瘕，又取鳖肉如豆大，以苋菜封裹置土坑内，以上盖之，一宿尽变成小鳖也。”说苋菜与鳖同食，会生鳖瘕，还说苋菜包着豆大的鳖肉，用土盖上，次日就会变成小鳖，这简直接近于志怪小说了。

苋菜中，我打交道最多的是绿苋和红苋（即“紫苋”），绿苋清新，红苋热辣，各有风情。红苋的汁在一些地方，是可以染色的，巧手媳妇织的土布，用红苋染了，有着乡村的喜气，好像木格子上的红窗花。馒头上的一点动人嫣红，也来于此，故乡间称之为“苋菜红”。

立夏时节，江南人家有品“三鲜”的习俗，三鲜有地三鲜、树三鲜和水三鲜。树三鲜即樱桃、青梅和杏子，水三鲜则是海螺、河豚、鲥鱼，地三鲜为蚕豆、黄瓜，还有一样就是苋菜。吃蚕豆，因为豆会发，故立夏吃豆，讨的是“发”的彩头，而吃苋菜，讨的是“红”运当头，吃完苋菜，盆里红红的汤汁要一饮而尽。关于苋菜，我们这里有句俗语颇有趣，“真心血当苋菜卤”——意谓好心不被理解，比“好心当成驴肝肺”这句话有意思得多。毕竟，这世上，没几个人见过驴肝肺。

苋菜的青葱岁月，是嫩嫩的、绿绿的，而当苋菜长到半人高后，它的腰杆就变粗变硬了，我小时候，老把苋菜股听成“旱菜秆”，看来也是事出有因。苋菜变老了，炒着吃当然不行了，而要把老苋菜一根根砍回家，斩成一段段，摘除叶子，去除旁枝，留下主根，剪成小拇指长，投入用凉开水、盐、花椒、桂皮调成的卤汁中。在臭卤里浸泡的苋菜梗，过一些日子吸足臭味，捞上来便可吃。时间越长，味道越浓，这就是绍兴人、宁波人、台州人喜欢吃的苋菜股——在台州方言中，一根根圆浑的东西都可以叫股，别地的人是叫梗的。古人老早就会腌苋菜股了，宋苏颂《图经本草》说：“赤苋亦谓之花苋，茎叶深赤，根茎亦可糟藏，食之甚美，味辛。”知堂先生也爱吃腌过的苋菜股，他在《苋菜梗》一文中说：“近日从乡人处分得腌苋菜梗来吃，对于苋菜仿佛有一种旧雨之感。”

一坛子黑乎乎、臭烘烘的上好臭卤，可以腌出味道清正的苋菜梗，还可浸泡出臭冬瓜、臭南瓜、霉毛豆、臭笋根头、臭菜心，还有莴苣、西瓜皮之类，尝之有隽永之味。陆游诗曰："菹有秋菰白，羹惟野苋红。何人万钱筋，一笑对西风。"陆游是绍兴人，绍兴人跟宁波人一样，也是爱吃臭的。吃到了臭苋菜股，他暂时忘了相思之苦。当年船王包玉刚到宁波，对燕鲍翅肚不感兴趣，想吃的是小时候吃过的臭豆腐和臭苋菜梗。两盘臭东西一上桌，老船王吃得眉开眼笑，其实，他吃的不是臭食，而是童年的滋味。《追忆似水年华》序章里的一段话说得极是："气味和滋味却会在形销之后长期存在，即使人亡物毁，久远的往事了无陈迹，唯独气味和滋味虽说更脆弱却更有生命力。"一盘臭苋菜梗，告慰了老船王的思乡之情。

过去，穷苦人家常吃的下饭小菜是咸菜、苋菜股、蟹酱、鳑头。台州人打趣道："苋菜股两头空，烂脚腌菜设当中。"宁波人、绍兴人、台州人都爱吃臭苋菜梗，也爱闻那种臭臭的香。我以为，臭苋菜股是臭食中登峰造极的美食，苋菜股的鲜、爽、嫩、香，深得我激赏。我去温岭采访，季海威、张敏夫妇带我吃当地的美食，每次必上一道臭苋菜梗烧豆腐。臭是臭的嘞！不过真的好吃！豆腐略带苋菜股的臭味，细嫩至极，苋菜梗里面的菜心是果冻状，用嘴猛一吸，菜心肉即入口中，鲜咸爽口！

作家鲁彦也爱吃臭苋菜股，他在文中道："闻到了邻居的臭汤气，心里就非常地神往；若是在谁家讨得了一碗，便千谢万谢，如得到了宝贝一般。我在北方住久了，不常吃鱼，去年回到家里一闻到鱼的腥气就要呕吐，唯几年没有吃臭咸菜和臭苋菜股，见了却还一如从前那么的喜欢。在我觉得这种臭气中分明有比芝兰还香的气息。有比肥肉鲜鱼还美的味道。”鲁彦，可谓是苋菜股的知己，而我，如此推崇苋菜股，不知算不算得苋菜股的红颜知己？

原野之味

惊蛰时，绿色铺满了田野。

地里的野菜真多，马兰头、盂菜、荠菜、蒿菜、蒲公英、羊角儿、野葱、野蒜……肥肥嫩嫩的，新鲜得带着春天的气息，春天的气息到底是什么呢，谁也说不上，反正就是这么一种鲜嫩得掐得出水的植物味道吧。

蛰居了一冬的人们，喜欢到野外去感受春光，顺手剜点野菜回来。惊蛰时，薇菜正是鲜嫩的时候。南宋江湖派诗人戴复古有《白苎歌》："雪为纬，玉为经。一织三涤手，织成一片冰。清如夷齐，可以为衣。陟彼南山，于以采薇。"诗中的"采薇"典出《诗经》。薇即薇藿，又名野豌豆，藿为豆叶。它是一年生或二年生草本植物，花紫红色，结寸许长扁荚，中有种子五六粒，可吃。春天时，薇菜刚刚绽出嫩绿的芽尖，江南女子便穿着由麻制成的素衣去采薇。踏青回来，饭桌上就多了一道青翠翠、水灵灵的时令小菜。

除了采薇，还有采蘋(俗名艾蒿)。方行有首《江南词》:“暖气晴娇杜若洲，沙头狂客系兰舟。采蘋多少江南女，摇荡春光不自由。”他是元末江南农民领袖方国珍的儿子，诗中写的是江南女子春日里采蘋的情景，清淡洒逸的春之味弥漫于诗中。

清明前，可以采青了。青可以用来做清明果子。青叶多白毛，嘉兴人把它称作“棉絮头”，颇形象，春天时，田头地角很多。《本草纲目》说:“开黄花，一茎直上，花成簇，处处山坡有之。乡人初春采其叶，揉粉作糍食，清香坚韧，最适口。”《植物名实图考》则道:“煎饼犹用之。”在我们这里，青是用来做青团的，台州人称之为“青叶”。

马兰头正肥嫩呢，杭州人喜欢春天到郊外掐一兜马兰头回家，用开水焯一下，拌上香干丁和笋丁，淋上麻油，味道清口不说，最主要的是清凉解毒。外婆在的时候，春天里一定会做凉拌马兰头给我吃的。春天阳气重，很容易发疱疮，照宝钗的说法是，“清热毒，冷香丸最好不过”。像我等寻常人家，没有冷香丸，就吃凉拌马兰头，马兰头也是败火的。作家车前子说:“马兰头让我想起曹雪芹，穷归穷，家里还有三担铜。”怎么会想到那上面去了？怪。

还有蒲公英。蒲公英能败心火，凉血。有个唱歌的朋友跟我说，蒲公英对嗓子很好。她的嗓子清亮清亮，唱《青藏高原》拐个弯就能上去，不知是不是吃蒲公英吃的，反正每年惊蛰时，她都会到田野里剜蒲公英。

春天里，这些败火凉血的野菜遍地都是，荠菜长着锯齿形的叶片，翠绿翠绿的，鲜嫩得似乎用手一掐就会流出一汪水来，刚下过雨的肥软的地里，荠菜一棵挨着一棵连成了片儿。荠菜，我们管它叫花田荠。荠菜馅的饺子,鲜美异常,咬一口,唇齿间满是清香。城里菜场上也有荠菜卖,不过哪及得上野生荠菜的肥嫩清口呢。挖荠菜得赶早,"春到溪头荠菜花",它一开花,就老了。

采蕨菜也正是时候。蕨菜,当地人称为乌糯,也称"狼基头"。《诗经》:"陟坡南山,言采其蕨。"《尔雅·翼》载:"蕨生如小儿拳,紫色而肥。"蕨菜嫩芽初成时,如小儿的粉拳,这时候,采摘下来,做成的凉菜颜色翠绿,清脆细嫩,滑润无筋,清香四溢,有浓厚的乡野风味。蕨菜做成干菜后,吃起来也是别有味道的。清代学者应金心,是安洲书院的主讲,他有首《打蕨歌》:

南山之南北山北,山中樵子多菜色。
自言力田来有秋,采蕨聊以当粒食。
出门长叹粒食艰,穿林直上薜萝间。
铲尽陈根披尽叶,挑来岭外夕阳殷。
大妇分开手盈掬,小妇排成手沥漉。
蓬头椎髻向溪干,千锤百炼响空谷。
归语儿童饥莫啼,淘来白粉渗如泥。
煮饼蒸糜任尔为,香味不必添糖饴。
一日辛劬才一饱,林鸟初鸣趁天早。
家家勤劳无已时,以此代食稼穑宝。
今岁山人喜逢年,好将蕨粉去输钱。
不信城中肉食者,日高三丈犹安眠。

春天时，还可以挑盂菜，盂菜多长于山间丛林。《天台山志》云："盂菜处处有之，华顶最多，有油菜盂、火棍盂、梨头盂、藤盂。"盂菜清凉败火，可治痢疾，多食不伤胃。惊蛰时采摘盂菜，淘洗干净，滤去略带苦味的汁水，可清炒，可炖肉，还可以做盂菜麦饼。我在寒山隐居地吃过盂菜麦饼，略带苦味，却是十分清口。盂菜晒干后，久贮不坏。当地有民谣"乌糯当晚稻，盂菜吃到老"，这两种野菜，是当地人吃得最多的野菜。

乌饭麻糍

唇齿间还留有清明果子糯软的清香，转眼间，又到了四月初八。

四月初八，是传统的节日，大凡跟传统节日挂上钩的，总少不得一个“吃”字。

四月初八，吃的是乌饭麻糍。

吃就吃呗，还得找些名目。比如这四月初八，据说就是牛的生日，一些志书上就明明白白记着：“（四月八日）俗呼为牛生日。”乡间有句老话叫作：“人闲五月节，牛闲四月八。”这一天，牛是受到厚待的，不用去耕田，一大早，牛被农家牵到野外，先给牛沐浴，让牛啃些带露的嫩草。既是生日，作为寿星的老牛，光吃嫩草哪够呢，主人不管怎么的，也得调点鸡子酒、喂些乌饭麻糍犒劳老牛。

说起乌饭麻糍，话头有点长。我见过捣麻糍，这是力气活。小时候到乡下走亲戚，不爱听大人说家长里短的闲话，喜欢跑去看捣麻糍，只觉得热闹好玩，几个堂兄轮番上阵，在石臼上七捣八捣，我少气薄力，只有在边上添水的份。刚捣好的麻糍热气腾腾，韧劲十足，又糯又香，从石臼里取下就可塞进嘴里。

乌饭麻糍是麻糍的一种，不过它是把糯米用乌叶汁浸泡，上蒸笼里炊好（食物放蒸笼上蒸，我们称之为“炊”），拿到石臼里用石锤捣韧，用擀面杖滚压成的薄薄的麻糍。这种乌饭麻糍，青中带黑，吃一口，细腻爽滑，有麻糍的糯甜，还有树叶的清香，非常好闻。清人陈延烈的《灵江竹枝词》里就写到四月初八，乡人在街头叫卖馍糍乌饭：“馍糍乌饭卖西东，叫上三竿晓日红。来往街衢小儿女，声声争买几青铜。”

乌叶是个好东西。城里的孩子，现在谁还知道乌叶呢。在旧时，快到四月初八时，孩子们提着篮子，跟着大人兴高采烈上山采乌叶。这乌叶，长在矮小的灌木上，这种灌木，当地人称为“山乌饭树”、山草米脑或者乌桐树，别地也有称为“南烛”的，这是江南常见的灌木，约三至五尺高，叶若楝而小，似茶叶而圆厚，“丛生春晚，苗叶红赤，照耀山谷”。秋时它结出紫赤的果实，大小如豆，味甜可食，故温岭人称之为“山草米脑”。

春天时，人们采摘山乌饭树的嫩叶，放石臼里捣碎，也有直接煮汁的，然后用它的汁水浸泡糯米，蒸成乌饭，或捣成乌饭麻糍。旧时一到四月初八，家家户户做乌饭。《台州府志》记载：“四月八日，浮屠于是日浴佛。人家取南天烛叶染饭作青色以相馈，谓之‘送乌饭’。”《台州风俗》中也云：“这天，农户用乌桐嫩叶捣汁煮饭，或用乌桐叶汁拌饭，拌成的饭青色有光，俗称‘乌饭’。也有做乌桐叶馒头的。临海一带一般吃乌饭馍糍。”唐人陈藏器《本草拾遗》记载的做乌饭的方法更为考究，取南烛茎叶捣碎，渍汁浸粳米，要“九浸九蒸九曝”，这样做出来的乌饭，米粒紧小，黑如莹珠，数日不坏。

江南人家，谁没吃过乌饭麻糍呢？胖胖的乌饭麻糍，周身沾满金黄的香喷喷的松花粉，里面裹着豆沙，咬上一口，软软的，糯糯的，甜甜的，味道那叫一个赞。

乌饭麻糍好吃，还可以助阳补阴，据说还有让白发转黑的功能——《本草经疏》中就说得煞有介事："发者，血之余也，颜色者，血之华也，直热则鬓发早白面颜枯槁。凡变白之药，多是气味苦寒，有妨脾胃，惟南烛气味和平，兼能养脾。"这南烛就是山乌饭树。《本草纲目》则说乌饭能明目壮身："摘取南烛树叶捣碎，浸水取汁，蒸煮粳米或糯米，成乌色之饭，久服能轻身明目，黑发驻颜，益气力而延年不衰。"

没见着有人吃乌饭治白发的，不过，大家都相信，吃了乌饭，蚊子就不敢来叮咬了。吃了乌饭的小孩子，夏天不会生痧、疖子和别的什么肿毒。有《竹枝词》为证："乌饭麻糍嵌豆沙，卖来卖去卖人家。抓来贴在儿童额，免得蚊虫蚤虱爬。"

我很喜欢吃乌饭。有一年四月初八，正好在南京，意外地，吃到了南京的乌饭油条。南京人将乌饭叶的汁浸泡过的糯米放在蒸笼上蒸，蒸熟后的糯米饭乌黑发亮，放点白糖，将油条对折嵌在乌饭里，这乌饭油条里。有乌饭叶的清香，还有油条的脆香，咬一口，总让我想起夏日早晨，青草割后的那种气味。

立夏樱桃红

立夏时节，红了樱桃，紫了桑葚。

台州人把樱桃叫作杏珠，把玉米叫作妖萝——这两个名字，都极妖冶。

樱桃是立夏的当令水果，玲珑剔透，红艳艳的果子，像爱撒娇的女儿嘟着的红唇，它是最宜入画的水果，光溜溜的红果儿，细细的把柄，总有玲珑的味儿。

每到立夏前后，樱桃树上便挂满了红果子，看一眼就让人口舌生津，是"一树樱桃带雨红"的景致。朋友沈从斌是画家，我很喜欢他的国画小品《樱桃》，竹篮里几粒嫣红的樱桃，画面空灵，是立夏的景致。画作上的留白，好似流走的时光，少年弟子江湖老，真是"流光容易把人抛，红了樱桃，绿了芭蕉"。

樱桃好吃，花也好看。春分时节，一树一树的樱桃花，在山野倾情开放，花朵白色中带点粉晕，是春光的颜色，"有时三点两点雨，到处十枝五枝花”，空山无人，水流花开，那种美，浸润着你，如一杯清凉的薄荷茶。唐代诗人项斯有一首《欲别》：“花时人欲别，每日醉樱桃。买酒金钱尽，弹筝玉指劳。”诗里有隐隐的风情在。

南宋诗人陈克有一首《豆叶黄》，里面写到暮春时的春光：“粉墙丹柱柳丝中。帘箔轻明花影重。午醉醒来一面风。绿匆匆。几颗樱桃叶底红。”他在《菩萨蛮》中写到一个在樱桃树下试穿新鞋的少女，有一种清新甜美的味道——“柳条到地莺声滑。鸳鸯睡稳清沟阔。九曲转朱阑。花深人对闲。日长刀尺罢。试屐樱桃下。鬓髻玉钗风。云轻线脚红。”

樱桃花谢后，开始结果，先是青色的，慢慢地转红，这些累累坠坠的红果，看着就让人心醉。辛弃疾写樱桃：“何物比春风？歌唇一点红。”这樱桃真是万种风情了。樱桃色泽浓艳，齐白石称为“女儿口色”，他画了一幅樱桃，给樱桃题句“若叫点上佳人口，言事言情总断魂”，像是艳诗，呵呵。李渔在《闲情偶记》里，写到如何点绛唇：“至于点唇之法，又与匀面相反，一点即成，始类樱桃之体；若陆续增添，二三其手，即有长短宽窄之痕，是为成串樱桃，非一粒也。”樱桃小口、糯米牙、桃花腮，是美女的标准也。

文人们爱用樱桃比喻美女的小嘴，称之为樱桃小嘴。其实，“樱桃小口”出自白居易的诗句，白居易家里有两位色艺俱全的家伎，姬人樊素善歌，姬人小蛮善舞。樊素的红唇，小巧鲜艳，像樱桃，而小蛮的细腰，柔弱纤细，像杨柳，白居易有两句诗赞美她俩：“樱桃樊素口，杨柳小蛮腰。”此诗流传至今，成为描写女子美色的经典语。白居易当时任刑部侍郎，官正四品，按规定只能蓄女姬三人，但他的家伎除了樊素、小蛮和春草以外，专管吹拉弹唱的就有上百人，他常忘怀其中，兴之所至赋诗云："菱角执笙簧，谷儿抹琵琶。红绡信手舞，紫绡随意歌。"菱角、谷儿、红绡、紫绡都是他的家伎。白居易在《吴樱桃》中说："含桃最说出东吴，香色鲜秾气味殊。洽恰举头千万颗，婆娑拂面两三株。鸟偷飞处衔将火，人摘争时踏破珠。可惜风吹兼雨打，明朝后日即应无。"写的是樱桃，让人想到的却是红颜，红颜如樱桃，易老，也是这般的"明朝后日即应无"。

五月枇杷黄

五月枇杷黄了。

台州有首童谣:“五月枇杷黄,六月杨梅红,七月水蜜桃,八月雪梨葡萄熟,九月柿子猕猴桃,十月蜜橘文旦香。”

江南号称水果之乡,不是浪得虚名的。从夏到秋,空气中经常可以闻到各种水果香甜的味道。唐代诗人描写江南的诗作中,就有咏吟江南佳果的诗句,如高骋的“满庭红杏碧桃开”、贯休的“紫梨红枣堕苏苔”、李敬方的“林果黄梅尽”、武元衡的“烟林繁橘柚”等。

“五月江南碧苍苍,蚕老枇杷黄。”立夏时,枇杷是当令水果,与樱桃、梅子并称为“立夏三友”。

有一首打油诗,与枇杷有关,说是有人送枇杷与人,附函说:送上琵琶两筐云云。收礼的人回了一首调侃道:“枇杷不是这琵琶,只为当年识字差。若使琵琶能结果,满城箫管尽开花。”其实写诗的人是半桶水,他不知道枇杷也叫琵琶,古籍《本草衍义》早已解释:因枇杷其叶厚长而呈圆形,状如琵琶，故而得此名。

枇杷这种南方佳果，还有多种叫法：苏东坡称为“卢橘”，陆游称为“金丸”，更有诗人因其花在隆冬开放，称之为“晚翠”。晚翠，雅是雅的，但不够“通俗”。最让人惊异的是，有人把这黄金般的果子唤作“粗客”。实在想不出，这枇杷与粗鲁汉子有什么瓜葛。

宋代戴敏在《初夏游张园》的田园诗中写道：“水鸭池塘水浅深，熟梅天气半晴阴。东园载酒西园醉，摘尽枇杷一树金。”戴敏是戴复古之父，这首田园诗写的是立夏前后江南田园的醉人景色。“东园载酒西园醉，摘尽枇杷一树金”的田园生活，比起陶渊明的“采菊东篱下”来，更有放达的味道。

过去，大凡有院子的江南人家，都爱种上一株枇杷，夏天时，枇杷树上结满了果子，“树繁碧玉叶，柯叠黄金丸”。十几年前，我住临海，家在一楼，有个50多平方米的院子，供我们独用。院子里种了爬山虎，搭了葡萄架，那年夏天，极热，我怀着孕，倦怠，浮肿，吃不下饭，闻不得任何气味，平素里最喜欢的花香，闻了都要反胃。白日里还得东跑西跑采访，回到家，累极，晚上躺在竹椅上，在院子里纳凉。朋友送了一篮黄岩的大红袍枇杷，食了几粒，因为身子笨重，就偷懒将枇杷籽掼在院落的花坛里。

不承想，枇杷核发了芽，四五年后，竟长成老高的枇杷树，初冬时，枇杷叶底缀了团团簇簇的白色碎花，春天时，先是结了籽，到了立夏前后，满树枇杷珠圆玉润饱满玲珑，像是黄金做的果子，常有院外馋嘴孩子爬墙偷枇杷吃。儿子小时候，我常在枇杷树下给他讲故事。后来，我搬家了，好几年没见到这株枇杷树了。前些日子到临海出差，特地拐过去看了一眼，这枇杷树愈发高大，老邻居说，到了立夏，可以采摘到好几篮的枇杷。

《本草纲目》记载："枇杷能润五脏，滋心肺。"《食疗本草》则说："煮汁饮之，止渴，治肺气热嗽及肺风疮，胸、面上疮。"我住临海时，每有肺热咳嗽，便去院中摘些枇杷叶子，搓掉背面绒毛，丢进厨房的药罐里，煎服几次，果然好了。枇杷膏止咳的效果也很好，将冰糖化成水，和枇杷肉煮至浓稠的膏状，就可用勺挖着吃。当然，枇杷花也能止咳的，中药店就有的卖，虽然自家院子就有枇杷花，但我舍不得摘，每每需用到枇杷花时，情愿跑远路到药店去买。

《广志》说：枇杷易种。叶微似栗，冬花春实，子簇结有毛，四月熟。大者如鸡子，小者如龙眼；白者上，黄者次之。枇杷依照果皮和果肉颜色深浅不同，分为红沙、白沙两大类，红沙的就是陆游说的"金丸"，果皮金黄色，肉粗，宜做罐头。白沙的果皮，浅黄色的肉质玉色，古人称之为"蜡丸"。"蜡丸"质细味甜，适于鲜食。余杭的塘栖枇杷十分出名，也有白沙与红沙之分，白沙皮白肉黄，红沙皮与肉均黄中带红。台州也盛产枇杷。台州的枇杷中，种得最多的是洛阳青，是大红袍中选出的良种，色澄红，肉肥厚，饱满得很，吃一个，汁多而甜美。

夏至杨梅满山红

“乡村五月芳菲尽，惟有杨梅红满枝。”

杨梅是水果中的绝色佳人，娇艳无比，楚楚动人，有一次在仙居采访，听到一位老农亲昵地称杨梅为杨梅姑娘，不觉莞尔——百果中，大概只有杨梅被冠以姑娘的称呼，就像酒中，只有绍兴黄酒中有“女儿红”。

杨梅成熟于春夏之交的江南梅雨时节，只消枝头上有几粒性急的杨梅抢先红了，便有成批的杨梅跟着成熟，那争先恐后的劲头，让人感受到杨梅也有股心气劲儿。

夏至杨梅满山红。夏至前后采杨梅是吴越风情之一。很少有水果像杨梅一样，身上集聚了江南玲珑剔透的风土人情。况且，在中华民俗的意象中，丹朱赤绛一向富大喜之色，那一颗颗紫红艳红的杨梅获得众人的青睐也就不足为奇了。

夏至前后进入杨梅林，放眼望去，漫山遍野都是杨梅，红得鲜艳欲滴，紫得黑红发亮，水灵灵，娇嫩嫩，枝繁叶茂间，绿荫翳翳，丹果累累，美不胜收。饱满的杨梅压着枝条，并不像沉重的稻穗会把稻秆压弯，杨梅的枝条是轻盈的，充满韧性的，承载得住一颗颗红艳艳的果实。绿荫红果间，采梅女子正采摘着杨梅，说笑声、打闹声飞出凝翠流丹的杨梅林。在杨梅林里享受采摘乐趣的城里人像贪食的孩子，面对满园佳果，不知先尝哪棵才好，这一株杨梅才吃了两颗，又瞄准旁边那株大杨梅树，正待伸手，又觉得上头那枝的杨梅更大更紫，恨不得像千手观音一样，前后左右可以伸出手来。

杨梅是那种风情万千的尤物，曾经立下"日啖荔枝三百颗，不辞长作岭南人"誓言的苏东坡，被吴越杨梅色诱之后，欣然写下了"西凉葡萄，闽广荔枝，未若吴越杨梅"的诗句。莫怪苏学士见异思迁，这就好比一个男子，原以为此生爱的是散淡如水的女子，遇上一个激情似火的佳人之后，终于知道这才是梦里千百度要找寻的。苏轼时任杭州太守，独创东坡肉，在吴越之地，他敏感的味蕾终于尝到了杨梅的妙处——酸酸甜甜，像爱情的味道，令人回味。

杨梅中的东魁杨梅，号称杨梅王，有百余年的栽培历史，老家在黄岩，果大、色艳、饱满，之所以取名东魁，意为"东方之魁"。既然称"魁"，自让人小瞧不得。三言二拍中有一个《卖油郎独占花魁》，"花魁"是什么，百花中拔得头筹，连猜拳都有个"五魁首"。东魁杨梅敢称"魁"，自有过人之处，它每只有乒乓球大小，最大的甚至有一两多重，如果你是樱桃小嘴，一颗杨梅得咬许多口，即便你长有朱丽叶·罗伯茨这样的性感大嘴，想一次性把一颗东魁杨梅吞进口，也非易事。其他的杨梅跟东魁杨梅一比，好比小巧玲珑的佳人跟高挑丰满的美女站在一起，终归是稍逊风骚。而宁波的乌紫杨梅则长得小巧，红得发紫，紫得发乌，汁液汹涌，甜美得让人一愣一愣。

台州为杨梅的原产地之一，三国吴沈莹在《临海水土异物志》中说："杨梅，其子大如弹丸，色赤，五月熟，似梅，味甜酸。"奇怪的是，离了江南这一方水土，杨梅只在日韩有少量栽培，而在东南亚诸国和欧美等地，由于水土关系，杨梅均只能用作观赏或药用，不做果树栽培。

杨梅不只美味可口，还有多种功效。江南之夏，多潮湿闷热，不少人茶饭不思，神情恹恹，身倦脚软，谓之"疰夏"。杨梅有消暑、健脾、增进食欲之功效，江南民间有"杨梅医百病"之说。《本草纲目》中说："杨梅涤肠胃，烧灰服，断下痢，甚验。"李时珍真是洞若观火，每一种植物，他都能深入最本质的地方。

一颗清甜甘冽的杨梅入口，足令五脏六腑为之清爽。夏至之时，江南不少人家喜欢以白酒浸泡杨梅，喝过后，让人胃口大开。炎炎夏日里，那些卖苦力的出门前吃几颗被白酒浸泡过的杨梅，还可防止中暑。因此，江南人家，夏天少有不自酿杨梅酒的。酿得多的，甚至可以吃到来年。在夏日里，要是走亲访友，逗留到吃饭时间，主妇都会捧出杨梅酒。

杨梅酒是江南人家的家酿美酒。杨梅酒酿成后，杨梅与酒各有各的风味，白酒经过杨梅浸泡，酒劲虽减，但味道更佳，而被酒滋润过的杨梅却汲取了酒之精华，冲劲十足，酒味全逃到杨梅里了。酒量不好的，吃上一颗杨梅即显醉态。杨梅酒则后劲十足，夏天时我在长潭水库跟几个行伍出身的朋友吃胖头鱼，他们喝宁溪糟烧，怂恿我喝杨梅酒，骗我说杨梅酒跟杨梅汁差不多，我一尝，果然杨梅酒并不浓烈，那晚大伙儿情绪高涨，我也就不以为意喝下四大杯,不意喝下不到半个小时,便醉倒在夜风中——杨梅酒的后劲发作了。我直道苦也。还好外子在边上,否则断然认不得回家的路。我曾经以自酿的杨梅酒招待过北方来的朋友,北方大汉喝了杨梅酒后,说江南美酒淡如水。酒既如水,对泡在酒里的杨梅就更不以为然。谈笑间,吃下杨梅四五粒,便双颊酡红,不得不承认这被酒浸泡过的杨梅,冲劲胜过北方的二锅头。我的北方朋友大发感叹:杨梅酒的欺骗性很强。

说起来,杨梅仿佛江南羞怯怯的未婚女子,柔弱婉约,娇娇怯怯。而这浸过酒的杨梅,颇似江南人家的出嫁女子,被生活磨炼成一个辣妹子,拿得起放得下。江南人家给女儿起名时不少就叫杨叶、杨梅、梅子之类,甚至有直接就叫杨梅红的。我的一个朋友,她的女儿就叫杨叶,叫梅的女友,更多。

桂花酒

乡里人家，多半会酿土酒，新熟的玉米、地下的番薯、树上的杨梅、藤上的葡萄，都能在乡人手里变成好喝的美酒。但是，最好喝、最有诗意的，莫过于桂花酒。番薯烧在我眼里是乡间小调，杨梅烧是民歌，而桂花酒，则是小令。

秋分与寒露时节，最宜酿桂花酒。

暮春和金秋，是江南最好的季节。一到九月，天高，云淡，满城桂香。当空气中从早到晚飘逸着桂花的甜香，米粒般的桂花密缀坠枝头时，就可采摘桂花了，在桂花树下放一张大大的席子，用竹竿轻轻敲打着桂枝，便会落下一地桂花雨。有些老桂树，一次就可打下上百斤的桂花。

做桂花酒并不麻烦，拣净桂花中的细枝，把桂花在阴凉处晾干，待桂花里的水分减少些，以高粱酒为原酒，放入冰糖和桂花，封了酒坛，即可完事。经过大半年的发酵，花的精髓深入五谷的魂魄，等桂花沉入酒瓮底，酒色变成金黄即可享用。桂花酒晶莹剔透，醇厚柔和，要知道在广寒宫里，那是吴刚独享的佳酿。南宋那个落魄的浪子诗人戴复古喝过桂花酒后，写了一首诗："三杯动情性，一笑付园林。"管他人生如意不如意，喝下三杯桂花酒什么都可不放心上。

屈原在《九歌》中说："援北斗兮酌桂浆。"桂浆就是用桂花酿制的桂花酒。上乘的桂花酒色呈琥珀，酒质香醇、浓厚，上口带桂花香，微甜，不待痛饮，闻其味，心已然先醉了。白居易曾用"线惠不香饶桂酒，红樱无色浪花细"的诗句来赞美桂花酒。宋代苏轼更作有《桂酒颂》，对桂花酒称颂再三。我在桂林喝过桂花酒，金黄的，秋天的颜色。老实说，那天我有点醉了，一半是因为美景，一半是因为美酒。

在江南，酿杨梅酒的人多，酿桂花酒的人少。夏至杨梅红时，很多人家会泡上一两瓶杨梅酒，而桂花酒少有人酿。不过，我在乡下，喝到过好喝的土酿的桂花酒——我有一友，老家有房，在乡野，院子很大，有好几株老桂花树，说是她爷爷那辈种下的，她酿桂花酒，也腌渍桂花。糖桂花是用桂花、白糖拌和腌制而成的，不用盐腌，而用糖，是因为用糖腌反而会保持花的原形，香气亦存得长久。

秋天桂花香时，她请我们赏桂花，喝去年酿的桂花酒。我得承认，我是个附庸风雅的女子，一听到桂花酒几个字，便想起了翁同龢的"带径锄绿野，留露酿黄花"的佳句，于是，主动跳将出来提议喝。见了桂花酒，不知怎的，平日里的矜持不见了，倒显出几分豪放来。其实应该婉约些，才对得起这种花酒呢。家酿的桂花酒，绵甜清香，嫩黄的酒色中带着淡淡的翠绿，晶莹剔透，甜中带香，没有寻常白酒的辛辣味，又不似黄酒绵稠。喝一口，唇间是甜蜜蜜的味道。微微的醉意中，品味着日常生活中小满足中的大幸福。

女友酿的桂花酒，金黄金黄，包含着阳光的颜色、质感和气味。定心一闻，有秋天的桂子香在里面。喝一口，是烟火岁月里的暗香，好像绵长的人生全在里头。喝到微醺，有年华似水的感叹，也有些许人生易老的伤感。不过，在秋的意境里一醉方休，也是人生美事。有一位不善饮酒的作家，三大杯桂花酒下肚，语无伦次，不识归路。另一位平素极腼腆的男士，暗恋女友多年，喝了酒壮了胆，趁机打开话匣子，絮叨个没完没了。但说了半天，就在外围打转，没敢切入主题，我在边上听了，真替他发急。

赏了花喝了酒，临走时，她送我们每人一小瓶糖桂花，一打开瓶盖，沁人心脾的香气袭来，车里满是桂花的芬芳。回家后，我拿这些桂花烧桂花赤豆粥、泡桂花藕粉、吃桂花栗子羹、喝桂花酒酿、做桂花糯米藕，把桂花的好处发挥得淋漓尽致。

国庆长假里，没出远门，去爬了白云山。山上有农家院落，有株很大的老桂树，几个老妪在采桂花，我掇条凳子在边上看得入了迷。临走一冲动，把几脸盆的桂花全买下，足足有一二十斤重。这么多桂花原本想酿成桂花酒的，但我没有足够的耐心等待桂花变成佳酿，索性把它晒干，做成桂花枕。枕着桂花枕，我闻到的，却是桂花酒的醇香。

高　橙

立冬到了,高橙可以采摘了。在外工作的闺密,托我买高橙。

高橙是温岭的特产,温岭还是中国高橙之乡。温岭高橙是柚与甜橙的杂交种,起名高橙,是否含有青出于蓝而胜于蓝的意思呢?我还是喜欢它的另外一个名——玉橙,有温润的感觉,凡是以玉起头的,都是好物事,如玉人、玉帛、玉版宣、玉兰、玉器、玉石,当然,还包括玉橙。

我喜欢高橙,喜欢它碧翠的叶、清正的香,喜欢它浑圆的外表、温暖的颜色,喜欢它内里的丰盈多汁,元代温岭学者林昉说:“柑之叶,如宫庄柳眉,色嫩青如栝。花比橘柚而小,气清而和,在荼蘼茉莉间。”他不像学者,倒像是小资诗人。

高橙是那种浑圆而快乐的果实,那种单纯的金黄,在初冬的季节,能唤起人们内心对温暖的向往。而对游子来说,高橙的味道,甜酸适中,清香可口,略带苦味,这是思乡的味道,甜美,又带些酸楚,有时还有些许的苦涩。朋友是女强人,肩上担子不轻,一累,就上火,一上火,就想到家乡的高橙。也许本质里，她不是想要吃高橙，清凉败火的东西，哪里没有呢，非得巴巴地等高橙来败火，恐怕，还是乡愁在作怪吧。乡愁是味觉上的思念。季节愈深，离家越远，乡愁越浓。

我在温岭工作过，时间不长，才九个月。那时单位楼下，常见一位老人，蹬着三轮车来卖高橙，高橙是他自家种的，立冬时刚摘下。我一到秋冬就上火，喜欢寻些清火的水果，老人说，高橙败火最好。老人家的高橙刚摘下，蒂头还带着绿叶，色鲜皮香，一看就有清凉的感觉，个大形美，色泽橙红，一只有近一斤重。

剥高橙时，满室都是馥郁的橙香。苏东坡有诗："西风初作十分凉，喜见新橙透甲香。"说橙香之烈简直可以穿透铠甲。戴复古写得更实在："散步登城郭，维舟古树傍。澄江浮野色，虚阁贮秋先。却酒淋衣湿，搓橙满袖香。西风吹白发，犹逐少年狂。"戴复古显然是食橙老手，因为橙子不像橘子一般易剥，它的橙皮紧连着瓤，硬剥的话会橙汁四溢，须用手搓几下，使得皮与瓤稍分离，这样剥起来就容易多了，戴复古诗中说的"搓橙满袖香"，是温岭人吃橙的办法，不但易剥，而且剥后衣袖生香。

橙熟之时，正是蟹肥之日，戴复古有首《山行遇秀痴翁》有"新冬行乐赏新晴，几个江湖旧友朋。霜蟹得橙同臭味，梅花与菊作交承"之句。《武林旧事》载，宋高宗銮驾出宫临幸清河郡王张俊的府邸，张俊在自己的华府招待皇帝佬儿，满桌珍馐中，有两道菜与橙有关，一是螃蟹酿橙，一是虾橙脍。这个张俊就是那个夺走台州才子左誉心头之爱的大将。《山家清供》记有螃蟹酿橙的制法："橙用黄熟大者，截顶，剜去瓤，留少液，以蟹膏肉实其内，仍以带枝顶覆之。入小甑，用酒、醋、水蒸熟。用醋、盐供食，香而鲜,使人有新酒、菊花、香橙、螃蟹之兴。”而“虾橙脍”是把切细的虾肉与橙皮和在一起而成。如果此橙用温岭的高橙,或许兴味更浓。

秋天采高橙,是让人开心的事。一片浓绿的叶间,露出金黄的果子,沉甸甸的黄金果子把树枝压弯了腰,有时不得不劳几根小木棍支撑着,来分担高橙的重量。刚离树的高橙,味酸而苦,放些时日,味道则变得十分清口,咬上一口,顿时甜透心底,口感清爽,香沁嘴角,令人舒心惬意,回味无穷——像心高气傲的女子,未出阁前,带着几分自以为是的青涩,历练久了,心气自然平和。高橙跟文旦一样,皮厚,耐贮藏,可贮藏至翌年春夏,这么说来,这种水果倒有点像绍兴黄酒,贮藏得法的话,风味会越来越佳。

吃着高橙,想起了个叫橙的名人——龚橙,龚自珍的儿子,他是才子,也是狂士,圆明园就是他引领英法联军烧的。对妻儿他一向没好脸色,同城而居的结发妻子,他十几年不愿见一面,对胞弟跟对路人无异,对朋友,一不顺眼,就以白眼示人,人称“狂放名士”,但他唯对小妾爱如珍宝,故人家戏称他为“半伦”。中国传统社会的人伦,有君臣、父子、兄弟、夫妇、朋友等“五伦”,龚橙只对小妾好,所以他人叫他“半伦”。龚橙并不觉得可耻,索性以“龚半伦”自称。

高橙清香可口,生津止渴,既能清肝明目,又能醒酒降压。艺术大师刘海粟曾写信给温岭画家陈曼声,说自己“髦年口渴,极嗜高橙”。陈曼声是刘海粟学生,才气甚高,其毕业作品《兰竹图》由潘天寿题跋,作为佳作留存学校。刘海粟多次劝他留沪任教,但陈曼声坚持回故里,他曾执教于温岭中学。我那时在温岭中学读书,他已是耄耋翁,但精神矍铄。曼声老人工花鸟，常作梅花、兰竹、紫藤、牡丹、荷花、月季、苍松及公鸡、金鱼等，别有韵味。

我喜欢喝高橙汁，用榨汁机榨汁，清口，略带苦味，非常解渴。高橙酿制的果酒，清澈透明，果香和酒香，清雅纯正，喝上一杯，幸福指数一下子就飙升了。

栗子

秋分时，有村妇挑着菱角在家门口卖，便买了一斤，边走边吃。菱肉粉糯，带点湖塘水泽的野香。吃着菱角，就想到栗子。

栗子是江南人爱吃的干果，它包裹在丛密长刺的球形壳斗中，未剥壳时，完全是个刺头儿，剥了壳后，现出褐色油亮的真身，倒也不失可爱。民国时候江南多地大旱，村民以板栗度过荒年，故江南不少地方称板栗为“铁杆庄稼”——铁杆二字，轻易用不得。除了“铁杆朋友”的铁杆能担得起这二字，还有什么植物能担得起这么重的名头呢。

唐代诗人项斯有《宿山寺》诗：“栗叶重重复翠微，黄昏溪上语人稀。月明古寺客初到，风度闲门僧未归。山果经霜多自落，水萤穿竹不停飞。中宵能得几时睡？又被钟声催著衣。”项斯夜宿山寺，耳中所闻是栗果自落，目中所见是草萤乱飞，而僧人未归，无人共语。诗中一派孤寂之意。

我们这里的板栗，块头不大，皮薄味甜，不像外地的一些板栗，个头大，但甜分不足，中看不中吃。栗子熟时，乡野的孩子，最为高兴，知道又有解馋的物事了。秋风一起，成熟的栗子会从树上自动脱落，像个淘气的孩子蹦落到地上。本地话说，捡地货，不罪过。在栗树下捡栗子，是农家孩子的乐事。调皮的孩子，光在树下捡还不够，还会握着长长的竹竿去打，或者索性爬上树梢去摇晃，落下一地刺壳。稍熟的，毛壳裂开一点，像是开口笑，可见里面褐色的板栗，而有些则严实得刀枪不入。孩子们捡栗子捡得兴高采烈，有时一个不留神，会被长满尖刺的栗子扎着，不免大呼小叫。栗子树的树干很有味道，贾祖璋就说栗子的树干"好像扭曲的样子，裂纹排列极整齐的，就好像妇人所穿的有斜条纹的长衣，极为美观"。

栗子可生吃，口感甜而脆。秋天，山里的朋友送来几竹篮的栗子，一时吃不完，我把栗子挂在阳台内，风干。等栗子失了水分，变得蔫不拉叽，再吃，一咬，是丝丝的甜，味极清香。丽水庆元有锥栗，果实呈锥形，看上去不起眼。我到庆元出差，景飞师兄送过我两箱锥栗，说锥栗味道比板栗要好。我起初以为他这是"宣传口径"，因为他总是到什么山上唱什么歌。拆开真空包装的袋子，捡几粒锥栗出来，一吃，果然糯而香甜，比板栗好吃。冬日夜，抱着个热水袋，边看闲书边吃锥栗，是美事。难怪宋时台州诗人薛泳有诗："一盘消夜江南果，吃栗看书只清坐。"

栗子有强筋壮骨的作用。中医就说，冬季食栗胜过喝肾宝。宋嘉定《赤城志》就有记载——《本草》栗注云："剡及始丰皮薄而甜，相传有人病足，往其下食数升即能起行。"始丰，今天台也。宋代文学家苏东坡，晚年身患腰腿痛的毛病，常常食栗来食疗。南宋诗人陆游晚年齿根浮动，也吃栗健齿。

江南人家，用栗子做的美食里，有板栗煨鸡、板栗炖肉。山里人家尤其喜欢板栗炖土猪肉。杭州人好风雅，喜欢把栗子煮得烂熟碾成丁，再撒点桂花，做成桂花栗子羹。这一道桂花栗子羹是秋天可口的时令小吃。

秋分时，闹市的街头，随处可见炒栗。大炒锅架于红火炉之上，锅里是粗粝的沙子，汉子光着膀子在用力翻炒着栗子，没多久，糖稀烧化出焦甜的味道，炒好的栗子油光发亮，香味勾人馋虫。也有不用糖稀用蜂蜜来炒的，拿着黏手，吃起来更甜。单位边上有家炒栗摊，颇有名，老板很有个性，每晚卖完20斤就收摊走人，多一斤也不卖。

清人郝懿行在《晒书堂笔录》里写到糖炒栗子："余来京师，见市肆门外置柴锅，一人向火，一人坐高杌子，操长柄铁勺频搅之，令均匀。其栗稍大，而炒制之法，和以濡糖，藉以粗砂，亦如余幼时所见，而甘美过之。都市炫鬻，相染成风，盘饤间称美味矣。"100年前京师炒栗的方法，与现在江南街头糖炒栗子的方法并无两样。

糖炒栗子，要趁热吃，甘甜绵软，香糯可口。有时，两人一起看电影，电影散场后，买一纸袋糖炒栗子，边走边吃，觉得秋天过得很充实，人生亦很充实。

舌尖上的风花雪月

小雪节气过半，我请几个女友到家里吃菊花火锅。清澈见底的汤，汤上漂浮着一瓣瓣的菊。菊是我从阳台上摘下的，今秋阳台上的菊花，开了六七十朵，端的是繁花似锦，够吃一阵子的菊花火锅了。是花，注定要凋谢的，在凋谢之前，入了馔，也不失为对花的一种纪念。

菊花火锅，光听名字，齿颊间已然有了芬芳。吃花，也算是唇齿间的风花雪月。江南人家的花馔里，除了菊花，还有金银花、桂花、杜鹃花、百合，当然，吃得最多的是黄花菜。这些以花卉入馔的菜，有色有香有味，名字也起得好，什么翠柳啼红、踏雪寻梅、翡翠银芽、牡丹鳜鱼、桂花扇贝、芙蓉鸡块、玫瑰炸锅、满园春色等，见了这些花食，我不忍下筷，怕扰了风花雪月的清梦。以花入菜，在浪漫主义者的眼里，好像是不食人间烟火的举止，实际上，它来自于最乡土的民间，再粗鄙、再老土的人，谁敢说自己没吃过黄花菜炖猪肉呢？

从南到北，全国各地的人都在吃花。这些年在全国各地跑，各地的花食没少吃，我在云南吃到过芭蕉花炖鸡、凉拌柴花、鸡茸金雀花，在新疆吃过雪莲花炖鸡肉。有一年惊蛰节气到上海，吃到玉兰片——用湿面粉裹着玉兰花和豆沙入油锅煎炸，香嫩而脆甜。在成都尝过一种叫雪霞羹的：将采摘下的芙蓉花，用开水一焯，拌上豆腐，有红有白，如雪霁之霞。

丽水龙泉有一道菜，是用木槿花烧的豆腐羹，很有味道。木槿花是很诗意的花，有红有白，白得雅致，红得清爽，它的淡红，犹如二八少女的粉脸，所以古人以此花形容女性的美丽。《诗经·郑风·有女同车》就写道："有女同车，颜如舜华。"这舜华就是木槿花。《本草纲目》说木槿花有"消疮肿，利小便，除湿热"之功效。龙泉人把木槿花叫新米花，意谓新米要上来的时候开的花，这个名字，可谓是浪漫主义与现实主义的结合。从龙泉出差回来，见楼下木槿花开得正好，摘下几朵便直奔厨房，未几，一碗木槿花豆腐羹便炮制出来了。吃了木槿花烧的豆腐羹还不过瘾，我还"研发"出一道甜点——冰糖百合枸杞木槿花。百合出自兰州，肥厚，呈象牙白，艳红的枸杞来自宁夏。这道甜羹，有红有白，味道十分甜美清爽，尤其是木槿花，口感如上好的白木耳，凡吃过的朋友无不叫好，被戏称为"王家娘子镇厨之肴"。

花卉入馔，不是现代人的做派，《诗经》中就有之："春日迟迟，采蘩祈祈。"多么曼妙的诗句啊，春日里，美少女们去采摘开白色小花的野菊入菜。屈原在《离骚》中说："朝饮木兰之坠露兮，夕餐秋菊之落英。"晋人相信食花可长寿，晋代的文学家傅玄称菊花"服之者长寿，食之者通神"。晋代名医葛洪则说得更玄乎："用白菊花汁、莲汁、樗汁和丹蒸之，服一年，寿五百年。”后来，他索性跑到天台山来炼丹，以期长生不老。宋代大文学家苏东坡采集松花、槐花、杏花入饭共蒸，密封数日成酒，并挥毫作歌曰：“一斤松花不可少，八两蒲黄切莫炒，槐花杏花各五钱，两斤白蜜一起捣，吃也好，浴也好，红白容颜直到老。”

在江南，从春到冬，一年四季都有花可食。春日里，杏花、百合、玉兰花、槐花、兰花都可食，烹制成的菜肴有桃花冬瓜盅、杏花烩豆腐、杏花汁焖鸭、杏花鱼丝、兰花猪肚、兰花鸭片、兰花烩鹌鹑、百合豆腐、百合粉丝、百合带子、兰花汆丸子、兰花肚丝、兰花鸡丝等。春天的鲜花，还可做成点心，金樱子花与面粉配上白糖，做成的薄饼叫迎春饼。北京城有一种槐花制的馅饼，叫槐花芝麻饼。除了槐花芝麻饼，北京还有玫瑰花饼和藤萝花饼。女作家凌叔华曾经在北京宴请泰戈尔，招待泰戈尔的点心，就是百枚新鲜玫瑰花饼和百枚新鲜藤萝花饼，茶是家中小磨磨出的杏仁茶。这一切很投合诗人的趣味，泰戈尔曾说，凌叔华比林徽因“有过之而无不及”，徐志摩称赞凌叔华，说她的文字散发着“一种七弦琴的余韵，一种素兰在黄昏人静时的微透的清芬”。旧时代文人的情愫，是干花，隔了一个世纪，还是有芬芳盈袖。

炎炎夏日里，可用南瓜花炒鱿鱼，用茉莉花炒鱼片，用薄荷花、绿豆、红枣煮消暑粥，用玫瑰做蟹羹，清凉爽口，消暑生津。

秋风起时，则宜拿菊花入馔。菊花孤高，入馔却平和，秋菊酿鲮鱼、菊花豆沙汤圆、白菊蛇羹、菊花鱼片、双蟹戏菊、黄菊鱼肚、菊花鸡丝、菊花明炉鱼、菊花海鲜羹、菊花烩鹅肝，着实入味。司马光在《晚食菊羹》的诗中写道：“采撷授厨人，烹调宜甘酸。毋令姜桂多，失彼真味完。”菊花入馔，不宜多放调味料，怕盖住了菊花本真的味道，看来，司马光不但会砸缸，也懂美食。

小雪时节，吃着菊花火锅，菊的花清香渗入汤内，是那种干干净净的鲜美，清清爽爽的味道。隔着落地玻璃窗，外面是寒冷的气息，里面是热气腾腾的人间烟火。

香　菜

国人对起名一向很有讲究，明明是黄豆加猪血，偏叫什么碧血黄沙，弄得杀气腾腾，让人联想到沙漠上的群雄争霸、七剑下天山之类；萝卜丝上放只红辣椒，就叫踏雪寻梅，这未免有点唐突古人；芫荽就芫荽呗，古色古香的名字，偏又叫香菜，就像《水浒传》变成《3 个女人与 105 个男人》一样，少了古朴厚重，多了脂粉香艳之气。

不过，香菜的确有香艳的说法。偶然翻阅《灵物志》，里面写到香菜："唐人赏牡丹后，夜闻花有叹息声，又胡麻必夫妇同种方茂盛，下芫荽种须说秽语，否则就一定会欠收。"说种香菜时一定要说下流话，否则就收成不好，让人哑然失笑。

香菜出落得葱茏翠绿，小锯齿般的绿叶，顶部淡紫或纯白的细花，成团成簇，近根部的茎呈紫红色，柔弱纤细，让人爱怜。

人们对香菜的感情是两极分化，爱之欲其生，恶者欲其死，汪曾祺就明确表态"不喜欢吃芫荽，以为有臭虫味"。我的闺密就跟我说，平生没几样东西让人生恨的，香菜是其中之一。《嘉祐本草》说香菜可以“消谷，治五脏，补不足，利大小肠，通小腹气，拔四肢热，止头痛，疗痧疹、豌豆疮”。这么说来，香菜简直就是一味中药了，难怪它有怪异浓烈的味道。

我对香菜的感情，有个转变过程，从排斥到接受再到喜欢。第一次认识香菜，是在大雪封城的一个冬天，那时初为人妇，刚学着“洗手做羹汤”，哆哆嗦嗦地踏雪买菜。菜场上照例是一些青菜、白菜之类，像是冰峰雪山上搬下来的伤兵，中度冻伤，个个都是蔫头蔫脑的，唯有香菜水灵灵的，像紧身绿袄的小媳妇，一时艳压群菜，不由让人眼前一亮，遂买了一把回家。

因为是新生事物，难免另眼相看，活学活用地尝试起香菜的各种吃法。冬笋鸡丁一起锅，赶紧撒下一把香菜，菜未装盘，一股怪味扑鼻而来，我几乎疑心自己把未洗的鸡肠一块烧进去了，用筷子拨拉了半天，还好，未见鸡肠。主妇虽粗心，尚不至于马虎至此。再一嗅，发现怪味来自香菜，撮起一把来品尝，呸，一股臭虫味儿，我连啐几口。

香菜的味道来势汹汹，几乎无孔不入地渗透到其他菜里，将其他菜味驱赶殆尽，眼见着餐桌上有牛肉、鸡肉，就是不闻牛肉、鸡肉味，只有一股霸道的臭虫味，这真是鸠占鹊巢。

好长时间，我都无法接受香菜。我的一个女友好风雅，极嗜香菜。周日上她家，她留我吃饭，纤纤玉手在厨房里摆弄半天，但闻锅碗瓢盆一阵乱响，旋即端上几道色迷迷的菜肴来，清清嗓子扬扬自得地报上菜名：香肠加香菜，是绿肥红瘦；西红柿汤放香菜，叫翠柳啼红；白嫩的清蒸鸭子，边上缀以香菜，取春江水暖鸭先知之意；清炖甲鱼围上一圈香菜，就是寿比南山不老松。

见了这香菜，我只能暗道：苦也。虽然我的口味包容并蓄，但这么多年，还是闻不惯香菜的味道。因为这奇味扑鼻的香菜，我既不敢染指春江水暖鸭先知，也不敢在寿比南山不老松上动土。唯见我那人比香菜瘦的女友，翘着兰花指儿，妩媚地夹起一块鸭先知，又夹起一块寿比南山，三杯两盏淡酒下肚，微眯着眼，粉红着脸，把“翠柳”“不老松”放进口中，细细地品着，吃香菜吃到这个份上，优雅、精致，由不得我不佩服。在众人的一再劝说下，我亦摆出一副视香菜如归的样子，无奈香菜一入口，即头皮发麻，只好举筷投降。女友掩口笑曰：你敢吃蚕蛹、竹虫、海蜈蚣，端的一棵香菜，竟奈何它不得？这好像不是你的性格。

被她一激将，我逼迫自己吃起香菜。口味这东西有点奇怪，吃多了，也就习惯了，到后来，菜中不撒点香菜，有时就会觉得味道不够正宗。玩家王世襄老先生极推崇香菜，他在《锦灰堆》里提到香菜：“香菜也须在农贸市场上选购，细而长的不如短而茁的好。做一盘炒鳝糊，如果胡椒粉、香菜不合格，未免太煞风景了。”

喜欢上香菜还有一个理由，香菜长得清秀，但我觉得它有狂狷之气，像是外表柔弱而内心刚烈的女子。尽管在菜肴中，它被当成配角，但没有人能够忽视它的存在。不管是馄饨、鱼头豆腐还是红烧狗肉、肥羊火锅，时时处处可见香菜的身影，或切成碎片，或整枝整叶清绿地鲜嫩着，有种删繁就简的淡泊之气。爱吃香菜的一位诗人朋友，把香菜喻为“洒金笺”，说肥厚的荤食有了翠绿清气的香菜，像皇天后土中的几抹春色。

苦瓜

"春分种菜,大暑摘瓜。"一到大暑,可以吃到各种各样的瓜,西瓜、南瓜、冬瓜、苦瓜、甜瓜、青瓜、黄瓜、丝瓜、蒲瓜等。大暑时,到天台采访,经过一片瓜地,与瓜农聊了几句,他从瓜田里摘了只瓜,没刀,就一拳擂开来,西瓜翠皮红瓤,散成几瓣,还带着阳光下的热气,一块两块落肚,顿觉暑气渐消。给他钱,不要,说,吃自家种的只把瓜,算不了什么。这便是吴冠中笔下质朴温良的天台乡民。

说到瓜,有满肚子的话。早些年,住临海茶田巷,房子不大,却有一个大院子,我在院子里种过刺瓜。刺瓜长得真好。种下没多时,绿色的叶子就蔓开来,拉了绳子,叶大如掌,藤蔓勾连,柔嫩的藤蔓绕开来,占了好大一块地。果实累累,垂挂下来,我摘了两大竹篮,有几十个。丰收的喜悦,算是体会到了,那段时间,家里净吃刺瓜炒肉片。朋友来我家玩,临走时,我硬塞给他们三五个刺瓜,说是让他们共享丰收之果。

有一年夏,到乡间散步,在田间,摘到几个很老的丝瓜络,拿回家洗碗擦锅。丝瓜络里藏有好几粒丝瓜籽，挖了出来，来了兴致，就拿了埋在院子里，没多久，藤藤蔓蔓长出来，后来，竟然长出十几根丝瓜，是意外之喜。

种得最多的是红娘。红娘真好打理，种上后不需费神，它就会自顾自长开，藤蔓越爬越高，一时没找到竹竿搭瓜棚，就偷懒牵两根绳子，红娘藤攀缘上来，碧绿的叶子密密匝匝，开出一朵又一朵黄花，红娘的花像牵牛花，但花瓣不似牵牛花般圆润，而是微微的尖锐。一时间，院子里嘤嘤嗡嗡的尽是蜜蜂。没多久，一个个嫩绿色的纺锤形的小红娘便挂在了瓜棚上。虽然是一副疙里疙瘩的丑怪外表，看着就十分清苦，但是青青碧碧的颜色，却有几分凉意。等上几日，红娘由碧青变金黄，像极了《金瓶梅》里所说的"艳物"。

红娘由青转红，是真正的苦尽甜来，就像一点点成熟起来的爱情，李碧华说："真正的爱情，必然有考验、痛苦、忐忑、诱惑、悲哀……种种跌宕，才算完美，这中间也就必然要流泪。从未在长夜哭泣，也成就不了心头血肉。"这话用在红娘身上，天衣无缝。

我喜欢掏成熟红娘的果瓤吃，絮软绵甜，是怪怪的甜，鲜美异常。温州人甚至用红娘酿酒，取名为红娘酒。

外地人搞不明白，台州人为什么管这种瓜叫"红娘"。其实，"娘"在台州话里是"核"的意思。也有人把"红娘"写成"红瓤"，取其瓤色之红也。我还是喜欢"红娘"的叫法，让我想到为崔莺莺张生牵线的那个俏红娘。"红瓤"，太写实了吧。红娘是我们这里最常见的叫法，也有把红娘称为荔枝瓜的。

有人说红娘就是苦瓜，红娘属葫芦科，是一种蔓生植物，医学上就称山苦瓜。李时珍在《本草纲目》中也说:“苦瓜原出南番,今闽广皆种之,五月下子,出苗引蔓,并如葡萄而小,七八月开小黄花,五瓣如碗形,结瓜长者四五寸,短者二三寸,青色,皮上痱瘰如癞及荔枝壳状,熟则黄自裂,内在红瓤裹子,瓤味甘可食,其子形如瓜子。”

也有人说,红娘就是红娘,苦瓜又是苦瓜,两码事。因为红娘是纺锤形,而苦瓜是长条形的。苦瓜长到最后还是苦的,红娘成熟以后就是甜的。苦瓜是嫩时吃皮,红娘则是熟时吃瓤。而在我眼里,红娘就是苦瓜的变种,至于长得不同,并不奇怪,地域、气候差异使然。

大凡略带苦味的食物都有清凉解毒之效。李时珍说苦瓜具有“除邪热、解劳乏、清心明目、益气壮阳”之功效。清代王孟英的《随息居饮食谱》说:“苦瓜清则苦寒;涤热,明目,清心。可酱可腌。——中寒者(寒底)勿食。熟则色赤,味甘性平,养血滋肝,润脾补肾。”说青色的苦瓜寒性重,待转为红色后,苦味减退。广东人把苦瓜切片,晒干做药用。

青嫩的苦瓜摘下即可炒菜,绿意满眼,其瓜虽苦,却从不会把苦味传给“别人”。如用苦瓜烧鱼,鱼块绝不沾苦味,炒肉片,肉无苦味,反倒变得清口,苦瓜烧排骨,排骨减了油腻,可见苦瓜“有君子之德,有君子之功”,难怪叫它君子菜。不像茄子那样,毫无个性,沾点肉味,就变得暧昧起来,像墙头草,随风倒。《红楼梦》里写到一味“茄鲞”,是“把才下来的茄子把皮劖了,只要净肉,切成碎钉子,用鸡油炸了,再用鸡脯子肉并香菌、新笋、蘑菇、五香腐干、各色干果子,都切成钉子,用鸡汤煨干,将香油一收,外加糟油一拌,盛在瓷罐子里封严,要吃时拿出来,用炒的鸡爪子一拌就是”。——烧好的茄鲞其实已经不干茄子什么事,若是搭上苦瓜,管它配的是别的七七八八，苦瓜还是那个味。

苦瓜有别的名，癞瓜、癞葡萄、癞蛤蟆、红姑娘、凉瓜、君子菜等。苦瓜味苦，家里有本石涛的画册，石涛肆意放达，画笔下，常把荒寒之苦转化为恣意的狂态，他自称“苦瓜和尚”。这个苦瓜和尚，想来平素都是吊着一张苦瓜脸的。

别地说，哑巴吃黄连，我们这里则说，哑佬吃苦瓜，都是有苦说不出的意思。我怕苦，朋友送我苦丁茶，喝了几口，就放下了，但是清炒苦瓜，一盘的青翠，看着就觉得清爽。

吃苦瓜是自讨苦吃。香港演员狄龙说：“苦瓜不苦，辣椒不辣，女人不漂亮，这像什么话。”可见苦瓜就应该苦。

草紫炒年糕

“十二月忙年夜到，挨家挨户做年糕。”旧时，江南的孩子都知道，只要家里开始捣年糕了，意味着年马上就要到了。在缺吃少食的年代，过年是富有仪式感的节日，也是最能给孩子盼头的好日子。

端午吃粽让人想起屈子，吃年糕则为了纪念春秋战国时期的名臣伍子胥。据说年糕始于3000年前的周代，而最有名的传说是战国时期的伍子胥以糯米制砖，埋于城下，备战备荒。先知先觉的伍大夫知道吴王终日沉湎于酒色，预感有亡国之患，在负责兴建阖闾大城时，秘密以糯米制砖，他被逼自刎前，把秘密告诉了家人。伍死吴灭，又逢荒年，众人挖地三尺掘得糯米砖，度过饥荒。传说只是历史的影子，我对此将信将疑，但苏州人每到春节就特制形似砖头的糖年糕，以此缅怀伍大夫。

关于年糕还有一个故事。说古时一老婆婆每次烧年糕，总切下一段年糕头扔进瓮中，后来天下大荒，饿殍遍地，老婆婆一家靠年糕头得以活命。我觉得这是悲观主义者的做法，像我等乐观主义者，总是相信“日子越来越好”，所以不但不存年糕头，反而寅吃卯粮，提前消费。

各地的年糕都各不相同。杭州、宁波等地的年糕用粳米舂制，小巧可爱，像杭州姑娘，“条杆儿”（身材）好。宁波年糕尤以慈城年糕最为出名。台州的年糕好像山里妞，长相粗笨硬朗，甚至可以当防身武器。台州年糕的身坯是宁波年糕的好几倍，两地的年糕放在一起，好像相扑运动员跟模特儿站在一起，又有“大江东去”和“小桥流水”的差异。台州年糕虽然跟宁波年糕一样，用粳米舂制，但没有浸泡的过程，直接磨粉做成，难免口感生硬些。在吃法上，两地的年糕也是大异其趣。宁波的年糕适宜婉约地吃——把年糕切得厚薄均匀，水沸后投入锅中，熟后加糖撒桂花，滑糯不黏牙，可吃出实心糯汤圆的味道，是不错的早点。而台州年糕的吃法就豪放多了，可以蒸着吃，炒着吃，煮着吃，怎么吃都行，还可以切成片，切成段，不管你怎么折腾，都没问题。丽水松阳有一种叫黄米粿的年糕，当地人称为黄金果，是将上等粳米用灌木的灰汁浸泡，蒸熟后置石臼中捣成，金黄的颜色，吃上去有植物的清香之气。我百吃不厌，觉得比宁波年糕好吃多了。

小时候在姑姑家看过捣年糕，刚捣出来的年糕是温软的，可捏成各种动物的形状，如猪、鱼、羊等——过年时，在江南农村，不管海边还是山里，都要大张旗鼓做年糕，年年有鱼，岁岁增高，多好的口彩呀。

新做的年糕总带着糕米的香气，甚至可以用“软玉温香”这四个字来形容。

年糕有各种烧法，可咸可甜，可蒸可煮，可炒可汤，什么桂花年糕、拉丝年糕、酒酿年糕、青蟹年糕、鲳鱼年糕、黄鱼年糕、苔菜年糕……林林总总，有40余种。你可以下血本来盘野生黄鱼汤年糕，也可以来碗最家常的青菜年糕。

江南人家，春天里，吃得最多的怕是春笋肉丝汤年糕吧。笋要选上好的春笋，且下锅前不能沾水，香菇不能太老太大，菜要选那种叫菜蕻的油菜，初春时的菜蕻翠绿鲜嫩，顶头上还有嫩生生的鹅黄色的米粒大小的花苞。过了清明，菜蕻老了，就不宜当菜了。年糕要切得整齐划一，适中匀称。上桌后这年糕中，有绿色的青菜、玉色的春笋、淡红的肉丝、黑色的香菇，那扑鼻而来的鲜香味，令人垂涎欲滴。到了冬天，春笋换成了冬笋，这时搭配的，应该是经霜过的油冬菜，带着丝丝甜味。如果起锅前加一勺子土鸡汤进去，味道更是鲜美得没话说。

江南的各大酒店，都有蝤蠓炒年糕，也有梭子蟹炒年糕。不管哪种蟹，一定要新鲜。如果蟹不新鲜，腥味扑鼻，吃口也差，火候更要紧，否则菠菜炒蔫了而年糕未熟，或者炒过了头端上来的是黏不拉叽的一盘，卖相难看，也影响食欲。新荣记还有鲳鱼烧手打年糕，深受老饕欢迎。

春天时，还有一道平民化的美食叫草紫炒年糕，清新得带着田野初春的气息。草紫有个很文艺的名字，叫紫云英。《诗经》里说"防有鹊巢，邛有旨苕"，其中的"苕"，说的也就是它。日本《俳句大辞典》云："此草与蒲公英同是习见的东西，从幼年时代便已熟识。在女人里边，不曾采过紫云英的人，恐未必有吧。"过去草紫多用来喂猪，或把它翻到地底下作为肥料，现在嘴刁的城里人把它当成春天里的一道好菜。

秋收后，撒一些草紫的种子在田地里，经过一冬的闲置，一到开春，纵横交错的阡陌间，草紫便蓬蓬勃勃地生长着，那红中带紫、紫中带白的细碎小花，如紫色的云霞在田间弥漫，又如星子撒落在大地。女孩子踏青时，有时会采摘几朵开花的草紫，做成花球，挂在腕间或胸前，很有江南风情。草紫花未开时，用它的嫩叶炒年糕，鲜香无比。周作人在文章中也写过它："扫墓时候所常吃的还有一种野菜，俗名草紫，通称紫云英。农人在收获后，播种田内，用作肥料，是一种很被贱视的植物，但采取嫩茎瀹食，味颇鲜美，似豌豆苗。花紫红色，数十亩接连不断，一片锦绣，如铺着华美的地毯，非常好看，而且花朵状若蝴蝶，又如鸡雏，尤为小孩所喜。间有白色的花，相传可以治痢，很是珍重，但不易得。"

春天里，你一定要吃一盘草紫炒年糕，那小清新的味儿，说不定到冬天还会留在你唇齿间呢。

吃臭的，喝辣的

“美食”二字，总离不开色香味形。吃货们到一地，念念不忘的是当地的名吃，所谓“吃香的喝辣的”，专门找臭食吃的似乎不多。梁实秋在《雅舍谈吃》里，津津乐道的是金华火腿、佛跳墙、咖喱鸡；汪曾祺在《故乡的美食》中大谈高邮鸭蛋、家乡野味，不提半个“臭”字；就是号称“美食家”的陆文夫写到苏州名吃时，似乎也没怎么花笔墨在苏州的臭食——菜包臭泥干上。

不过，在嗜臭食者的味蕾中，香臭是可以转化的。《天龙八部》里，包不同和函谷八友中的书呆子苟读斗嘴，苟读道：“《易经·系辞》曰：‘同心之言，其臭如兰。’臭即是香，老兄毫无学问。”包不同道：“老兄之言，其香如屁。”

各地的臭食，臭得各有特色。比如宁波、台州的臭苋菜梗，就臭得酣畅淋漓，绍兴的臭豆腐，更是名声在外。臭豆腐有多种做法，以陈年苋菜卤汁泡出来的最为地道——豆腐发霉后，丢进浸泡过霉苋菜梗的臭卤水坛子浸泡,直至它发出大粪一样的臭味,才算是正宗。

与一帮作家在绍兴采风,当地朋友盛宴款待,让我尽管捡喜欢的点,我叫了两盘臭豆腐,黄澄澄,香喷喷,外焦里嫩,香辣味浓,令人回味无穷。

武汉也有臭豆腐,在夏夜的武汉街头,我一口气吃下三串刚经过炼狱般磨炼的臭豆腐,其色金黄,其气犹臭,美不可言。长沙火宫殿的臭豆腐很有名,"文革"时,伟大领袖说了一句:"长沙火宫殿的臭豆腐还是不错的嘛。"在那个非常年代,一句"最高指示"保住了臭豆腐。不过,要说味道,不过尔尔,比不过在绍兴吃过的臭豆腐。

在苏州,我吃过菜包臭泥干,把臭豆腐、开洋火腿、肥膘剁成末,用包菜叶包成长方形,往蒸笼上一搁,端上桌来,香臭共存,吊人胃口。臭豆腐之臭美,绝对是美不胜收,常令饕餮一族垂涎三尺。

到广东,朋友请我吃干锅臭豆腐肥肠。干锅肥肠,本身就浓香肥美,再加上有臭豆腐相伴,是无可挑剔的一道广东美食。

在安徽,吃过一道臭鳜鱼。这是徽菜中的传统名菜,原名屯溪鳜鱼,又名臭实鲜,鳜鱼散发出的味道虽然冲鼻,不过,它的肉质却是醇厚入骨,咸鲜透骨,让人食欲大开。

臭食中,有一道臭冬瓜,宁波人顶爱吃。夏天傍晚,宁波人坐在阴凉地里吃饭,主妇从臭卤瓮中捞出几块臭冬瓜,顿时一股奇臭扑鼻而来,令人口舌生津。臭冬瓜的诱惑力实在不小,据说当年船王包玉刚回老家宁波投资,受到最高规格的接待,但他点名要吃小时吃过的臭冬瓜以解乡愁,陪同人员慌了手脚,最后从一位厨师家里的臭卤瓮中捞了一碗,吃得包玉刚眉开眼笑,大叫痛快,吃了臭冬瓜,投资之事,自然水到渠成。

在泰国,我吃过榴梿,对这种长满尖刺的巨大水果一吃而钟情。郁达夫曾形容榴梿的味道:"有如臭乳酪与洋葱混合的臭气,又有类似松节油的香味。"我觉得榴梿黏性多汁,绵软嫩滑,那独特的口感,让人回味无穷,我简直吃上瘾了。难怪,在榴梿盛行的泰国,有"典纱笼,买榴梿,榴梿红,衣箱空"的谚语——那些喜欢吃榴梿的人,可以把家当吃空。

到了法国、意大利,少不得尝尝当地的臭奶酪。法国、意大利的餐厅里,自助早餐台上都有臭奶酪。法国被称为"奶酪之国",法国前总统戴高乐将军曾经说过:"叫任何人来治理拥有325种奶酪的国家,都算强人所难。"法国有一种叫洛克福奶酪的,是用羊奶制成的奶酪,因发酵而带有蓝绿相间的大理石花纹,看上去就像法国人一样,挺有艺术气息的,这种奶酪的气味十分强烈,臭得风流蕴藉,臭得霸气十足,闻之,惊为天臭,鼓起勇气尝一口,有令人作呕的怪味,胃立马翻江倒海。说句大话,世界上绝大多数臭食,我都能做到甘之如饴,唯独在臭奶酪面前,不战而败。

我家那口子从不吃"臭",每次我把臭食端上桌来,他总皱着眉头喊一句"那么臭啊",真让人扫兴。看来,近臭者也可以不臭的。又有人说吃什么补什么,我吃臭,不知补的是什么。

豆瓣酱

我极嗜豆瓣酱。

我认为，中国传统文化的精髓，除了琴棋书画，就是豆瓣酱了。

“六月六，乡间农家做酱忙。”农家说的“伏酱腊醋”，伏就是三伏天、三伏天大日头，是做酱的好时候。

做酱也是一门绝活呢，它有好几道工序——煮豆、拌粉、闷酱黄、晒酱粞、下酱粞、晒酱瓣等，要是其中一道工序出问题的话，酱就不成酱，变成烂糊了。

我二姑姐很会做酱，她是个巧手媳妇，做什么都好吃，做的面食，再挑剔的人，吃了都叫好。小暑时，我到婆家去，她在院子里做酱、晒豆腐皮，我看得入神。

做酱得按部就班，先是用清水将泡了一晚的黄豆煮熟，再把面粉与黄豆放在一起搅拌，直到拌均匀为止，每粒黄豆裹得跟鱼皮花生样。将它们放太阳底下略晒，然后切成一块块的“麻将牌”，置于竹匾或竹席上，放进密室里闷。所谓的密室，当然不是武林高手用来练功的地方，而是闷酱黄的地方。闷酱黄要将门窗关紧，房间里密不透风。这是做酱成败的关键。几天后，“麻将牌”上会长出“白醭毛”，寸把长，没几日，白毛又会变成绿毛，这就是酱粞。

将酱粞置入酱缸，放阳光下暴晒。三伏天里，是晒酱好时候。晒酱时要注意天气，不能让雷雨淋着，酱缸上还得蒙上一层纱布，防飞虫、苍蝇，以免这厮下蛆。

大日头底下暴晒后，酱缸里的酱粞由青白变红，最后，成了满缸红褐色的酱瓣了。柏杨先生就把中国文化比喻成“酱缸文化”，说：“酱是不畅通的，不像黄河之水天上来那样澎湃。由此死水不畅，再加上蒸发，使沉淀的浓度加重加厚。我们的文化，我们的所谓前生因，就是这样。”这样比喻中国文化很恰当，只可惜糟蹋豆瓣酱的名声。真是酱何以堪？

我以为，酱是吸收天地精华的一种东西，其味之鲜之美，令人难忘。豆瓣酱里，放入嫩毛豆、豆腐干、肉圆等，蒸熟后吃，是下饭的美味佳肴。我家那口子对吃很讲究，凡是腌过的东西，不管是咸菜还是火腿，他一概不吃，唯独豆瓣酱是例外。豆瓣酱做啥都好吃，制作酱鸡、酱鸭、酱肉，香气扑鼻，味道鲜美，烧小菜做作料，味道更好，豆瓣酱蒸排骨、豆瓣酱烧茄子、酱制豆腐干、酱炖肉，都是打你两个耳光也不想停箸的美食。

从咸酱里滗出的汤汁，那是真正的自制鲜酱油，鲜香无比。吃了这种酱油，再吃别的酱油，就有种“除却巫山不是云”的感觉。

老街附近，过去有几十家的酒酱坊，最有名的就是同康官酱园，后改名同康酿造厂，生产的“双鱼”酱油和“洛泗”酱油，名噪东南沿海，选料极其考究，面粉一定要用“绿兵船”牌，黄豆均向扬州仙女庙进货，盐一定要用陈年去卤燥盐。同康酿造厂掌柜赵连诚之子赵燕侠，是画家，画风粗犷，曾与我同事。有一次酒后，他跟我大谈做酱，眉飞色舞，比讲画画带劲多了。燕侠是有趣之人，太太十分贤惠，两个女儿漂亮又能干，可惜他已离世。

现在酱园店不多见了，但旧时候，每个县城都有一两家酱园店，生产的小方豆腐乳，细腻柔糯，味鲜微甜，很受欢迎，比一般的腐乳好吃多了。这种豆腐乳在后期发酵时加料酒、酱子粉、白糖、花椒、桂花，所以吃起来清香微甜爽口。上了年纪的人，谁没吃过这种腐乳呢？我年少时挑食得厉害，唯嗜腐乳，腐乳中，认准的就是这种小方豆腐乳。

喜欢做酱的人，当然也喜欢腌制食品，这就跟绍兴人一样。鲁迅写家乡逢货必腌的习俗，写得颇风趣：“究竟绍兴遇着过多少回大饥馑，竟这样吓怕了居民，仿佛明天便要到世界末日似的，专喜欢储藏干物品。有菜，就晒干；有鱼，也晒干；有豆，又晒干；有笋，又晒得它不像样；菱角是以富于水分，肉嫩而脆为特色的，也还要将它风干……”

看到这里，再联想到江南很多人家也是喜欢这样七腌八腌、七酱八酱，不禁哑然失笑。

鸡脚婆

岭南的春天来得格外早一些，三月初，一踏上南国的土地，便觉得一股暖湿的气息扑面而来。车过处，红花羊蹄甲开得浓艳娇娆，一树繁花，满城缤纷。

对广东，印象最深的是花树，其次便是广东人的吃。广东人的确能吃，他们有早茶、下午茶，还有晚茶。广东早茶的品种，竟然有100余种，什么水晶虾饺皇、蜜汁叉烧包、绿茶糯米糍、鸡丝粉卷、甘露酥、香麻豆沙酥、迷你蛋塔仔……光听名字，就让人食指大动。

广东有一道名菜叫龙虎凤大斗。哼哼，广州人真会夸张，他们把蛇叫龙，把猫叫虎，管鸡叫凤。于是，鸡翅膀就成了凤翼，鸡头就成了凤头，如果以此类推，该把鸡屁股称作凤尾，但是错矣，鸡屁股不叫凤尾，叫凤尾的是莴苣叶——清雅碧绿的莴苣叶因形似传说中的凤凰尾巴而美其名为凤尾。台州人实在，没有那么多花花肠子，也没那么多诗情画意，我们这里把鸡爪称为鸡脚婆，也有写成鸡脚爬的。

尽管广东人说话做事有点夸张，不过，广东人的早茶中，那道豉汁蒸凤爪，浓香酥软，质地肥厚，发得又大又松软，一吮脱骨，味道相当不俗。吹牛如果有功力打底，那就不是吹牛，而是实力了。广东早晚茶里还有道白玉凤爪，白白净净，别有风味。我们这里的鸡爪是上不了大台面的，但广东的鸡爪可以当小吃，可以当大菜。广东有一道靓汤，叫花生鸡脚汤，广东人相信以形补形，鸡脚是广东民间常用的补益汤水材料。广东的报纸在清明时还煞有介事地推荐“广东银”食黑豆花生鸡脚煲猪脊骨，说鸡脚富含骨胶原和胶原蛋白，入汤不寒不燥不油腻，有补益健脾、健筋强骨之效，还可以调摄情志。

鸡爪看上去不起眼，但可以做出很多美食，除了广东的豉汁蒸凤爪，还有客家名菜盐焗凤爪，味道鲜美，口感奇特。前些年到重庆丰都鬼城，吃到过丰都三绝。三绝为鬼城麻辣鸡块、丰都小抄手，还有就是泡椒凤爪。这泡椒凤爪软硬适中，酸辣单纯，滋味清爽。

吃鸡爪有时能增加人的幸福指数，最近看到一则报道，题目相当八卦《潜规则：现实中还真不是你想潜就能潜》，文中引用某经纪人的话说：“你想横店那种荒僻地方，吃个鸡爪子都觉得幸福，没有娱乐，演员又是荷尔蒙那么旺盛的年轻人，相互潜一潜也正常。”

吃个鸡爪子感到幸福的，并不只远离家人在横店拍戏的演员，那些爱喝个小酒的爷们、爱吃个零嘴的娘们，也是视鸡爪为美食的。上海的熟食摊点卖麻油鸡、酱鸭、白肚、叉烧、牛肉、素鸡等熟食卤菜，也卖鸡爪。他们管鸡爪叫醉爪，放水里略煮，加绍兴老酒，再放山西陈醋，清淡、爽口、开胃。夏天傍晚，住在石库门的男人把桌椅搬到通风的弄堂口，喝一口啤酒，啃一只鸡爪，上海小男人的日子不要太惬意哦。

北京街头的熟食铺子里有酱鸡手卖。为什么叫鸡手，我想不明白。广东人把猪脚叫猪手，北京人称之为手的却是鸡的爪，这种南北称呼上的差异，让我相当纠结。

江南的熟食摊也有鸡爪，有红、白两种，前者浓油赤酱，蕴涵一种洒脱直率的江湖豪气在其中，后者丰腴又白净，像美人肥白的玉手，卖相很好，但据说是用那什么泡发的，说这话的人在医院工作，表情一本正经，我从此不敢买。

我爱吃鸡零狗碎的杂物，如果来一道全鸡全鸭，我的筷子一定冲着鸡爪鸭掌而去，别的基本不碰。如果有人质疑我的吃法，我会开玩笑说，鸡头要分给座中长官，脖子要分给副职，鸡翅分给属下，至于鸡爪，则责无旁贷地夹到座中文化人的碗里。鸡爪给捏笔杆的人吃是有道理的，因为拿笔杆的人都有一双比鸡爪好看不到哪儿去的手，青筋毕露，骨节突出，而且瘦骨嶙峋。

鸡爪有脱骨与不脱骨两种。脱骨的鸡爪，有椒麻鸡掌、拆骨掌翅之类，皆脆嫩可口。把鸡爪脱骨，我认为多此一举。啃鸡爪关键在于一个啃，费老大劲咬丁点肉，吊你胃口，激你馋劲，越吃越想吃。鸡爪不让人啃还有什么吃头！就像吃剥了壳的袋装瓜子、核桃似的，省心是省心，但没劲透顶。啃鸡爪有点像谈情说爱，要遮遮掩掩，要云里雾里，要进一步退两步，还要欲擒故纵，才能激进对方的斗志，要是一开始就直奔主题，双方事后都会兴味索然的。千回百转的爱情，一定比手到擒来的感情更让人珍惜，得不到手的，尤其让人回味追思。所以古人说，妻不如妾，妾不如偷，偷不如偷不着，是有道理的。啃鸡爪也是同样的道理。《吕氏春秋》里也说："齐王之食鸡也，必食其跖，数千而后足。"鸡跖，鸡爪也。就是齐王，他也是亲自用嘴啃鸡爪，没叫别人代劳的呀。

粥中滋味长

我喜欢喝粥。

粥是平和的、滋润的，有阅尽世事后平淡知足的味。

以前住临海时，大年初一早上，我总是依了临海人的习俗，喝碗糯米红枣粥。糯米红枣粥绵软细腻，配以青花小碗，有温婉细腻的风味。邻居是天台人，年初一要喝五味粥，粥里全是五谷杂粮，用一口厚重的大碗盛了，一家人喝得稀里哗啦，显得相当的豪放。从两地喝的粥里，大致可以看出临海人与天台人性格的差异，临海人的心思细腻缜密，而天台人，则强悍耿直得多。

有一段时间，因累而病，百食不思，清瘦不胜衣。一位老中医劝我喝粥，说春粥养颜，夏粥清火，秋粥滋补，冬粥暖胃。于是满世界找粥喝，布衣侯粥道馆、山水粥店、老牌肉粥店，我是常客。朋友带我去吃建设路上的骨头粥，那店里的粥熬得很稠，粥里有虾皮、榨菜和芝麻，有时还有根肉骨头，又香又咸的，喝下一碗，就给撑饱了。老街附近的几家粥店，除了卖粥，还卖蜜枣粽、小肠卷、鹌鹑蛋之类的小吃。冬天里，生意更好。粥中淡而绵长的滋味，给了病弱的肠胃以抚慰和温存。先喝红枣粥、南瓜粥，胃口稍好些，喝鸭肉粥、人参乌鸡粥。的确补了些气，也补了些力，病，竟渐渐地去了。

自此，喜欢上了粥。累了，病了，或者在外久了想家，唯一能摆平我的胃的，只有一碗粥了。

我喝过各种各样的粥，浓稠的黑米粥、鲜美的鸡粥、金黄的番薯粥、绵香的骨头粥。听得广东鱼片粥的大名，到广东出差，朋友请吃饭，依了我的要求，第一样点的就是鱼片粥，喝下一碗热腾腾的鱼片粥，真有羽化登仙之感。广东的粥，三言两语难以道尽，凡是北方人能包进饺子里的馅料，在广东，基本都能煮到粥里，除了鱼片粥，广东出名的还有皮蛋瘦肉粥、瑶柱白玉粥、滑鸡粥、牛肉粥、肉片粥、骨腩粥、及第粥、猪骨粥、艇仔粥等。甚至连火锅都以白粥打底，把各类海鲜放粥里烫熟，叫毋米粥。我只恨在广东的时间太短，没能把那里的粥一网打尽。

除了这些家常俚俗的粥，我也喝过风月无边的粥，如荷叶粥。荷叶粥是以荷叶做锅盖，粥煮好后，荷叶的清香隐于粥中，连粥的颜色也变成淡淡的碧色。每年盛夏，市民广场荷花池里“接天莲叶无穷碧”时，我总有掐一把荷叶回家做粥的冲动。

入粥的除了荷叶，还有鲜花，春天的桃花粥，秋天的菊花粥、桂花粥，冬天的梅花粥，都是美不胜收的。当桃花的粉红、菊花的金黄点缀白粥中，这一碗粥，一改素朴的面容，变得活色生香起来。

我尤爱喝粥上的那层“粥油”，油亮的汤皮，凝结了粥的精华。这种粥油，以乡间土灶用柴火熬出来的最为地道。我到乡下婆家去，最喜欢做的事，就是烧粥时守在灶边，笨拙地添两根木柴，听锅里的粥在噗噗翻滚，然后，渐渐地平静下来，有香味从灶间溢出。这种香，是新鲜稻米的香，来自大地，来自原野。厚薄均匀的粥里带着些微的柴火气，不，那不是柴火，那是人间烟火，是我喜欢的味道。粥是一点一点熬出来的，其实，婚姻的幸福，又何尝不是如此呢？

《红楼梦》中多次写到粥，有碧粳粥、红稻米粥、江米粥、腊八粥、粳米粥、鸭子肉粥、燕窝粥等。一入秋，黛玉就犯咳嗽，宝钗劝她“每日早起拿上等燕窝一两，冰糖五钱，用银铫子熬出粥来，若吃惯了，比药还强，最是滋阴补气的”。袭人偶感风寒，吃了药，夜间发了汗，第二天起来觉得轻省了些，她只吃些粥汤静养。贾母讲究养生之道，常喝粥。元宵节夜宴时，贾母说饿了，凤姐忙说：“有预备的鸭子肉粥。”贾母说：“我吃些清淡的吧！”凤姐忙说：“也有枣儿熬的粳米粥，预备太太们吃斋的。”

粥里还藏着细密的情思。《浮生六记》中，沈三白写他年少时初见陈芸的情景，那夜，芸娘给他吃自制的腌菜暖粥，喝得暖暖的时候，芸娘的堂兄挤身而入，戏谑道：“我要吃粥你不给，原来是专门给你夫婿准备的！”原来，这淡淡的粥里，还隐含着两情相悦的欢喜。

随园老人袁枚也是爱粥的。他曾被一位阔佬请去，“上菜三撤席，点心十六道”，主人张罗出40余种山珍海鲜款待客人，自觉待客大方，可袁枚席散归家，“仍煮粥充饥”——还是粥最入味。要熬出一锅脂稠玉浓的粥，并非易事，袁枚在《随园食单》中自拟煮粥的标准：“见水不见米，非粥也；见米不见水，非粥也。必使米水融合，柔腻如一，而后谓之粥。”

是啊,不疾不徐的文火,才能熬出绵绸浓软的粥。像三毛说的,那个"熬"字里面四把心火,小火炉炼丹似的,不到五更丹不成。急火沸腾,是熬不出好粥的,因为它少了时间的持久煎熬。就好像惊天动地的爱情,终究不如细水长流的幸福来得天长地久。

泡的就是菜

自从有了泡菜后,“泡”字似乎就成了好字眼,以此类推,所“泡”的物事自然都成了好东西。随便举一例,杭州人爱吃的泡饭,原本只是平常人家不入流的早餐,把隔夜冷饭用开水冲冲,夹点剩菜过过,以此来填补哄骗空虚的胃囊。如今,菜泡饭也成了好东西,成了星级酒店的主食。菜泡饭尚且如此,至于泡茶、泡吧、泡澡之类,更不必细说,反正都是人生的享受。我们这里还有一道小吃,叫泡虾,放油锅里炸得金黄鲜脆,吃了还想吃。

泡菜,在视觉上,就有种赏心悦目的美,光看红白分明、清清爽爽的模样,就已经让人垂涎三尺了,夹起一筷,入口辛辣,鲜嫩清脆,醇厚悠长,清爽怡人,回味无穷。一言以蔽之:爽。要是你长久没得到泡菜的滋润,读到此,也许会条件反射般地让口水飞流三千尺。

几乎每个地方都有独特的泡菜,四川泡菜、武汉泡菜、河南泡菜等,一泡遍天下。国人爱泡菜,老外也爱泡菜。韩国泡菜、俄罗斯酸黄瓜、日本美味辣白菜，也是赫赫有名的。现在，言及泡菜，必提韩国，不可否认，韩国的泡菜跟他们的人造美女一样，让中国男人流口水。泡菜事小，但事关民族自尊心，经过爱国人士考证，中国的泡菜渊源最早可追溯至春秋战国时代，这多多少少让我们在品尝韩国泡菜的同时，内心得到平衡。就像当初，喇叭裤横扫全国时，国人恰到好处地考证出，西方的喇叭裤起源于敦煌的飞天，让我们为无所不能的老祖宗骄傲着。

泡菜与泡饭，虽然一笔写不出两个泡字，但泡菜的泡是一种浸润和渗透，你中有我，我中有你。这种泡法，浸润和渗透到位，就像结婚多年的恩爱夫妻，原本是独立的个体，有着各不相同的思想和容貌，然而经过岁月的打磨，不但口味、爱好日趋统一，连相貌都成了夫妻相。而不到位的泡法，像同床异梦、貌合神离的夫妇，无论时间长短，最终还是桥归桥，路归路，各走各的道。

泡菜必定经过备料、腌制、封坛到开坛几道关口。做泡菜，要有一口泡菜坛子，最好是用陶土烧成，口小肚大，密封且能排气；水以井水、泉水等硬水为宜；盐多取井盐、岩盐；至于香料，有八角、花椒、胡椒等，可分别装入纱布袋酌用；作料多选白酒、料酒、醪糟汁、红糖、蒜苗秆、干红辣椒等。菜要装满，尽量少留空隙，以液面靠近坛口，盐水淹没蔬菜为宜。在坛口周围水槽中注入凉水，扣上扣碗，放入阴凉处，泡制入味即成。不脆可以加点酒；太酸可以加些盐。做泡菜，最怕发霉变味，发霉多半是坛中热气太高，或取用工具不洁所引起，此时应将霉点去掉，加入食盐和少量白酒，移放阴凉处，每天敞口 10 分钟左右，过几天霉味自然消失。

有了一间房子，可以装得下爱情和孩子，有了泡菜坛子，什么菜都可以拿来泡一泡,随泡随吃,人生是多么惬意。我泡过的菜有白菜、莴笋、菜蒂头、大蒜、黄瓜、青豆、萝卜、豆荚、春笋等,蔬菜中质地硬朗的根、茎、叶、果是腌制新鲜泡菜的上好材料。我尤喜泡萝卜、菜蒂头和白菜,又酸又爽脆,开胃又下饭。

不只蔬菜可泡,我还吃过泡鸡爪,别有风味,极为清爽,无丝毫油腻。万想不到,油腻的鸡爪也可泡得那么清口。除此之外,将什么鱼呀,肉呀,蟹呀,豆制品之类,往泡菜坛里一塞,博采众长、融会贯通后,又何尝不会摇身一变,成为一道独具风味的佳肴呢。

平常的蔬菜经此一泡,口味立马就脱胎换骨。像一个青涩的少女,本来是一眼能看到底子的单薄,经岁月的浸染,变成一个有风韵、有内涵的少妇。

"正果修成,臻于上乘"的泡菜,或咸辣,或鲜香,或嫩脆,色泽可人,开胃解腻,功不可没。这鲜嫩无比、微辣爽口的泡菜可以使多少老饕崩溃,又能将多少老饕放倒,只要到餐桌上,看老饕们夹泡菜时所向披靡的样子就知道了。

泡菜图的是爽脆,浙江的桐乡榨菜,绍兴的玫瑰腐乳,杭州的雪里蕻,北京的六必居酱菜,都是很有名的,但这些是盐渍的东西,下饭虽好,但咸味有余,爽脆不足,比不得泡菜的清新爽脆。

说白了,泡菜好吃与否,就在于两个字——爽和脆,而关键则在于浸渍是否恰到好处。别以为把什么菜往泡菜坛子里一扔,盖子一合,就可以成为清脆爽口的泡菜,要是不到位的话,这些东西里,有的是发了霉、长了白斑黑点的,有的是一缸臭水,好像凡人经过苦难的洗礼,并不都能修成正果，有的会变得慈悲宽厚，有的却尖酸刻薄。

我小的时候，左邻右舍，几乎家家户户都有一个泡菜甏，多的有好几个，泡菜是很多人家饭桌上的主要菜蔬，尤其是夏天的傍晚，在泼了水仍能见到白气的院子里，家家户户都搬出小饭桌，在院子里吃着泡菜，吮着螺蛳，喝着小酒，兴致好时，男人们赤膊上阵，猜拳斗酒，插科打诨。如今，林立的高楼，隔断了彼此间的联系，电器化的厨房里，又如何摆得下泡菜甏，又有谁家的小媳妇，会沉下心来，用好水好盐好料好菜好坛，做一坛子酸辣味十足，勾人魂魄的泡菜呢。

小菜一碟

我的女友人人都会几样拿手好菜，人来客往时免不了扎着围裙露上一手。虽说是小菜一碟，但盛之以精致的碟子，胡桃木的餐桌上铺着细格花布，花瓶里插着一两枝时令鲜花，高脚杯里漾着琥珀色的葡萄美酒，比起饭店里披红挂绿、流金溢彩、雕龙刻凤的菜肴，缺乏贵族气，但有种温馨的小家碧玉的情调。像陶潜诗云“漉我新熟酒，只鸡招近局”，三两好友，两三小菜，随意小酌，就极尽欢娱。满汉全席、鲍参鱼翅固然好，但少了份友情、亲情，怕也吃不出什么味。

阿玉的拿手好菜是凉拌马兰头，她的马兰头是自己从野地里摘来的。“马兰头，马兰头，姐姐嫁在后门头。”春寒未尽时，柳树爆出鹅黄的嫩芽，野外的马兰头就已肥嫩，拿个竹篮，将水灵灵的马兰头一株株地掐回，回家细细捡净杂物，用开水焯一下，切成细丁，将上好的五香豆腐干切丁，再加少许精盐，味精不妨加些许，搅拌后淋上麻油，微苦而爽口，有凉血、去毒、下火之功效。碧绿的马兰头放在白底镶金边的碟子里，赏心悦目。

阿珍擅长烧汤。她的父母都是上海人。上海人的精细和会过日子是有名的，尤其是上海女人，极会持家，不管有钱无钱，总将自己和家人拾掇得干干净净，住在几室一厅的不用说了，哪怕住在小阁楼，一样将地板擦得纤尘不染，就是一块抹布也洗得干干净净，绝不油腻。真是让人佩服得紧。就说这道简简单单的笋干开洋冬瓜汤，谁不会烧？就是没阿珍烧得好吃，真是怪事。逢双休日，丈夫孩子出门玩，阿珍在家专心致志地烧菜。她是慢性子，刚好慢工出细活。阿珍家里七大锅八大碗，她是看菜下锅，烧汤一定用砂锅，绝不会用别的什么锅。锅里的汤噗噗地滚着，下面是一圈蓝火静静地燃烧，开胃的鲜香之气随热气漾了出来。这样一道汤，须烧上一两个小时，烧成后，青玉色的笋干和冬瓜，红色的开洋和火腿片，色香味一样不缺，尤其是冬瓜，吸收了笋干、开洋、火腿之精华，入口即化，让人鲜掉大牙。烧这道菜的人最好是慢性子，我等急性之人赔不起时间和耐心，总用急火猛攻，快是快，味道差远了，而且中途不知要开几次锅。看来急性子的人烧菜只宜爆炒、油炸，炖汤什么的就不宜了。

苏美人很会烧蟹。秋风起，蟹脚痒，持螯赏菊，把酒临风，在秋天里是至高的享受。秋天拎回一串青背白肚、金爪黄毛的无肠公子，用软毛刷子刷净脏物，加半勺冷水，将蟹一只只捉进锅中，撮盐少许，拍姜一块，将煤气拧至微火，水慢慢变热，待这铁甲长戈之物伏在锅中不再张牙舞爪时，再将火拧大，烧至湖蟹着红袍时即起锅。

烧湖蟹有两个诀窍，一是不宜用热水猛火，否则会造成螃蟹体内蛋白质流失；二是火候要把握好，否则蟹肉易老。有人喜食九分熟的湖蟹，肉质极细嫩，鲜味无以比拟。

吃蟹时各有吃法，有人喜清淡地吃，红膏白肉，据说这样才能吃出蟹的本味；有人喜以一碟醋为调料；我也看到有人吃蟹时叫服务员拿来一碟浓黑的酱油，吃一口蘸一下，蘸一下吃一口，如此吃法，简直让人看不下去。海边的人吃蟹吃得利利落落，肉尽壳空。山里人吃蟹不知从何下嘴，嫌剥壳麻烦，又嫌肉少脚多，吃一只蟹，有三分之一肉残留在蟹壳里，真不爽利。

还有什么比秋天的湖蟹更好吃的呢？我想来想去想不出。有一次赴苏美人的湖蟹家宴，一进门便见餐桌上放了一大盘通红的湖蟹，花瓶里插了一把菊花，还有一只年代久远的银质酒壶，里面是烫热了的绍兴女儿红，真是菊黄蟹肥酒热。那天三两好友偷得浮生半夜闲，喝至微醺，踏着月色高一脚低一脚地放歌而回，真是人生美事。至此，我再也没吃过比那晚更好吃的蟹了。有人说这话说得过火，也许吧，不过这有什么要紧呢？

『春笋』

嫩如荔新剖，脆若藕初削。
甘芳无留滓，软美不烦嚼。

『桃浆』

雨后，桃树出的桃浆更多，似露珠，像水滴，又比露珠更亮，比水滴更大，如玛瑙串缀，琥珀流光，晶莹剔透。

『青草糊』

这一碗青草糊，有金黄的桂花、黑黑的芝麻，
端在手中，如荷叶中的晨露，微微晃动，
喝上一口，有薄荷特有的清凉之气，
喉咙口凉丝丝的，甚至呼出的气，都觉得清凉甘甜。

『石莲豆腐』

汁水冷凝后成晶莹透明的石莲豆腐，加糖水，喝上一口，真的是晶晶亮，透心凉。

『蜜汁莲藕』

蜜汁莲藕入口绵软，色泽润嫩，又甜又糯，
像苏州美人说的吴侬软语。

『荸荠』

店头的荸荠，尖端突起红中透白的荸荠芽儿，红润发紫，乌黑发亮，精气神十足。

『绍兴黄酒』

未入口是水，入口则是一团流动而燃烧着的火，
这绍兴酒酿成了古城的风骨，也将绍兴人骨子中的硬气推向了极致。

『苋菜股』

豆腐略带苋菜股的臭味，细嫩至极，
苋菜梗里面的菜心是果冻状，用嘴猛一吸，
菜心肉即入口中，鲜咸爽口。

『清明团子』

清明前，可以采青了。青可以用来做清明果子。青叶多白毛，嘉兴人把它称作“棉絮头”，颇形象，春天时，田头地角很多。

『乌饭麻糍』

胖胖的乌饭麻糍，周身沾满金黄的香喷喷的松花粉，里面裹着豆沙，咬上一口，软软的，糯糯的，甜甜的。

『樱桃』

它是最宜入画的水果，光溜溜的红果儿，
细细的把柄，总有玲珑的味儿。

水鸭池塘水浅深，熟梅天气半晴阴。
东园载酒西园醉，摘尽枇杷一树金。

『枇杷』

『杨梅』

饱满的杨梅压着枝条，并不像沉重的稻穗会把稻秆压弯，
杨梅的枝条是轻盈的，充满韧性的，
承载得住一颗颗红艳艳的果实。

『桂花酒』

定心一闻，有秋天的桂子香在里面。喝一口，是烟火岁月里的暗香。

『高橙』

高橙是那种浑圆而快乐的果实，那种单纯的金黄，在初冬的季节，能唤起人们内心对温暖的向往。

『桂花栗子糕』

一盘消夜江南果，吃栗看书只清坐。

『菊花火锅』

小雪时节，吃着菊花火锅，菊花清香渗入汤内，
是那种干干净净的鲜美，是热气腾腾的人间烟火。

『香菜』

香菜长得清秀，但我觉得它有狂狷之气，像是外表柔弱而内心刚烈的女子。

『苦瓜』

苦瓜不苦，辣椒不辣，女人不漂亮，这像什么话。

『紫云英』

草紫炒年糕，清新得带着田野初春的气息。

『臭豆腐』

《天龙八部》里，
包不同和函谷八友中的书呆子苟读斗嘴，
苟读道：“《易经·系辞》曰：
‘同心之言，其臭如兰。’
臭即是香，老兄毫无学问。”
包不同道：“老兄之言，其香如屁。”

酱是吸收天地精华的一种东西，其味之鲜之美，令人难忘。

『豆瓣酱』

『泡椒凤爪』

啃鸡爪关键在于一个啃，费老大劲咬丁点肉，
吊你胃口，激你馋劲，越吃越想吃。

『梅花粥』

粥是平和的、滋润的，有阅尽世事后平淡知足的味。

『泡菜』

平常的蔬菜经此一泡，口味立马就脱胎换骨。像一个青涩的少女，
本来是一眼能看到底子的单薄，经岁月的浸染，变成一个有风韵、有内涵的少妇。

『笋干冬瓜汤』

烧汤一定用砂锅，下面是一圈蓝火静静地燃烧，烧成后，青玉色的笋干和冬瓜，红色的开洋和火腿片，色香味一样不缺。

味蕾上的乡愁

故乡风味

我是个不愿受拘束的人，小吃的随意性很对我的口味。这里的口味，不仅指的是味蕾上的感受，而且指人的嗜好、趣味。

小吃里，有生活中快乐的味道。张爱玲在她的文章里写道："无论如何，听见门口卖臭豆腐干的过来了，便抓起一只碗来，噔噔奔下六层楼梯，跟踪前往。在远远的一条街上访到了臭豆腐干担子的下落，买到了之后，再乘电梯上来。"张小姐是小资教母，却会因为几块豆腐干大费周折，因为小小的豆腐干里，沉淀着日常生活的趣味。

人到了一定的年龄，就喜欢回忆，回忆中，一定少不了故乡和美食。年少时，满眼都是鲜活的人生，梦想在远方不停地向你招手，巴不得离家越远越好，那些个故里食物，稀松平常，懒得多提。可是，不管你走多远，食物是打小留在味蕾上、唇齿间最顽固的记忆，你对故乡最深切的怀念，有时无非是童年的一些细节、故乡的一些美味。人生总是这样，某一阶段，你最在意的，到了另一时节，变得毫无意义，当年不以为然的东西，反倒在你心头顽强地占据一席之地，譬如这些江南的小吃。对游子来说，小吃是童年的记忆和思乡的冲动。美味的小吃，是思乡的蛊惑，也是味蕾上的乡愁。思乡者的记忆中，故乡的一粒麻子都可以是朱砂痣，那些小吃，更是“从来不需要想起，永远也不会忘记”。

故乡的小吃，种类杂、花样多，荤的素的、甜的咸的、干的稀的、凉的热的，你爱吃什么有什么；想吃什么有什么，温岭的嵌糕、豆面碎、硬糕、糖龟；临海的蛋清羊尾、萝卜丝饼、酒酿圆子、马蹄酥、豆腐干煮镬、敲梆馄饨、漾糕、酒盏糕、红糖馒头、羊脚蹄、豆腐圆；仙居的大脸豆腐、咸酸粥、蜜汁番薯、菜干饼；黄岩的灰青糕、苔菜饼；天台的水晶蛋糕、肉灌蛋麦饼、扁食、豌豆粥、糊拉汰；三门的麦糊头、米阳糕、状元糕、糖卷麻糍、松花饼；玉环的姜葱鲳鱼索面、光饼、番薯粉圆、鱼皮馄饨、海鲜粽；椒江的泡虾、蛋饼、姜汤面、骨头粥、姜汁核桃炖蛋；路桥的蛳灰蛋、霉干菜泡饭、包糕、炊圆……够你吃一个月不重样的。有人说我，走到哪里吃到哪里。我觉得这样的评价很到位，可以这么说吧——一个热爱小吃的女人，通常是个热爱生活的女人；一个热爱小吃的女人，一定是幸福指数很高的女人。

地方的小吃，像是市井文化，体现了一个地方的风土人情。所以每到一地，我总要找寻当地的特色小吃。大酒店千篇一律的菜肴，精致是精致，像端着架子冷着脸的盛装美人，千人一面，哪里有小吃的生动可人呢，小吃就像邻家妹子，朴实中有灵动。每一次，吃过当地的风味小吃，我对一个地方的风土人情就有更深切的感受。“人杰地灵”四个字，完全可以通过风味小吃来检验。一个地方的小吃，如果粗糙难吃，大抵是穷山恶水之地，人也不太杰，地也不太灵，一个地方精致美味的小吃多，才受得起

"人杰地灵"这四字。小吃,体现着一个地方的市井气息,也映照着一地的格调、品位、生活质量和生活水平。

小吃虽小,却饱含着无穷的回忆。一个人,当他走过千山万水,回望家乡,家乡的美食就是一种很好的记忆媒介。你以为自己没有乡愁,其实乡愁藏在你的内心深处,只要被某一句方言、某一道菜触动,这乡愁立马就涌出来了,所谓食髓知味,大抵也是如此吧。鲁迅说:"我有一时,曾经屡次忆起儿时在故乡所吃的蔬果:菱角、罗汉豆、茭白、香瓜。凡这些,都是极其鲜美可口的;都曾是使我思乡的蛊惑。后来,我在久别之后尝到了,也不过如此;惟独在记忆上,还有旧来的意味存留。他们也许要哄骗我一生,使我时时反顾。"故乡的食物留给我们的,远远不只味蕾上留下的酸甜苦辣咸,它是记忆,是亲情,是乡愁,它牵动的,都是难忘的人和事。一个游子回到故乡,他吃到熟悉的小吃,听到熟悉的乡音,闻到熟悉的香味,记忆里的旧日时光就会扑面而来……

居庙堂之高,处江湖之远,落箸思故乡,而故乡就在这些小吃中。

故里小吃

糟羹

第一次在临海吃糟羹，非常不习惯。这么糊搭搭、乱糟糟的东西，临海人竟然拿得出手？后来，吃惯了，一点一点觉出糟羹的好来。

台州人过元宵，是在正月十四夜，一到十四夜，全城一片“搅羹”声——“正月十四是元宵，家家糟羹蛤蛎调”。在临海工作时，每到是夜，临海的朋友，总拉上我去他们家吃糟羹。

说起临海人搅羹，倒颇有意思，七七八八一大堆原料，堆在案头。主妇将芥菜叶剁碎，把冬笋、猪肉、香干、火腿肉、胡萝卜、花生米、油泡、豆腐丁、蚕豆、豆面、荸荠、香菇、香肠、虾仁、鳗鲞、墨鱼干、蛏子、牡蛎肉等等，统统切成丁，入锅翻炒，加水，倒入米粉糊（或番薯粉、菱粉、葛粉、藕粉），然后搅拌搅拌，当羹变得黏黏糊糊，加入盐、味精，就可出锅。

糟羹的馅料里，有冬笋的清香，荸荠的爽脆，蛏干的鲜香，等等等等，真是百味杂陈。这种味道，好像人到暮年，回忆起的少年情事。

台州风俗里，正月十四夜吃咸糟羹，十五夜吃甜糟羹。甜糟羹就是在年糕丁或小糯米圆子里，加入川豆瓣、蜜枣、葡萄干、莲子、桂圆肉、板栗丁、金橘饼、枸杞等。台州人的《元宵竹枝词》中就写道："一样糟羹抑不同，咸甜两味看乡风。红丝红枣浇头满，难道糟羹也挣红。"

国人有"不时不食"的习俗，什么节俗吃什么，都有讲究，作家车前子比喻道，八月十五吃月饼，就是首格律严谨的格律诗，若是每月十五都吃月饼，那就成了顺口溜了。糟羹原先是台州正月十四的格律诗，现在只要想吃，天天都可以吃，所以，经过岁月的流转，糟羹也变成顺口溜了。

鱼皮馄饨

玉环的美食，如果用一个字概括，就是"鲜"。哪怕小吃，也是其鲜无比。

玉环美食中，有五大名小吃：虾饺、龙头鱼饼、敲鱼面、鱼皮馄饨、鱼丸。馄饨，全国各地都有，什么沙县的大肉馄饨、杭州的小馄饨，但论及鲜度，绝对比不上玉环的鱼皮馄饨。我可以负责任地说，玉环的鱼皮馄饨，是天下第一鲜。

玉环鱼皮馄饨的皮儿，就不同凡响，可谓系出名门。苏州也有鱼皮馄饨，以鳜鱼肉为皮。玉环的鱼皮馄饨，则是把海鳗去刺后，剔出鳗肉，再加上番薯粉，用木棍在石板上反复捶打，敲成厚薄均匀的圆形皮子。据玉环人说，他们用的这木棍，也有相当的"人文底蕴"，是戚继光当年在海上抗倭时，沿海居民用来传递情报的。

玉环鱼皮馄饨的皮来历不凡，里面的馅，也不一般，是用活蹦乱跳的鲜虾搅成的。海鳗本来就是海中至鲜之物，再以鲜虾仁为馅，两种鲜物相加，岂有不鲜之理？

鱼皮馄饨卖相也好，玲珑精致，色泽如玉，像清雅的花朵盛开在清汤中。口感更不必说，爽滑细腻，鲜美无比。吃了鱼皮馄饨，汤不能不喝，这么鲜美的汤，滋补又养人，哪里喝得到呀？

台州各地，除了玉环的鱼皮馄饨，温岭石塘还有种酸辣敲鱼馄饨，入口微甜略辣，质感爽滑，比起玉环的鱼皮馄饨，另有一种风味。

猪八戒被孙悟空告知白骨精是妖怪时，他不信，反问道：天下还有这样好看的妖怪？很多外地人吃到玉环的鱼皮馄饨，也会来上一句：天下还有这般鲜美的馄饨？

泡　虾

10 多年前，我随单位搬迁到椒江，初来乍到，椒江的朋友先带我领略椒江的风土人情，所谓领略当地的风土人情，就是带我转各种小巷子，吃小巷子里的各种小吃。那一次，我记住了泡虾的英名。

那时吃到的泡虾，是名副其实的。在面粉里裹上海虾，放油里炸，捞出来后金黄油亮，松脆喷香，故称之为泡虾。这些年我吃到的泡虾，似乎经过了改良，里面的馅不再是虾，而是肉末、葱花。泡虾放入油锅，上下浮沉，嗤嗤冒泡，吃货们在边上老早闻到泡虾的鲜香，不待泡虾出锅，就已经从气味上感受到这种小吃的美味。

咬一口热乎乎的泡虾，金色的面皮、鲜红的猪肉、碧绿的葱花，色香味样样都有。在寒冷的冬天，吃上一只，浑身暖洋洋。

不知为何，城里人把这种小吃称为“泡虾”，而乡人则称之为“油鼓”。油鼓的叫法，相当形象，因为泡虾刚出油锅时，油亮亮、金灿灿、圆鼓鼓，故称之为“油鼓”。

曾经，椒江陵园路有家泡虾摊十分出名，我到陵园路，一般有两样事，一是去那里的千禧书店购买打折的书，二是去那里吃泡虾。买书不用排队，但吃泡虾经常要排队，我是个怕排队的人，但为了吃到美味的泡虾，排队就排队吧。

绿豆面碎

我想念温岭的豆面碎。豆面碎哪里吃不到呢？可我就觉得，温岭的豆面碎，顶好吃。

台州人吃的绿豆面，不是绿豆磨成的，多半是番薯粉加工成的，我这个从小生活在杭州的女人，到台州很多年后，才搞明白这一点。但始终不解，台州人为何不把绿豆面称为番薯面，而是叫成绿豆面。或许因为豆面的颜色是绿色的吧。

台州人的早点里，豆面碎是很常见的。将绿豆面浸泡在水中，发涨后，放入骨头汤或者肉汤中细熬慢煮，豆面碎在汤中沸腾翻滚，加入炊皮、榨菜、油炸过的小肉丸子等，就可捞出装碗。我吃过最好吃的豆面碎，是在温岭吃到的。温岭的绿豆面碎里，面与配料配合得天衣无缝，面汤不是清汤寡水，而是混合着豆面的醇、炊皮的鲜、肉丸子的香和榨菜的微辣，碎碎的豆面，吸饱了汤水的精华，醇厚鲜美，润滑可口。

除了温岭的豆面碎，我在三门吃过牛肉豆面碎，热气腾腾的豆面上，是细细的一层牛肉碎和碧绿可人的青葱段，面与汤，同样鲜美可口。

豆面碎要好吃，最要紧的一点是，豆面绝对不能松软无力，豆面如果泡涨过头，松松软软，像纵欲过度的男人的脸，虚泡泡的，颜色发白。这种绿豆面卖相不好，吃进嘴软不拉叽，糊糟糟的，一点也没吃头。好的豆面碎，青绿有力，滑溜又醇厚，任你泡多久，不改英雄本色。

温岭还有一种干炒豆面，亦是一绝，尤以箬山的炒豆面最为出名。箬山的炒豆面，有虾干（或虾米）、鳗干、鱼面、香菇、肉丝、白菜等配料，大溪亦有黄鳝炒豆面，是加了鳝段炒成的，味美无比，比杭州百年老店奎元馆的什么什么面好吃多了。

姜汁核桃炖蛋

有人说，没有喝过豆汁的，不算到过北京；我说，没有吃过姜汁的，不算到过台州。

台州人把姜的功能发挥到了极致，除了姜汤面、姜汁猪肚，还有姜汁核桃炖蛋。

姜汁核桃炖蛋是台州的特色小吃，最喜欢吃姜汁核桃炖蛋的，首推椒江人。椒江人讲究吃补，对什么节吃什么小吃，都有一番讲究。一到农历六月六，椒江人都爱吃上一碗姜汁炖蛋，江城路上那家口碑最好的小吃店，人多得从店里排到店外。

我在家也做过姜汁核桃炖蛋。将鸡蛋打散，倒入姜汁、黄酒、红糖、捣碎的核桃仁，加水搅拌均匀，放入锅中隔水蒸，或者上蒸笼，蒸到快成蛋糊时，撒上桂花。如果要香味出透，最好是干蒸，将碗置入空锅，碗下垫数块小瓦片，不放水干蒸，这样炮制出来的核桃炖蛋，浓稠鲜香，姜香浓郁，甜而带点辛辣。揭开锅盖时，有时蛋面会高高地蓬起，然后慢慢地慢慢地松塌下去。吃一口，又嫩又滑。

除了姜汁核桃炖蛋，还有种姜汁肉糜，是五花肉剁成肉糜和着姜汁、黄酒、红糖炖成的，味道甜中带咸、带点辛辣。

姜汁核桃炖蛋或者姜汁肉糜，有驱寒暖胃、美容养颜之功效，要是连着吃上一个冬天，来年春天，肯定小脸白里透着粉红。难怪在以前，只有坐月子的妇女或者身体虚弱的人才可以吃到。现在，街头小店随处有卖姜汁核桃炖蛋和姜汁肉糜。在大雪纷飞的冬夜，来上一碗姜汁炖蛋或者姜汁肉糜，一股暖意倏地从胃间升起，那种感觉，真是酣畅淋漓，如果用两个字形容，那就是：痛快！再加上两个字，那就是：非常痛快！

日子是可以卖的

台州人的日子是可以拿来卖的。你若不信,到临海街头听听,有人在叫卖:"卖'十四日'啊!'十四日'……"

外地人觉得台州人挺玄乎,日子都可以拿来卖,而且一卖就是十四天。

其实,这"十四日",是台州的一种小吃,就是孵了十四天未出壳的鸡蛋。鸡蛋孵到二十一天,小鸡就要出壳,临海人认为,鸡蛋孵化到十四天,由蛋转变成为胚胎的时候,营养最好,味道最鲜,最是补人,故在十四天左右,人为地中止了它的孵化,而当作小吃来叫卖。这个"十四日",在别地也叫"凤凰蛋""旺鸡蛋"或者"喜蛋"。

"凤凰蛋"一般分为三种:全蛋、小鸡胚胎,抑或是半鸡半蛋。有人喜欢吃小鸡胚胎,这种"凤凰蛋"的蛋壳会冒出一汪子水,不会吃的人,将水倒空,会吃的,赶紧将蛋中的汁水一饮而尽,蛋中的小鸡胚胎只有拇指大小,细嫩无比,蛋黄嫩得如豆腐,放到嘴里就化了。有人喜欢吃半鸡半蛋的“凤凰蛋”，也就是“十四日”，蛋白和蛋黄硬硬的，分不开，有咬劲。我呢，两样都爱吃。以前的“凤凰蛋”，是孵雏鸡产生的“残次品”，现在是故意不让小鸡出壳，把种蛋孵到十四天，小鸡尚未成形就拿来食用。

临海的街头巷尾、犄角旮旯，时常可以见到卖“十四日”的。这些个鸡蛋放在脸盆大小的锅里，架在煤饼炉子上用文火煮，锅里漂浮着一只只热气腾腾的鸡蛋，它的香气，在古城里飘得老远。嗜吃“十四日”的人，闻到这特有的香味，老远就会围上来。很奇怪，那些临海美女很喜欢吃“十四日”，她们平素挺注意自己形象的，此时却围在炉子边，当街吃得哧溜有声。

南京的夫子庙也有卖“十四日”的，不过，南京人管这叫“活珠子”。我觉得南京的夫子庙真好，小吃真是多呀，什么鸭油酥烧饼、什锦菜包、开洋干丝、蟹壳黄烧饼、豆腐涝、葱油饼、五香蛋、五香豆、鸭血汤、鸭肠子……数都数不过来。南京虽是六朝古都，金粉之地，不过，因为有我最喜欢吃的“活珠子”和鸭肠子，总觉得南京的味道是那么的家常，那么的亲切。

离开临海好多年了，今年，几次去临海，都没有碰到卖“十四日”的。我很怀念临海的“十四日”，也怀念那悠长的叫卖声——“卖‘十四日’啊！‘十四日’……”它让我想起以往在临海度过的美好岁月。

蛋清羊尾

能够登上“中国菜谱”的小吃不多，蛋清羊尾就是其中一种。

外地朋友来我们这儿，要我推荐当地最出名的小吃，我脑海里马上蹦出一个蛋清羊尾来。

诗人舒婷吃了蛋清羊尾后，赞不绝口，还形之于文，她在《大美临海》中写道：“炎炎盛夏我已经站在临海市的紫阳古街，极不雅观地手捧刚起锅的‘蛋清羊尾’，热腾腾软酥酥香喷喷，唇齿来不及盘点个中真谛，嗓子眼已经彻底没收了。深知午餐还有许多美味佳肴列队伺候，往嘴上贴了封条。否则就想守着油锅不走，吹着气卷着舌，吃个淋漓痛快。这道‘蛋清羊尾’，内馅是豆沙，以蛋清搅拌麦粉为皮，再裹以网油下锅，保持羊尾的蓬松形状。其工艺复杂考究，已具有1400多年历史。我虽猫在一旁揣摩半天，仍不得要领。”

蛋清羊尾虽是名点，其实不需要太多的原料，不像做佛跳墙之类，光是用料就要准备几天，也不像《红楼梦》里的茄子，配料比主料更昂贵得多，让人有主次不分的感觉。

蛋清羊尾的配制，需要用的原料只有菜油、鸡蛋清（即蛋白）、猪油、豆沙和少许番薯粉。

简单的配料，能制作出绝顶好吃的东西，这才是真功夫，这就像大音稀声一样。

做蛋清羊尾，不仅比拼手劲，还要有定力、耐力，外加决心、恒心。这么说来，好像在学一门深奥的武功。

不是我故弄玄虚，做蛋清羊尾的确要点真功夫，有点武术功底的最好，头脑简单四肢发达的那种也行，像我等头脑不发达四肢也不发达的就不行，因为做这道小吃需要手劲。

先将豆沙加白糖做成豆沙泥，捏成比乒乓球略小的丸子，外面用猪油包裹好。

将鸡蛋磕碎，蛋黄去净，只取蛋白，加入麦粉，用筷子不断地上下搅打，不会一点真刀真枪的，想把蛋清打得能使一根筷子插在其中而不倒下，几乎不可能，我试了几次，都未能成功，每次筷子插上去，都像醉鬼一样东倒西歪。

将包裹了猪油的豆沙丸子放进搅打好了的蛋清里，豆沙丸子上就会挂上一层蛋清泡沫。然后，将丸子放进沸菜油里炸，炸两次即成。

什么东西都经不起烈火焚身的考验，任何面食一进油锅，味道就更好，像油条，两团软不拉叽的不起眼的面条子，比筷子粗不了多少，一放进油里，然后再出来，变成蓬松的虚胖的油条，浮夸得让人叫好。王朔就说过，就是土坷垃放在油里炸，也保准香脆，何况是蘸了蛋清泡沫的豆沙丸子！

此时的豆沙丸子不下油锅，又有谁下油锅呢。

豆沙丸子一下油锅，五内俱焚，在煎熬中，像变身般地，它变得丰腴起来。

一万年太久，只需几秒。待到三分嫩黄，就要赶紧将炼就金刚不坏之身的蛋清羊尾撩上盘子。

然后，在它色泽金黄的身上如降甘霖般地撒上一些白糖，就可以吃了。一尝，外脆里嫩，油而不腻，香甜可口。这玩意儿要趁热吃，凉了就软塌塌的，口感差远了，敢情它也是“好花堪折直须折，莫待无花空折技”的呀。

物以稀为贵，北京的白菜运到浙江，是谓“胶菜”，福建的芦荟进了京，美其名曰“龙舌兰”，这是鲁迅先生说的。这蛋清羊尾在别的什么地方，岂是市井小巷可见，平常百姓可尝？可在临海，蛋清羊尾还是平民化的食物，20年前我刚到临海，还是个高中生，第一次在临海新华书店的门口吃到这玩意儿，一气吃了四五个，有“此物不应人间有”的感觉。说实话，我对临海的热爱，始于一只蛋清羊尾。

端午食事

端午到了，又可以名正言顺地吃了。有人说得极是，中国人过节，就是吃字当头，春节，吃！清明，吃！立夏，吃！端午，吃！

胡兰成写端午：“转瞬旧历端午。上午日头花照进我房里，只觉是湿湿的，庭中轻烟疏淡，节气就有这样的正。”胡做人没有节气，我一向不喜，但文字清淡，颇有可取之处。止庵说他的文字，“轻浮如云而又深切入骨”，评得真是到位。

端午节在我家最为看重，因为一家之主的生日就在端午。

每年端午的早上，总是睡不安生。想着要贴五毒图，要挂菖蒲剑，还要买“五黄”。

过端午，饭桌上有几样东西是少不了的，小时候生活在杭州，过的是杭州式的端午节。杭州人过端午除了吃粽子，必定要吃“五黄”，这“五黄”是黄鱼、黄鳝、咸鸭蛋、黄瓜、雄黄酒，少一样都不成。如果少一样，外婆会觉得，这个端午节没过彻底。

一直以为杭州人过端午最是认真，其实，宁波人过端午也不含糊。有一年端午，正好在宁波出差，宁波朋友拉我去她家过节，这才知道宁波人的端午是如此考究。宁波人过端午，除了吃“五黄”，还要吃“六白”，宁波人的“五黄”是指黄瓜、蛋黄、黄鱼、黄鳝、黄蛤，而“六白”则指豆腐、茭白、小白菜、白条鱼、白斩鸡、白切猪肉。朋友说，小时候过端午还要热闹，要吃“狗头粽”——像土狗的头那么大的粽子，吃时用线分割成几份。

记得小时候，每到端午，外婆就要包上一堆粽子。端午前两天，外婆就开始忙碌了，拿酱油、酒、糖将肋条肉腌出一股子酱香来；将赤豆煮烂捣成泥，用猪油和糖搅拌着炒得暗红油亮；将糯米一粒一粒泡得白胖；将街上买的粽叶洗净——粽叶一定要新鲜的，新鲜粽叶包出来的粽子，有竹叶的清香，而陈年箬叶，却无这般好闻的气息。哪像现在，年轻的主妇多半不会包粽子，要吃粽，超市里拎几袋回来。省事是省事，不过，节的味道也淡了很多。

“百里不同风，十里不同俗。”江南人家过的是同一个端午，但吃进口里的食物却是“百花齐放”，南边、北边各有各的流派，杭州人吃“五黄”，宁波人吃“六白”，而与宁波相近的台州人好像不太作兴吃“五黄”，就算吃，也未必凑齐这五样，吃点黄瓜、黄鳝、雄黄酒，算是意思过了。相反，台州不少地方的人，端午吃的是食饼筒。一到端午，菜场上最热闹的地方是糊食饼皮的摊前。糊食饼皮的阿婆埋头在镬中摊皮，头都来不及抬一下，流星赶月般的，在平底锅上摊出一张张薄如纸片的面皮。买皮的队伍排得老长，性急的主妇等不及，不免有点焦躁，阿婆忙不迭地解释，昨晚半夜就起来，支了食饼皮摊，忙到现在，手还没闲过呢。

也有吃麦饼和锡饼的。比如千年曙光首照地的温岭，当地人就爱吃麦饼。温岭人的麦饼有许多花样，什么苎叶麦饼、糯米麦饼、年糕麦饼等，糯米麦饼软嫩，苎叶麦饼筋道，年糕麦饼爽口，吃起来口味各异。近代温岭名医赵立民在《好事近》中就提到温岭人端午吃麦饼的习俗："端节又来临，喜气弥漫墟落。炉灶香腾麦饼，冒炊烟椽角。"少年时代在温岭，锡饼没少吃。之所以把这种饼称为锡饼，大概取其面皮薄如锡箔之故。与北边山区县做食饼筒的馅料比，温岭的麦饼、锡饼的馅料丰富多了，猪肉、猪肝、绿豆芽、豆腐干、炒蛋、土豆、萝卜咸菜、炒面、洋葱自然少不得，因为温岭人有"无鱼不鲜，无肉不油，无蛋不香，无绿豆芽不松"的说法，除此之外，还有虾、鲳鱼、银鱼、黄鳝、茭白、墨鱼，甚至还有蛤蜊肉和弹涂。我为温岭人的口福叫好。

天台人、玉环人，过端午虽然也吃食饼筒，但餐桌上依旧少不得粽子，沿袭着老祖宗的习俗。《中华全国风俗志·天台岁时记》里，记载着天台人端午以角黍相馈的习俗。当年周天子用来祭祖的粽子，就是角黍，天台的小米粽，就是周天子朝代角黍的沿袭。无独有偶，清光绪《玉环厅志》则道，玉环人端午以竹箬裹糯米为角黍互赠。旧时玉环，端午这一天，义子、外甥除了给长辈送粽，还要送黄鱼、鳓鱼、鲈鱼、竹蛏、鲳鱼等海鲜。送粽，因为"粽""宗"同音，有过端午不忘祖宗之意。好比冬至吃圆，要的就是合家团圆的好彩头。

台州人的端午，吃粽子远不及吃麦食普及，故台州有"端午吃麦"的说法。我想，台州人的此等习俗，并非回避来自楚地的传统风俗，也不是存心要跟老祖宗一脉相承的吃法唱对台戏，或许这是台州人特立独行的行事风格所致，就像别地的元宵节是正月十五，台州人非要正月十四闹元宵，元宵节里，不吃汤圆，非要吃山粉糊、糟羹、咸酸粥之类糊糟糟的东西。又比如，别地中秋是八月十五，台州人偏要晚一天放在十六过。这样想来，台州人过端午，不吃粽子吃食饼筒也就可以理解了——台州人做事，喜欢不按牌理出牌，台州人过节，也喜欢剑走偏锋。

江南三饼

萝卜丝饼

临海的紫阳街是我常去的地方，看到各色的酒幌、老药店、打铁铺、秤店之类，常有时光倒错的感觉。虽然街是清朝的老街，但我总觉得，《金瓶梅》这样的故事，有可能发生在这里。《金瓶梅》里那些争闲斗气的事儿，我不爱看，但我喜欢《金瓶梅》里的吃，有烈火烹油、鲜花着锦般的闹猛。《金瓶梅》里一写到吃，劈头盖脸便是“登时四盘四碗拿来，桌子上摆了许多嘎饭，吃不了，又是两大盘玉米面鹅油蒸饼儿堆集的”，此外就是“银厢瓯儿，粳米投着各样榛松栗子梅仁梅桂白糖粥儿”。而这些好吃的东西，紫阳街上全有。如果一个外地朋友来，你带他到紫阳街、白塔桥走上一遭，吃了三两小吃，他对临海马上会产生几分感情，虽不是一见钟情定终身那般强烈，但却有才下眉头却上心头的缠绵。

早些年，紫阳街上有一种萝卜丝饼，味道真是不一般的好。外面炸得金黄，里面的萝卜丝却细嫩无比，咬一口，热乎乎，香喷喷，还有丝丝的甜味。如此美味的萝卜丝饼，不多吃几只怎么对得起它呢？惭愧，一见到好吃的，我等贪吃鹫的本性就会暴露无遗。论起我在吃上的壮举，吃几只萝卜丝饼还真不算什么，有一年到东北，与同事打赌吃东北饺子，我"竟然"吃下 30 只东北饺子，同事输了，乖乖钻了桌底。

萝卜丝饼美味，但做法简单，白萝卜洗净切成细丝，将瘦猪肉切细，和萝卜丝调成馅，放入铁丝模子，舀一勺面糊，倒入铁丝模子中，连模子入油锅炸至金黄即成。萝卜可健胃、理气、消食，不是有句话吗，"冬吃萝卜夏吃姜，气得大夫满街走"。

我吃过的最好吃的萝卜丝饼，是在临海吃到的。上海也有萝卜丝饼，上海人把萝卜丝饼叫成油墩子，一点创意也没有，上海人把拖布，也叫成墩布的。

霉干菜饼

丽水的缙云烧饼很出名。这缙云烧饼其实就是我们这里的霉干菜饼。在大街小巷，经常可以看到这样的情景：路边一个简陋的炉子旁，围着一群放学回来的孩子，他们眼睛盯着炉子，咽着口水，翘首以待的，不是龙肝凤髓，而是一种再普通不过的小吃——霉干菜饼。

在全国各地摆烧饼摊的，不是丽水缙云人，就是台州仙居人。烧饼是这两地最具代表性的小吃。一张做饼的木桌，一个油桶改装成的炉子，炉芯是用泥土垒的，就是他们的全部家当。他们手脚麻利，一眨眼工夫就做成一只饼，右手托饼，两面沾点水，以迅雷不及掩耳之势，把薄饼放进壁炉里，等上两分钟，用饼钳一夹，喷香的霉干菜饼就出炉了。

霉干菜饼圆圆大大，里面有霉干菜，有精肉、葱花，刚烘出炉时，热乎乎的，冒着气，乍一看，长相之丑令人绝倒，圆圆的黄面饼上，东一块黑，西一块焦，不过，咬一口，酥香可口，香气满溢，脆而不硬，肉丁酥香，肥而不腻，精色乌黑油亮，菜肉香气浓郁，肉味与菜味交合，咸中带甜，越吃越想吃。

我小时候认为，天下最好吃的饼，就是霉干菜饼。一直到现在，吃过各种各样的饼，我还是坚持认为，霉干菜饼的美味，天下无双。一个新疆朋友老跟我吹他们的馕，说他们的馕如何如何的。他到江南来，我请他吃霉干菜烧饼，他吃了一个，还要。吃完后，从此不在我面前提新疆的馕了。

记起慈禧太后的一个小故事。这个霸道的女人对小吃相当讲究，因御厨赵永寿做的肉末烧饼好，赏给他花翎一枚、白银二十两。如果慈禧太后当年吃到的是江南的霉干菜饼，赏钱没准会加上一倍。

麦　鼓

燕啊燕，飞过天。
天门关，飞上山。
山头平，好种菱。
菱角出，好种粟。
粟头摇，摇过桥。
桥上打花鼓，桥下搨麦鼓。

宁溪的二月二灯会很有名,同样出名的,是它的麦鼓。

上面这首台州童谣里,就写到台州的小吃——麦鼓。宁溪的麦鼓相当出名。早些时候,宁溪朋友跟我提到麦鼓时,我还以为是火烧饼之类的小吃,春三月到宁溪踏青,尝到了麦鼓,才知道,大名鼎鼎的宁溪麦鼓,原来就是麦饼。

宁溪麦鼓有咸有甜,甜的馅是用红糖和芝麻做的,咸的是霉干菜、萝卜缨,再加入猪肉、虾皮、葱花等。馅里的猪肉,其实是当地农民自腌的腊肉,这种腊肉是用农家自养的土猪肉腌制的,有别样的咸香,我大概只有在湖南吃过这么香的腊肉。宁溪的麦鼓出名,跟做馅的腊肉有关,现在很少有这么鲜美的腊肉了。至于霉干菜、萝卜缨,也是当地村民自己加工的,当然别有风味。

我一直没搞清楚宁溪麦饼为啥叫麦鼓,后来看宁溪人烙麦鼓——面饼放在鏊盘里烙,腊肉的油慢慢渗出,空气中散发腊肉特有的香味,再烙几分钟,这饼的中间受热膨胀,慢慢地鼓了起来,难怪称之为麦鼓。

江南三糕

天台水晶蛋糕

我比较喜欢看《醒世姻缘》，一个个世俗的故事，构成明末斑驳陆离的社会世相，用词也是一味地平民化，没有诗情画意，处处透着"实在"二字。比如，小官员讨了两个妾，名字就叫"荷叶""南瓜"，理由竟是那么简单，因为"荷叶南瓜都是会长大叶的"，若换成《红楼梦》，肯定叫成"袭人""可人"之类。

20年前，五月麦子黄时，我第一次到天台，在天台国清宾馆，吃到天台的糯米蛋糕，觉得此糕只应天上有，细腻、柔润、甜糯、温润，简直不知用什么词形容好。我可以负责任地说，不管什么样的人，不管怎样坚硬的心，吃了天台的糯米蛋糕后，一颗心也会变得柔软起来。

印象中，天台的糯米蛋糕，在台州所有的糕点里，是最为香甜软糯的一种。在那些四星五星酒店里，糯米蛋糕通常被写成"水晶蛋糕"，不过实在的天台人,左一声右一声还是叫它“糯米蛋糕”,一点不玩虚的。所谓的“糯米蛋糕”,从字面上也可理解,是用糯米粉加上鸡蛋、白糖做成的。如果换成上海人或者别的什么地方人,因为这糯米蛋糕看上去像羊脂白玉,没准会叫成白玉糕或羊脂糕。依我看,叫什么不要紧,好吃就是硬道理。一个丑女,名字改成“美丽”,姿色不见得会多一分。你把黄泥巴叫成“黄金糕”,没用。一块糯米蛋糕,你随便叫它一声“喂”,照样好吃。

西式糕饼店里,有一种叫提拉米苏的,小资们很是推崇,认为味美无双,其实,除了香味,提拉米苏的口感松松垮垮,远不及天台糯米蛋糕的香糯。

黄岩番薯庆糕

台州的糕点很多,有松软的酒盏糕、水晶糕,还有硬如砖瓦的硬板糕。温岭有种神童门硬糕,硬得简直像是砖头,咬一口,只啃下“砖头”的一个小角。

临海的酒盏糕,玲珑秀美,糕点上缀着鲜红或碧绿的粉丝,不愧是产自历史文化名城,风月无边,精致得像艺术品。如果说临海的酒盏糕是阳春白雪,那么黄岩的番薯庆糕,就是下里巴人。

番薯庆糕是长潭水库边上的特色小吃,黄褐色,是把番薯切丝、晒干、研磨成的,这种粉,就是俗称的“番薯丝粉”。

在番薯丝粉中掺入糯米粉和红糖,放入小蒸笼,熟后,撒上金黄的糖桂花、黑色的芝麻粒,番薯庆糕就可出笼。从它上蒸笼的过程看,番薯庆糕应该叫成“番薯蒸糕”才是,写成庆糕,约是为了讨口彩吧。

粗粮细做的番薯庆糕，包含着稻麦香，这种气味，像是山野的气息，质朴如乡人。它的颜色，不是洁白，也不是金黄，而是黄褐色，接近于大地的颜色。

三月到长潭，少不得看桃花，吃胖头鱼，当然，番薯庆糕，也是一定要吃的。如果来点家酿土酒，那更好。这几样东西，如果少吃一样，贪吃鹫们会觉得，生活中还欠缺点什么。

温岭夹糕

离开温岭很多年了，对温岭的夹糕，仍然念念不忘。

说是“夹”糕，实际上，写成“嵌”字更合适。温岭的夹糕，跟平常松软的糕点有很大不同，它实际上是对年糕吃法的一种创意——至少我在别地，从来没有见过年糕是可以这样吃的。但温岭人就是有创意，把石臼捣成的热气腾腾的鲜糕段，使劲揉成薄饼状，按个人口味，从摊前长桌放熟菜的脸盆里，撮入炒米面、油条、绿豆芽、猪肉、土豆丝、芹菜、洋葱等，然后，把年糕粘成筒状，美味的嵌糕就做成了。一口下去，年糕的韧劲、油条的松脆、猪肉的鲜香，尽在一筒夹糕中。

典型的温岭人的早餐，似乎就是一份夹糕，外加豆面碎、豆腐生，方便又耐饥。我的一位朋友，在外混得风生水起，每次回家乡省亲，不爱在星级酒店吃千篇一律的自助早餐，喜欢到尚书坊、贪吃街的石板屋、文化桥吃夹糕。他说，在外工作那么多年，吃到夹糕，才找回一点做温岭人的感觉。

多年前，曾经采访过一位旅居海外的温岭老华侨，这位侨界领袖跟我说起小时候吃过的猪肉嵌年糕，还是一往情深的样子。算起来，他离开家乡已经一个甲子。每次回到家乡，他要做的第一件事，就是要份夹糕，美美地吃上一顿，想来，这夹糕里，包含着游子多少思乡的滋味啊！作家古清生说得极是："在童年喜欢上的口味，再难以改变，那种味道的记忆，很难从心灵中被格式化掉。所以，味觉是故乡给出门人装置的终生的味道识别系统，带着这个识别系统，人们在饭桌上就很容易地分别出是故乡还是异乡。"

天台面食

江南诸地,哪里的面食最好吃呢,说句举贤不避亲的话,应该是天台的面食。

说到面食,不由让人想起陕西和山西两地,这两地的人极喜欢吃面。陕西人有一句俚语"一碗燃面喜气洋洋",与之相对应的则是"不吃面条脸吊多长",还有一句是"打到的媳妇揉到的面,米脂的婆姨绥德的汉",把饮食男女都概括到一块。而山西的面食更是声名远扬,山西有上百种不同的面食,我曾经在山西太原著名的老店晋阳饭店品尝过晋阳的面食刀拨面、搓鱼儿、河捞面、莜面栲栳栳等,果然名不虚传,戴高帽子的面点师傅们就在现场拉开架式,揪的揪,拉的拉,玩杂耍般地表演着飞刀削面、手拉龙须面、转盘剔尖等面艺,让人眼福口福尽享,难怪有"天下面食数太原"的说法。

天下面食数哪里,天下之大,不太好说,但江南面食数天台,应该不会错。

天台面食之丰富多彩，实为北方移民南下故也。天台虽是越地，但山越人早已在东吴时就差不多被赶尽杀绝了。东晋与南宋的两次北方大移民，是现在天台居民的基础。北人多面食，加以天台地多田少，适宜种大小麦，所以才有此种传统。

天台的面食实在不少，最有名的有饺饼筒、糊拉汰、扁食、麦饼等，至于面条、馒头、包子、饺子之类的大众面食更不在话下。就算再普通不过的面条，天台人也有标新立异的做法，天台的鸡子面就与别处不同，以鲜鸡蛋汁代水和面粉擀成，烧熟后筋道十足，再浇上佐料，色香味俱全。天台人常用鸡子面招待姊丈（即女婿）或贵宾。这种手打面非常好吃，充满精气神，不像什么筋斗面之类的软绵绵、湿答答没有一点力气。而糊拉汰，则把面粉往镬底均匀一摊，撒上葱花、猪油或豆腐、洋芋丝，考究点的撒上鸡蛋汁，吃起来别有风味。有个写诗的天台男人失恋了，神情恹恹，吃了家乡的小吃糊拉汰后，霍然而愈。

天台的麦饼也很值得一提。天台有一首叫《麦叫歌》的童谣——“大麦黄黄，小麦黄黄，摊个鸡子麦饼请大王。大王老倌一个屁，大小囝孙抢勿及，抢到上道地，抢到下道地，吱叫，嘭叫，随即便会响。”（麦叫：小孩用麦秆做的哨子。道地：院子。）请大王不用山珍海味，而是鸡蛋麦饼。天台的麦饼很好吃，有肉丸糊麦饼、鸡蛋麦饼、冷饭麦饼。麦饼哪里都吃得到，让我奇怪的是天台人标新立异的吃法，吃麦饼时，一定要用三根筷子撕扯着吃，左手以一筷压住饼，右手用一双筷撕来吃。天台人说，这种吃法证明我们天台很有人文底蕴，他们说天台立县之初，正是三国鼎立之时，三筷即代表三国，而麦饼代表完整的河山。他们说得认真，爱钻牛角尖的我发问道：撕了麦饼，是不是意味着山河破碎呢？问得在座的天台人个个大眼瞪小眼。

更值得一提的是天台的糊拉汰，又香又松脆，摊上葱花鸡蛋、南瓜丝、洋芋丝、碎豆腐，再来点豆瓣酱、吃了一个还不够，吃了一双还想吃，直到吃撑着为止。

正宗的天台人隔三岔五要吃餐面食，似乎吃了面食就接上了地气，就有了力气。在外省工作的天台人，一说到麦饼、饺饼筒、糊拉汰、扁食之类，往往心念之、神往之，这面食几乎等于乡愁了。小吃又名风味小吃、传统小吃，可见，小吃传承着一个地方的风俗文化和民情，并不是仅仅一个吃字那么简单。

天台人比较实诚，从小吃里也可以看出。比如饺饼筒吧，包得鼓鼓囊囊的，胃口不大的，吃下一个肚子就饱了。又比如扁食吧，扁食里面裹着肉丁、笋、豆腐干、花生米、萝卜丁等，饱满的馅撑得面皮都鼓出来，像穿着紧身衣的胖女人。而这两样东西出了台州，体形都变苗条了，尤其是饺饼筒，变成了小巧玲珑的春卷，中看不中吃，吃上十个八个也填不饱肚子。

天台人喜欢过大口吃肉、大口吃面的生活，对海鲜则不太感兴趣，别人花上千块钱请他吃海鲜，吃完后他意犹未尽：净是壳呀骨头呀，哪填得饱肚子。所以，大凡请天台人吃饭，山珍海味后，上一道面食不会错，既填他肚子又填他嘴巴。

你不能说天台人喜欢吃面食就是没品位，蔡澜是作家、电影人，又是公认的美食家，港姐李嘉欣说蔡澜是“品位最好的男人”，可这个“品位最好”的男人一天中不能没有面条。可见喜欢面食，无关品位，而关乎口味，天台多山，山地适合种麦子，面食之丰富也就源于此。关于面食，海子写道："我最爱煮熟的麦子/谁在这城里快活地走着/我就爱谁。"呵，我亦如此。

天台面食不少，一般家庭主妇随随便便都会做上十来种的面食，同一个面团底子可以做出不少花样，不少天台人家中备了镬、鏊盘之类的铁家伙。正宗的天台人请客时，往往会叫上一大帮人到他家吃饺饼筒——一个天台人如果把你当"没里外"的自家人，不是在饭馆酒店请你，而是叫你到他家里吃上一顿饺饼筒。最讲究的饺饼筒是"五虎擒羊"（多么有血性的名字！非文绉绉的"春卷"可比），就是在饼皮里放猪肉、猪肝、蛋皮、煎豆腐等的切片，和用金针菇、木耳、粉丝、笋丝等炒在一起的素杂烩，有人喜欢包好就吃，又软又有味，但天台人喜欢放点油在鏊盘上烤成"两面黄"。在街上卖的一元一筒的饺饼筒，里面净是面干，不得"五虎擒羊"饺饼筒之正传也，还是不吃为好，以免坏了天台饺饼筒之一世英名。

江南刀削面——麦虾

麦虾是最具代表性的临海小吃，也是很有“欺骗性”的一种小吃。临海的麦虾其实是面疙瘩，我戏称它为江南刀削面，因为它跟山西的刀削面一样，都是用刀将面团削下的，所不同的是，山西的刀削面，麦粉是揉成团的，一块薄铁皮，如流星赶月般，将面团一条条削下，而麦虾，是将麦粉搅拌成粉浆，然后用菜刀，将粉浆一刀一刀“割”下，故临海人称之为“割”麦虾。割下的粉浆不是细长如柳条，而是一小坨一小坨，状如弯曲大虾，故称为麦虾——这个称呼相当的写意。我觉得，光这个名字，就能体现出“千年台州府，满街文化人”的水平。真的，如果麦虾在北方，保不准被心眼实诚的北方人唤作“刀割面”。我在河南，见过一种面，就被唤作“刀铡面”，这样的叫法，感觉到几丝暴戾之气。我们邻县的嵊州，将麦虾称为“麦鸡娘”“笃果”“麦挟果”，像小孩子过家家似的，哪有我们的麦虾诗意又响亮呢。

麦虾在台州早已遍地开花，随便在哪条小吃街上，都少不了麦虾店。

甚至杭州、宁波等地，也有了临海的麦虾店。不过，这个店那个店，最有名的麦虾店在临海紫阳街边上，名叫双平麦虾店。

说到紫阳街，那是台州最有看头、最有吃头的古街，街头的白塔桥饭店为老临海人推崇，我在这里吃过热乎乎的甜酒酿、刚出炉的霉干菜饼、又松又脆又香的葱油烧饼，还吃过甜甜蜜蜜的蛋清羊尾。

但是，名头最响的，莫过于双平麦虾店的麦虾。春夏秋冬，不管哪个季节去，这里永远是人头攒动。前些年，在它的斜对面曾经开过一家兰州拉面，但是所向披靡的兰州拉面，没多久就败在麦虾的手里，最后关门了事。

麦虾店里那个高高大大的老板，让人印象颇深，虽然他只是小吃店的小老板，但是颇有生活情趣，是个骑行爱好者，不幸的是，他去乡下赏红叶，骑着山地车摔下山崖丧生了，本地几家报纸都发了消息。如果不是因为让人叫绝的麦虾，一个小吃店小老板的意外丧生，断然不会像名人之死一样，占据本地媒体的各个版面的。前些年，我在双平麦虾店吃麦虾时，都是这个高大的老板亲自操刀割的麦虾，别看他长得五大三粗，站在店门口，像尊门神，但割起麦虾来出手奇快，将面盆稍稍倾转，菜刀在盆沿飞舞，一条条一片片厚实的面疙瘩纷纷落入滚烫的锅中，在锅中活蹦乱跳，像活泼伶俐的浪里白条。碰到个把骚客文人，说不定边看边咏出几句酸诗来——"一片两片三四片，五片六片七八片。九片十片十一片，落入汤中变虾面。"

双平麦虾店的麦虾好吃，跟老板割麦虾的刀工有关，当然也跟配料有关。过去麦虾的作料是青菜、萝卜丝，有几粒猪油渣就算奢侈了。现在麦虾的配料那是相当丰富，有黑亮的香菇、象牙白的萝卜丝笋丝、鲜红的肉丝、青绿的蒲瓜丝，还有小白虾、蛏子或蛤蜊，不过双平麦虾店历来只卖牛肉麦虾，起锅后的麦虾上面浇一层牛肉末，味道十分鲜美，面疙瘩筋道又滑润。有人喜欢吃辣，就舀一勺他们家自制的牛油辣酱进去，吃得稀里哗啦，直叫痛快。双平麦虾店卖的卤菜也很好吃，有螺蛳、鸡爪、鸡肫、牛筋、猪肝。对于爱吃鸡零狗碎的我来说，双平麦虾店的吸引力不只是麦虾，还有这些杂碎。

我觉得江南面食里，麦虾的口味最好，上海人开口闭口阳春面，杭州人开口闭口片儿川，要是吃了临海的麦虾，保证他们不再吭声。

姜汤面

江南人对姜汤面有特别感情的,首推台州人。

中华五大面食中的山西刀削面、北京炸酱面、武汉热干面、四川担担面、扬州伊府面,我都尝过,老实说,只有山西刀削面尚对胃口,但它比起台州的姜汤面来,色香味还是有差别。

姜汤面是台州的代表性面食,它的精彩之处除了丰富的浇头(有虾干、猪肉丝、笋丝、香菇、金针菜、荷包蛋、豆腐皮子、青菜、蛏子等),还在于它微辛浓郁的汤——带着姜汁特有的香味,呵,去年一碗姜汤面,让人思念到如今。

台州的面是质朴的、低调的,没有华而不实的招牌,面店多开在陋巷之中,嘈杂简陋不说,装潢多不起眼,甚至连个招牌都没有,靠的是以味道吸引回头客。台州几家口碑颇好的面店,不是靠炒作,而是靠贪吃鹫的味蕾发掘出来的。民间食客云,要吃麦虾,到临海白塔桥头,吃姜汤面,到椒江老城区或路桥卖芝桥。

贪吃鹫们说，要吃到正宗的小吃，只有深入大街小巷，此言不虚。看那些卖姜汤面的小面店，油腻的灶台上，陈年老油可以刮下一层，竹箩上摆着面条，上面盖着发灰的纱布。臊里吧唧的大老爷们儿，腰身发福的中年大嫂，就是这面店的主人。店里的炉灶永远是热的，抓几把菜入锅，“哧”的一声，烟火气扑面而来。三下五下的，作料半熟，香味出来，“哗”地倒入姜汤，片刻，浓郁的姜汤味，就在老城区的黄昏中升腾起来。

要知道，姜汤面无姜汁不香，这些地方的姜汤面，姜汁特别浓，据说考究些的，做姜汤面前先将姜切片晒干，将姜干放入锅中，放入适量的水，先旺火后温火，熬上两个时辰才能熬出姜的醇味。当然更多的店为了省时间，往往直接榨取姜汁。

店小客多，店里仅有的几张四方桌经常坐得满满的，有人索性掇条骨牌凳坐到过道上。

姜汤面上桌了，米面白里透亮，姜汤热气袅袅，浇头绿肥红瘦，看着这真材实料的姜汤面，觉得台州人就是实诚。不像在大城市的面店吃面，环境宜人，服务员漂亮，只是面上来后，点缀着历历可数的几片牛肉、几根青菜，筷子一夹便剩大半碗清汤，端的是花架子。有一次到上海出差，入住五星级的大酒店，叫了一碗云吞面，几根面条加几只馄饨，吃了两口，不入胃，放下了，结账时，漂亮但冷若冰霜的女服务员收了我 75 元钱，另加15％的服务费。

我喜欢闻姜汁的味道。《红楼梦》里云：“性防积冷定需姜。”说的就是姜。闻着姜汁的香味，人顿觉放松。姜汤以老姜加黄酒烧熟切片晒干后，加水熬制而成。咸甜微辣的美味姜汤和着米面，一咕噜地吃下去，有说不出的畅快，一桌子的人吃得稀里哗啦，吃着吃着，不由得宽衣解带——几口姜汁下肚，没有不出汗的。食客中有学生，有时尚女子，还有几条粗黑壮实的汉子在拼酒，让人想起武侠小说里大侠与杀手出没的市井陋巷。

姜汤面原是临海等地女子坐月子的主食，临海和椒江、路桥一带的女子，据说坐月子时非得喝姜汁吃姜汤面、姜米泡饭不可。我的一个朋友是椒江人，嫁给天台人，坐月子时婆婆按天台风俗整日给她吃豆腐皮炖蛋，而不是姜汤面，现在孩子都上高中了，她还觉得月子里没吃到姜汤面亏得慌。一遇雨天胳膊酸疼，她就抱怨，说是因为没喝姜汤面祛湿落下的病根。按我朋友的说法，坐月子吃姜汁，这是祖上传下的规矩——"妇女坐月里，每日饭后服干姜汁与红糖，谓能活血、祛寒、补虚；食炒米饭、姜汤面，禁食咸味。亲友上门看望，端姜茶敬奉。"什么东西搁上"祖传"二字，就轻易破除不得。她说得也在理，因为《本草纲目》对生姜也是推崇备至的，认为它能通神明，除风邪寒热。

巧的是，广东的产妇坐月子也吃甘醋煮姜，俗称猪脚姜。《广东新语》记道："粤俗，凡妇娠，先以老醋煮姜，或以蔗糖芝麻煮，以坛贮之。既产，则以姜醋荐祖饷亲戚。妇之外家亦或以姜酒来助，名曰姜酒之会。故问人生子，辄曰姜酒香未？姜中多母姜则香，多子姜则否。陈白沙有诗：隔舍风吹姜酒香。"这个陈白沙是个有意思的人，闻到产妇家传来姜酒的香味，也会大发诗兴。

不知何时起，这妇女坐月里吃的姜汁姜汤面，成了台州大街小巷的风味小吃了。大凡湿气重的地方，姜汁之类就很有市场，椒江地处沿海，属湿重之地，所以姜汤面在椒江盛行也就不奇怪了。姜汤有解寒、发汗功能,我每遇淋雨头疼,或受了风寒,或胃有滞胀,便喝碗姜汤面,吃后,有霍然去病之感。前些年,杂文家鄢烈山来台州,偶染风寒,我建议他喝姜茶、吃姜汤面,果然,热热的姜汁一下肚,汗一发,感冒霍然而去。他问我是否掺有中药,我诡秘一笑,笑而不答。

其实,除了姜汤面,跟姜汁有关的姜汁核桃蛋和醇香姜汁也是喷香可口的美味小吃,后两样,大酒店里多半有,做得水准不错。唯有姜汤面,非得到弄堂小巷里才能吃到正宗够味的。姜汤面中还有一种叫跳鱼姜汤面的,特别的香浓鲜美。

腊八粥·五味粥

小寒大寒，总会赶上“腊八”。农历十二月初八的腊八节，最重要的食事就是喝腊八粥。

腊八粥，也叫五味粥。

喝腊八粥是南北都盛行的食事。《红楼梦》中说：“世上的人都熬腊八粥。”金庸的《侠客行》里写道，武林高手在腊八这一天，都要去那侠客岛上吃一碗腊八粥。看来，一到腊八，从南到北，都想着要喝一碗粥，习俗的力量比顽石更坚固。

我的一位朋友，大学哲学教授，也是一名居士，他说，与禅最亲密的是茶，而与佛最接近的，就是粥。对此，我是信的。腊八粥又称佛粥，相传佛祖释迦牟尼是在腊月初八这天悟道成佛的。故这一天，佛寺僧众都要诵经演法，取香谷及果实等造粥供佛斋僧，以示纪念。手头有一本南宋周密的《武林旧事》，里面写到腊八粥：“八日，则寺院及人家用胡桃、松子、乳蕈、柿、栗之类作粥，谓之‘腊八粥’。”有一年的腊八节，我正好在天台国清寺，喝到了寺里的佛粥——国清寺的佛粥，以红枣、桂圆、赤豆等果子煮成。在清净的寺庙中，细细啜饮腊八粥，颇有几分禅意。

腊八粥实际上是大杂烩，各色黄红果实杂陈，清人富察敦崇在《燕京岁时记·腊八粥》说："腊八粥者，用黄米、白米、粳米、小米、菱角米、栗子、红豆、去皮枣泥等，合水煮熟，外用染红桃仁、杏仁、瓜子、花生、榛穰、松子及白糖、红糖、琐琐葡萄，以作点染。"燕京人过腊八，粥里有林林杂杂十来种的果实，冰心回忆小时候喝过的腊八粥，里面的作料就很丰富："从我能记事的日子起，我就记得每年农历十二月初八，母亲给我们煮腊八粥。这腊八粥是用糯米、红糖和十八种干果掺在一起煮成的。干果里大的有红枣、桂圆、核桃、白果、杏仁、栗子、花生、葡萄干等等，小的有各种豆子和芝麻之类，吃起来十分香甜可口。"

我喜欢喝腊八粥，小时候，每到腊八这一天，外婆都会熬上一锅腊八粥，文火在锅底徐徐绽放，粥在锅里噗噗地滚着，特有的香味在空中弥漫。浓稠的粥里，混和着金黄的小米、白胖的糯米、圆润的莲子、暗红的干枣、深红的赤豆、牙白的扁豆。喝上一口，稠乎乎、热烫烫、香喷喷。我有很多年没喝到这样的粥了。

中国人年节的吃喝里，寓意是很多的，比如冬至吃圆，意谓阖家团圆，腊八喝粥，是对来年风调雨顺的祈盼。

除了腊八喝的腊八粥，天台人爱喝的粥里多了一样五味粥，这五味粥不是在腊月初八那日喝，而是正月初一。天台朋友说，天台山哈人正月初一是一定要喝五味粥的，天台人认为，在年初一早上吃了五味粥，就会招来五福。

有意思的是，天台男人平日里几乎不下厨，那些天台大男人说话气势如虹，他们说，男人下厨房，“倒牌子”。不过，初一这一天，不分城里乡下，天台男人都会起早煮五味粥，这当然不是天台男人在这一天良心发现，要替女人分担家务，而是另有讲究。在天台，烧五味粥是男子的专利，主要是因为男子属阳，春天渐近，阳气渐足。阳气足，意味着一年收成好。二来也显示男主人地位之尊。另外，主妇忙碌一年，年初一男主人下厨烧顿五味粥，也算是表示对主妇的体恤。

天台人好像比较喜欢“五”，食饼筒是“五虎擒羊”，粥又是五味粥。天台人实诚，说是五味粥，真的有五味作料，以红枣、番薯、芋头、赤豆、豆腐加米熬成，取五谷丰登之意。红枣、赤豆都是红色，取正月初一开门红之意。五味粥煮好后，再炒个八宝菜——将烧菜、木耳、豆腐干、金针菇、鸡蛋丝、香菇、笋丝、海带八种菜炒在一起，然后点香燃烛，请灶君神佛，将灶王爷供得肚皮滚圆。祭了灶王爷，再祭祖宗，然后阖家开食，一家人咬一口烤得焦黄的食饼筒，再喝一碗五味粥，过点八宝菜，从胃到心，都很踏实。

嫁与天台人为媳后，我已经喝了很多回五味粥。初时很喝不惯这咸咸甜甜的五味粥，而这么多年下来，我已经习惯了这种味道，这就像婚姻的真谛，回顾携手走过的婚姻之路，留在记忆最深处的，是甘苦与共的岁月，那滋味，像极了五味粥，有咸，更多的，是甜。

『凤凰蛋』

蛋中的小鸡胚胎只有拇指大小，细嫩无比，蛋黄嫩得如豆腐，放到嘴里就化了。

『五黄』

杭州人过端午除了吃粽子，必定要吃“五黄”，这“五黄”是黄鱼、黄鳝、咸鸭蛋、黄瓜、雄黄酒，少一样都不成。

『蛋清羊尾』

豆沙丸子一下油锅，五内俱焚，在煎熬中，
像变身般地，它变得丰腴起来。

『萝卜丝饼』

咬一口，热乎乎，香喷喷，还有丝丝的甜味。如此美味的萝卜丝饼，不多吃几只怎么对得起它呢？

『番薯庆糕』

粗粮细做的番薯庆糕，包含着稻麦香，这种气味，像是山野的气息。

『饺饼筒』

最讲究的饺饼筒是“五虎擒羊”，
多么有血性的名字！非文绉绉的“春卷”可比。

『麦虾』

麦虾的配料那是相当丰富，有黑亮的香菇、象牙白的萝卜丝笋丝、鲜红的肉丝、青绿的蒲瓜丝，还有小白虾、蛏子或蛤蜊。

『姜汤面』

三下五下的，作料半熟，香味出来，“哗”地倒入姜汤，片刻，浓郁的姜汤味，就在老城区的黄昏中升腾起来。

『五味粥』

五味粥以红枣、番薯、芋头、赤豆、豆腐加米熬成，取五谷丰登之意。

图书在版编目(CIP)数据

无鲜勿落饭 / 王寒著. —杭州：浙江工商大学出版社，2015.3(2023.4 重印)

ISBN 978-7-5178-0958-6

Ⅰ. ①无… Ⅱ. ①王… Ⅲ. ①散文集—中国—当代 Ⅳ. ①I267

中国版本图书馆 CIP 数据核字(2015)第 030169 号

无鲜勿落饭

王　寒 著

出 版 人　鲍观明　汪海英
策划编辑　沈　娴　胡珊珊
责任编辑　吴岳婷　沈　娴
封面设计　郑思佳
封面题字　沈　浮
责任校对　何小玲
责任印制　包建辉
出版发行　浙江工商大学出版社
（杭州市教工路 198 号　邮政编码 310012）
（E-mail:zjgsupress@163.com）
（网址:http://www.zjgsupress.com）
电话:0571－88904980,88831806(传真)
排　　版　杭州朝曦图文设计有限公司
印　　刷　浙江海虹彩色印务有限公司
开　　本　710mm×1000mm　1/32
印　　张　10.125
字　　数　220 千
版 印 次　2015 年 3 月第 1 版　2023 年 4 月第 7 次印刷
书　　号　ISBN 978-7-5178-0958-6
定　　价　39.80 元